陳志仰 著

消失中的臺語

偕厝邊頭尾話仙

推薦序

府城　謝龍介

　　近百年前，府城大儒連雅堂作臺灣語典時，不敢自慰且懼嘆曰：夫臺灣之語，日就消滅。**傳統漢學（臺語）**，歷經日據時代乃至國民政府遷台後之政策失當，逐漸流失，惜哉。

　　漢學（臺語）傳自漳、泉二州，而漳泉之語傳自中國，源遠流長；凡四書五經、唐詩宋詞，皆可以漢學臺語頌吟出其典雅優**美之音律。華夏文化最珍貴的遺產**，迄今留存在咱的美麗寶島臺灣；近百年來，雖有濟濟有志之士投入漢學臺語、詩詞等探討研究，但臺語文字及呼音之保存，仍然日漸凋零、岌岌可危。

　　志仰兄投入大量時間與精力，收集諸多漢文俚俗語匯集成冊，並以十五音切音法為本，對詮釋優美典雅的漢學臺語，有莫大的助益；其精闢內容，堪為漢文俚俗語之經典，亦可作為漢學臺語教本之用，個人十二萬分的敬佩。

　　今民眾交流之間，漸減臺語之運用，或因年輕傳承日減，或因不識臺語音韻典雅及淵源之深，甚而對漢學臺語妄自菲薄，實令我輩有志者感慨著急。今聞　志仰兄願拋磚出冊義舉，個人藉此祝福，並深深期待更多有識之士，對漢學臺語繼續薪火相傳、進而發揚光大。

作者的話

在媽媽身體有異樣之後，我才懂得經常回家。

我會開車載媽媽到附近走走，陪媽媽騎腳踏車晃晃；媽媽去串門子，我會當她的跟班；媽媽在廟裡當義工，我也去聽她跟朋友聊天。我努力跟村子裡的人全程用我已經生鏽的台語交談。

一次一次的聊天是一回一回的奇妙的旅程，我會聽到一些我很久沒聽到的用詞，在小時候它們曾經那樣的熟悉，自然而然地它們勾起我年少時的回憶：小時候玩的玩具、吃的零食、看的布袋戲、許許多多的器物......。「台語」瞬間化為一條時光隧道，讓我回到數十年前的場景。

越用心聆聽、越去注意，就發現台語真的像海，對我，她不但浩瀚無垠，更深不可測，在千百年的傳承和累積與轉變下發展出她的寬大、多元和差異。台語是我媽媽說的話，身為一個台灣人，怎能跟台語陌生至此？

於是，我慢慢地將這些聽到的台語寫下來，先在臉書建立了「阿娘的話──消失中的台語」粉絲頁，現在，出書了。

在文章中關於讀音的說明是以十五音反切法為主，可能會是許多人不熟悉的，但是我覺得那是有必要的地方，因為如果不說明清楚，就很難傳給年輕一代，一個不懂阿公阿嬤的話的一代。

這是一本我的台語筆記，也是我過去生活經驗與點滴的載體，書中有你、也有你我共同的回憶。我每寫一篇文章，就會想起媽媽跟我說話的樣子，還有媽媽教我唸「漢文讀本」中：「大雨後，街道濕。地下貓，屋上鳥。貓登屋，欲捉鳥。」的溫柔。

　　你呢？邀請你看看我的書，然後也許你告訴我你想起了什麼？

志仰於台南將庄

目次

101
齣頭誠贊

我二姊夫是個很正向樂觀的人，他喜歡唱歌，常常走在路上心血來潮就唱，而且常常唱到忘我，所謂「忘我」，是說他不怕唱給別人聽，也根本不在乎別人訝異的眼光。

前幾天，他們一家，包括他女兒、女婿和小孫子、小孫女跟人家流行「偽出國」，二姊幫他拍了一張躺在草地上像是在做仰臥起坐的照片，貼在臉書後引起詢問：「他在做什麼？」我二姊回答說：「出頭很多！」

明朝馮夢龍《古今小說·木綿庵鄭虎臣報冤》有一名句：「是非只為多開口，煩惱皆因強出頭。」大意是：糾紛都是因為多說話惹出來的，煩惱都是因為硬要出頭招致的。「出頭」是「顯露自己」的意思，基本上在北京語有出人頭地、揚眉吐氣的意思，台語還可以說「出頭天」、「出脫」。

但是這裡的「出頭」並不是我二姊說的「出頭」，我二姊要說的應該是「齣頭」。

教育部台灣閩南語字典的解釋，「齣頭」有一個解釋是「劇目、戲碼」。例如：「今仔日不知欲搬[1]啥物齣頭（今天不知道要演什麼戲碼）。」另一個解釋是「把戲、花樣」。例如：「伊

的齣頭誠贅（他的花樣很多）。」這個例句就剛好是我二姊要說的話。

「齣頭」的動詞是「變²」，跟北京語「變把戲」一樣用「變」當動詞。「我看伊欲變啥物齣頭！」就是「我倒要看看他要玩甚麼把戲！」的意思。

相同的意思還有許多不同的說法，像是「變魍」、「變空」或「變阬變縫」、「變鬼變怪」、「變龜變鱉」。

以上的「變」唸【柩三邊】（piⁿ-3）的音。

上面部分的詞除了「變把戲」某個程度上也有「搞鬼」的意思。「變空榫」、「創阬」、「做腳手」也都是「搞鬼」。

「有阬無榫」是滿常用的詞。《臺灣閩南語常用詞辭典》：器物接合的地方，凸的部分叫「榫」，就是「榫頭」，凹陷的部分叫「阬」，就是「榫眼」。有凹進去的榫眼，卻沒有接合的榫頭，用來比喻不合理、不著邊際或沒有結果的事情。例如：「阿明人誠古意，未舞遐个有阬無榫的事誌。」但是《彙音寶鑑》寫「榫」為【君二曾】而不是【君二時】。「阬」，【公一去】（khong-1），坎也、陷也。個人認為「空」也滿適合的。

至於有人說應該是「有孔無筍」，且是源自於清初羅漢腳逛青樓的故事，為閩南語粗俗不雅之說法，我覺得他只解釋了「孔」，並未解釋「筍」，所以，還是用「有阬無榫」，不要烏白變這種「齣頭」。

本文拼音參考 ◆

漢字	十五音	羅馬字	台羅拼音	台語同音字
齣	君四出	chhut	tshut	出
變	堅三邊	piàn	piàn	遍、徧
	梔三邊	pi^n	piànn	——
空	公一去	khong	khong	崆、筐
	公二去	khóng	khóng	慷、孔
	公三去	khòng	khòng	亢、抗
	江一去	khang	khang	眶、孔
榫	君二曾	tsún	tsún	準、准

註釋

1　演戲，台語的動詞是「搬」，而不用「演」。

2　有認為正確的動詞是「抅」，如「抅啥晛？」、「抅無晛！」但是「抅」音【更七地】（te^n-7），「晛」，【堅三門】（bian-3）。

102
耗造

　　每逢競選期間，整天聽到或看到的就是「凍蒜」。我大嫂會把蒜頭的蒜膜剝開再裝在密封袋冷凍，要用的時候直接拿出來退冰，不但很方便，也可以放很久，這才是「凍蒜」吧！可是「當選」就當選，何必喊「凍蒜」？

　　一到選舉，平常不講台語的也都要講些台語以強調或表示他也是台灣人。有些媒體對台語用字不了解，就常出現錯字。2016年一月總統選舉，連戰先生為朱立倫先生催票，講到「樓上招樓下，阿母招阿爸，親戚五十朋友一百，全部動員起來！」這句話有人這樣說：「歡迎逐家樓頂招樓腳，阿母招阿爸，厝邊招隔壁，阿姨招阿嬤，大兄招小弟，小妹招阿姐。」這裡有一個很重要的字「招」。

　　在重男輕女的時代，很多人叫「招弟」，是希望生一個男孩子，而由於「招弟」字可能不好看，太直白，因此有人改為「昭治」，也有女生叫「昭蒂」。「招」音【嬌一曾】（chiau-1，以手呼人、招呼），【茄一曾】（chio-1，相招也，又招狀、招認），都有招倈、邀約的意思。

　　可是現在大家把「招」字寫成「揪」。「揪」音【ㄐ一ㄡ】

（chhiu-1，手揪也），兩人打架抓對方頭髮就是「揪頭毛」。本來是友好的相招相邀約，變成要打架互揪，好奇怪！

　　君子動口不動手，選舉打架比較少，但是言語攻訐是鋪天蓋地的。現在不管是怎樣，不管抹紅、抹黃、抹黑，都可算是「抹黑」，「抹黑」基本上是無中生有的造謠，雖然「抹黑」這個詞是這幾年用的，但是這樣的選舉伎倆至少五十年前就有，台語叫做「耗造」，「耗」是「虛」的意思，也作「耗」，「減」的意思，音【高三喜】（hə-3）。我父親年輕的時候擔任過劉博文縣長的助講員，他說當時是用這個詞，只是現在會用的人已經不多了，在政論節目上我大概只有聽過謝龍介先生用這個詞。

　　政治人物最常做的一件事是幫忙「協調」，現在都寫成「喬代誌」、「喬人事」。「喬」音【嬌五求】（kiau-5，高也），它和「僑胞」的「僑」同音。用在當「協調」，音也不對、義也不對。它的用字有兩種建議，「撟」或「撨」，前者【嬌二求】（kiau-2），舉手也，也當「矯」，有糾正之意。後者唸【嬌五出】（chhiau-5），當「擇取」或「推」的意思。桌子擺歪了，有一點點偏斜，把它擺正、推正，就是「撨正」。這兩個字各有人建議，音與義各有優劣，我比較建議後者。「撨」用在「撨摵」，是「調度、安排配置」的意思，有時候也會用來形容一個人在做一件事之前的興奮、躍躍欲試。另，「摵」是「切仔麵」的「切」的正字。其實「撨摵」很有意思，「撨」是在同一個水平的位移，而「摵」是上下的位移。

　　台灣政治生態，除了藍綠長期惡鬥，藍綠也有內部派系問題，幾次總統大選藍營輸是因為藍營內部自己沒有「撨好」，造

成「三腳株」，現在媒體都寫成「三腳督」。

「督」的音義都差很遠，「株」是比較合理的，他原來是計算樹木的單位，後來用在「株事會社」；「株券」是股票；以前人說「農會株」，是指農會的會員的意思，所以「三腳株」就成為三股份、三股勢力。而且音也對。「株」，【龜一地】（du-1）；「督」，【公四地】（tok-4）。

我看過有人寫「拄」，「拄」有好幾種意思，推、硬塞、抵抗、將就、爭辯、撅。最常用的是在硬把東西或是事情推給人叫「硬拄」。但是還是「株」比較合理。（但《彙音寶鑑》未收錄「拄」字）。

網路普及讓很多訊息來源多元，除了媒體記者，透過網路傳播的報導者有令人難以評估的影響力，我們希望傳播者不要再誤導下一代，他們很可憐，學的台語已經很少了，卻又從媒體學到很多錯的！台語也很可憐，也何其無辜，不是嗎？請放下你的無知，不要以搞笑包裝你的無知還沾沾自喜！如果你想參加公職或民意代表選舉，我會祝福你，但是請告訴我你想「凍蒜」還是「當選」？

本文拼音參考。

漢字	十五音	羅馬字	台羅拼音	台語同音字
招	嬌一曾	chiau	tsiau	昭
	茄一曾	chio	tsio	蕉、椒
揪	ㄐ一出	chhiu	tshiu	秋、鬚
秏	高三喜	hè	hò	——
喬	嬌五求	kiâu	kiâu	僑

漢字	十五音	羅馬字	台羅拼音	台語同音字
撨	嬌五曾	chiâu	tshiâu	鍬
摵	經八出	chhek	tshik	——
撟	嬌二求	kiáu	kiáu	賭、矯
株	龜一地	tu	tu	蛛
督	公四地	tok	tok	啄

103
鑱角

　　「眉角」是近十年來普遍使用的一個台語語詞，可以說多到氾濫，大部分人都隨便亂用，甚至把「有很多事要做」也說成「有很多眉角」，實在有點離譜。最常聽見的怪怪的說法是：「這個人很多眉角。」或是：「這事有很多眉眉角角。」我們先來聊聊這個詞，再來看這兩句話，最後再來看應該怎麼寫。

　　「伊做事誌眉眉角角，細節的所在攏有注意著。」這個意思是說他做事仔細、按部就班、細節的地方都不會放過。「做兵的時陣，透早起來攏要加被摺曷眉眉角角角，若像豆腐。」以前當兵摺棉被要折得方方正正的，還要拉出稜線，「眉眉角角」就是方方正正、稜稜角角。所以，眉角的原意就是稜角，引申為細節。

　　常說「魔鬼都在細節裡」，很多學徒跟師傅學藝，卻總無法精進出師，就是因為沒抓到竅門，沒有掌握到訣竅，而這些都是最重要的細節，這就是「眉角」另外被引申出來的意義。於是乎有些人就把「眉角」當作「撇步」，其實精神是不一樣的。「撇步」是捷徑、好方法，但是「眉角」是細節、精髓。

　　所以，你如果認為「眉角」等於「撇步」，你就可能就會抓不到用「眉角」這個詞的「眉角」。然後，「眉角」再進一步

的引申而有了做人、做事、談話的「態勢」與「切入角度」的意思。

回過頭來看上面兩句話。「這個人很多眉角。」如果你清楚了「眉角」的含意，你就會開始猜測說這句話的人要表達的意思了。這句話是指「他有很多訣竅」嗎？還是「他有很多細節」？我可以懂「他很注意細節」，但甚麼叫「他有很多細節」？我是聽不太懂啦。

「這事有很多眉眉角角。」，「眉角」是名詞，「眉眉角角」是形容詞，「很多」是形容詞，後面要接名詞，「很多眉角」我懂，「很多眉眉角角」我又不懂了。這些都是對於一個詞的本意不清楚造成的語法錯誤。

那麼，「眉角」該怎麼寫？我在網路上看到有人說霹靂布袋戲蝴蝶君的出場詩號：「規矩有規矩的眉角」，我真的不知道是寫錯還是引用錯。布袋戲和歌仔戲仔保留台語資產有非常重要的功能與地位，甚至可以說傳統，如果霹靂布袋戲寫錯了，我就擔心了。

大家比較熟「嘴角」、「眼角」，也知道「鼻頭」、「眉頭」或「眉稍」，但是「眉角」是哪？眉角也叫眉峰，是指眉頭到眉梢中間最高處的地方，雖然是個弧形，但也稱為眉角。有人說「眉毛是弧形，但是還是有角度，要很仔細觀察才可以發現他的角度，所以眉角才會有細節的意思。」這完全是胡說八道！而且「眉」音【居五門】（bi-5）或【皆五門】（bai-5），都不是大家所講「眉角」的台語音。

華語字典上用的是「鋩角」，也就是「稜角」，指物品的銳

角或轉角部分，也是文字筆畫的勾折處；引申為事情的原則、範圍、輕重關鍵，或比喻事物細小而且緊要的部分。有句台語說：「刀劍鋩鋩鋩。」是指「刀劍很鋒利」的意思。「鋩」，【更五門】（be^n-5）。

　　比較少人用的是「鋩角話」，原來是指「講話的時候特別注意切入角度和說話方式」，以免讓聽的人不高興，影響的談判的結果，後來被引申為「說話拐彎抹角，話中帶話」。

本文拼音參考。

漢字	十五音	羅馬字	台羅拼音	台語同音字
眉	居五門	bî	bî	微
	皆五門	bâi	bâi	楣
鋩	更五門	be^n	mê	盲、冥

104
瞪力

　　附近天主教堂有位修女，她說她四十九年前（西元1972年）從芝加哥來台灣。

　　她的身材胖胖的（應該說很胖），臉上永遠掛著微笑，見了面就會親切地用台語跟你問好。昨天在公車上遇到她，她從中山北路七段的天母廣場要搭兩站公車回上面的圓環，我問她去哪，她說去運動，我開玩笑跟她說只有兩站的路程，既然出來運動就應該走上去，她笑著跟我說：「未使，醫生講未使，腳未使傷食力。」（這段路是斜上坡）

　　「食力」的「食」，有「承受、耗用」的意思，在這是指「受力」；類似的用法有「食風」，例如搭個帳篷，因為風向的關係，有的部分受到的風力會較大，叫做較「食風」；汽車如果載重太重會說太「食重」，如果左右載重不均，造成一邊負擔較重一邊較輕，負擔重的一邊會比較「食輪」。

　　「食力」有一個引申的意思是指「糟糕了、麻煩了、嚴重了」，因為需要花費很多力氣來處理。例如某甲被車撞受重傷，會說：「伊互車撞一下足食力兮！」生病病得很重也可說病得很「食力」。

修女要走斜坡上去需要花很多力氣用力爬坡。你如果查台語字典，費力、使勁、出力，大概會查到以下的用詞，包括「費力」、「食力」、「費氣費觸」、「出力」、「著力」、「大力」、「瞪力」、「激力」、「用力」，不過他們的意思和用法並不太相同。

　　「出力」和「用力」都是用力氣，但是在程度上是比較普通的，「出力」比較常用。有人車子拋錨請你幫忙推車，一起用力叫「做伙出力」；如果車子還是不動，他會懷疑你說：「你有出力無？」而「用力」就比較少在口語用。

　　「費力」和「食力」就比上面的費力，但是會比較常用於前面所說「受力」或「嚴重」，而不是這種體能上的力氣耗費。

　　一般來說，「費氣費觸」比較是麻煩，也不一定是要靠體力。

　　而「大力」就比較常用於實際上身體的施力，例如前面推車的例子，推不動就要「更較大力兮！」（所以，「大力」是省略動詞「出」或「使」的用法）

　　而「瞪力」與「激力」基本上是一種憋著氣用力的狀態，用最簡單的說明，健美先生擺姿勢展現身體的肌肉，通常都需要「激力」，如果你便秘，想要用力拉出來，那樣子的用力叫「瞪力」，那樣子的拉屎叫做「瞪屎」。換一個比較文雅的，「眼睛瞪很大」叫「目珠瞪足大蕊」。「瞪」，【更三地】（te^n-3）。

　　有時候力量也不能用太大，需要用力也需要控制一下以免用力過頭，叫做「節力」。「節」都唸白讀音，用於「竹節」、「節脈」（把脈）、「節看若贅」（估計看看有多少），有調節、衡量的意思。

事實上，當我們要說這樣爬坡走路比較費力的時候，通常會說「了力」。「了」是賠錢、損失、耗費、浪費、白費、結束的意思，「了錢」就是賠錢，「了力」是「耗力」、「費力」的意思。

　　有個廣告：「明仔再的氣力，今仔日加你攢便便。」「氣力」是「力氣」的意思。希望大家都有充實夠力的一天。

本文拼音參考。

漢字	十五音	羅馬字	台羅拼音	台語同音字
觸	江四地	tak	tak	——
瞪	更三地	te^n	tènn	盯

105
嘴罨

2019年12月，中國武漢爆發新型冠狀病毒疫情，2020年1月底農曆年前台灣也開始緊張。為了防止人與人之間的傳染，政府要人民戴口罩，並強調口罩一定夠，但是還是造成口罩荒，台灣政府於是下令徵收全國醫療用口罩之製造，且只於超商販售，並限定每人購買數量。過了幾天，民眾在超商也都買不到，政府改為在藥局實名制販售，於是每天都可以看到民眾排隊買口罩。為平民怨，政府又改口說不用恐慌，一般人在大部分場合不需要戴，要把口罩留給醫護人員使用。加上價格的問題，在野黨稱為「口罩之亂」。

「口罩」過去用台語講的並不多，有些人是用日文「マスク（Mask）」稱呼，大部分的人都是直接說北京語，才會有脫褲子的笑話。

記得1982年有一位先生叫李師科，持槍搶劫台灣土地銀行古亭分行，他作案的時候戴假髮、鴨舌帽和口罩，以致後來所有銀行都會要求客戶到銀行內需要脫掉帽子和口罩。有個笑話說有位銀行行員看到一個阿伯進門，她跟阿伯說：「你脫口罩一下。」阿伯很不高興說：「我是安怎就愛褪褲，更愛走（跑）一

下？」「脫」的台語是「褪」，【輝三他】（thng-3），感覺是正常的動詞，而「脫」比較常是在不正常的、脫序的場合，例如「脫線」，還有台語稱「脫衣舞」為「脫乳舞」。

口罩的台語比較常聽見是在捷運上，廣播會提醒有感冒症狀的乘客要戴口罩，它的台語廣播用「喙罨」。

「嘴」，【規三出】（chhui-3，口也），應該是正確的字，但是一般都用「喙」，而「喙」【檜三喜】（hoe-3，蚊口也）。

「罨」，【兼二英】（iam-2），捕鳥或捕鳥的網，也有覆蓋、掩蓋的意思，醫療方法有冷敷法、熱敷法，稱冷罨、熱罨。

同樣【兼二英】（iam-2）的音有一個「掩」字，也有人稱口罩為「掩嘴个」，這個名詞看起來沒什麼學問，還不如用「口罩」或「嘴罩」。「罩」【膠三地】（ta-3）。

其實，我在北捷第一次聽到「嘴罨」，我還以為她說的是「牛嘴籠」的「嘴籠」。以前農家為了防止牛隻貪嘴不工作或是吃了農作物，會用竹篾編成一個「牛嘴籠」套在牛的嘴巴上。

口罩戴久了，沒戴好像怪怪的，像是沒穿衣服出門。不過我發現戴口罩也有好處，鬍子沒刮沒人知道，打呵欠沒掩嘴巴也沒關係。倒是我聽到有人把北京語的「戴口罩」的「戴」直接用【皆三地】的音，其實，通常我們會用「掛」這個動詞，就像「戴眼鏡」我們會說「掛目鏡」。（另，「戴帽子」的「戴」，台語作「着」。）

防疫期間出入公共場所還是小心為妙，但也請不要沒事叫人「脫褲子跑一下」。

後記 ◦ ━━━━━━━━━━━━━━━━━━━━━━━

　　有讀者說：「北捷的『背包』用『ㄆㄞ啊』，我跟客服反映過怪怪的，建議改成一般台語常用的日文『かばん』，但是反映無效。」

　　除了在北捷，『ㄆㄞ啊』我還真的沒聽過。如果用台語漢字，「背」應該是用「負」，【閒七頗】（phāiⁿ），背負也。

　　小時候我們稱書包都叫『かばん仔』，長大才有人叫『冊包仔』。我們提過台語的變化，是有夾雜了一些外來語，特別是在日治時期引進或使用的，應是要講成北京語翻譯或是創一個台語詞，都可能會怪怪的。

本文拼音參考 ◦ ━━━━━━━━━━━━━━━━━━

漢字	十五音	羅馬字	台羅拼音	台語同音字
襺	褌三他	thǹg	thǹg	燙
脫	觀四他	thoat	thuat	
嘴	規三出	chhuì	tshuì	翠、碎
喙	檜三喜	hoè	huè	貨、歲
罨	兼二英	iám	ám	掩、奄
掩	兼二英	iám	ám	奄
罩	膠三地	tà	tà	─

106

爾爾

　　看到網路上一些關於「爾」與「唅」的討論，我有些存疑。總結幾篇文章的說法，他們說：「nia-6有兩個字，一個是『爾』，一個是『唅』，二者用法相似，都用於句尾，但是前者用於表示『而已』，後者用於表示『......的時候』。」（原則上台語第六聲與第二聲同，他寫nia-6表示可能是海口音，海口音第二、六音不同）

　　他們也說：「『買一間厝嗳五百萬，伊干礁有二百萬爾爾，安耳無夠錢啦』『干礁倩三工爾，代誌實在做袂好勢！』這裡的『爾』作『而已』。」另外又說：「『e時拵唅唅』、『e瞬唅』、『一落車唅，叨看著伊徛佇遐等』、『無外久唅，錢叨去互伊騙了了』......此字較易疏忽，一般較易遺漏，需注意，如『一落車唅叨......』易寫成『一落車叨......』。」

　　我覺得怪怪的原因是「唅」這個字比較常見是用在「嘌唅」（Purine），它是一種有機化合物，一般稱「普林」。而「唅唅」是「小聲說話」，也作「晴唅」；並沒有「......的時候」的用法。

　　其次，他舉的例句「e時拵唅唅」，他說「e時拵」是「的

時候」。而如果依照他的解釋，「呤」是「......的時候」，所以這句話變成「的時候的時候」，或是「的時候的時候的時候」，哪來那麼多「的時候」？

我認為他上面例句的「呤」也都是「而已」的意思，「一落車呤......」，是「一下車而已」；「無外久呤，錢叨去互伊騙了了」是「才沒多久而已，錢就被他騙光了。」講了半天的「呤」根本就是「爾」。（「爾」在《阿娘講的話》冊之074篇〈呀〉一篇有討論）

另外，「e時拵呤呤」中的「時拵」應該是「時陣」，而「拵」是「據」或「插」的意思，台語發【君五曾】（chun-5）。

在他的例句中有一句「干礁偆三工爾」，他是要說「只剩下三天而已」。表示「只/只有」的「干礁」建議寫為「干啻」。

表「只」意思的台語，前面的例子或教育部的建議用字是「干礁」。從音來看是合理（「礁」【膠一地】（ta-1）），但是這字的意思是「江中有石」。因此，建議用「干啻」。「啻」，【嘉三他】（the-3），「不啻言不只如是也」。

教育部建議「剩」用「賰」字來寫，這字有「富有」的意思，但是「賰」的音是【君二出】（chhun-2）第二聲。而「偆」【廣韻】【集韻】尺尹切，音蠢；古同「蠢」，也有「富也，厚也」之意，這兩字應該是相通。不過有另外的建議是「剩」的台語用「伸」【君一出】（chhun-1），音才是正確的。

我在想這位作者可能也是喜歡到處借用近似音的字來表達或置換原先已有的字。就像他也說：「『噯』是有義務的，『愛』

是無義務的，要分清楚。」我並不同意這樣的說法，因為「噯」是嘆氣詞，表示懊惱悔恨，也同「唉」，跟有義務或無義務的愛沒有關係。

漢字有很多字有不同的音和不同的解釋，北京語也有呀，英文也有呀！有些人無法接受這樣的狀況，因此一定要用不同的字來表達不同的意思，說這樣才可以避免誤解，這跟教育部要用「未」與「袂」的想法是一樣的，只是後來教育部不接受「愛」和「噯」。

「未」偕「袂」另工才講，今仔日干焦欲講「爾爾」爾爾。

後記 。

有讀者說：「這個爾跟吟，用這兩字，說真的我一開始還真看不懂，XD），在上述舉例詞句，我都唸『ㄋㄧㄚ ㄋㄧㄚ』，『なやなや』（日文反而容易模擬出來，XD），我翻成國語也是會用『而已』。」

在第74篇有討論過，「爾」字的台語發音有【梔二入】（jin-2，同你）和【居二入】（ji-2，汝也，近也，語詞也）。不過，我們平常講的是【驚七柳】（lian-7）的音，是有點出入，不過「入」聲和「柳」聲搞混並不是沒有的。

本文拼音參考 。

漢字	十五音	羅馬字	台羅拼音	台語同音字
焦	膠一地	ta	da	乾
嘗	嘉三他	thè	thè	退

漢字	十五音	羅馬字	台羅拼音	台語同音字
偆	君二出	chhún	tshún	蠢、忖
伸	君一出	chhun	tshun	春
賰	君二出	chhún	tshún	蠢、忖
拵	君五曾	chûn	tsûn	存、峻

107
破風

2015年彭于晏演了一部電影名叫「破風」，還未上映就引起一陣對片名的議論。

立委吳育昇在他的臉書吐槽[1]電影名稱，他說：「取名者可能不懂台語，破風、破輪如何展翅。」吳育昇認為「破風」一詞在台語中指車輛輪胎破掉空氣跑出來，因此質疑電影業者故意搞笑。

結果引來許多網友撻伐吳育昇不懂又愛亂說，還讓彭于晏拍了一支視頻說等過一陣子回台灣宣傳時要請教大家台語「破風」怎麼說。

電影名的「破風」其實是從自行車賽的「破風手」而來，在高速騎行下，自行車手需要突破空氣阻力以達到最快速度，車隊中的「破風手」目的在打亂對手節奏以助本車隊中「車王」獲勝。從某種意義上說，破風手根本是自行車比賽中的「炮灰」。破風手的英文是domestic。「破風」不要翻譯成「Break wind」，「Break wind」是「放屁」的意思。

吳育昇說的也不完全錯，輪胎沒氣，台語說「消風」，「打氣」叫「灌風」，以前腳踏車車輪破個小洞漏氣漏光叫做「破

風」，這是對的。我覺得吳育昇沒仔細了解是不太好，但是有些批評他的人也沒有對「破風」原有的台語意思尊重或了解也是不好，還大聲說應叫「Break wind」更是不好。

那麼，「破風」該怎麼辦？去「補輪」。以前腳踏車輪有內胎和外胎，台語是「內乳」和「外乳」，空氣都是貯在內胎。

呵呵，不是啦，要問的是彭于晏的問題：台語「破風」怎麼說？

「破」有兩個音，【瓜三頗】（phoa-3），意思是「裂也，不全」，平常褲子破了、杯子破了，都是用這個音。

另一個是【高三頗】（pho-3），解釋是「剖也、裂也」，唸「乘風破浪」就要唸【高三頗】。簡單的說，【瓜三頗】是形容詞，【高三頗】通常是用在動詞。所以，吳育昇說的是【瓜三頗】，這電影片名是【高三頗】，沒那麼複雜吧？不然問一下「乘風破浪」台語怎麼說，就會瞭解了。

網路上有一篇文章，作者去自行車行修他女兒的自行車，問了車行老闆自行車各個部位的台語名稱，他說：「我越問老闆越笑，他說這些名稱都是他父親傳下來的，從小聽到大，從沒有人問得那麼詳細的。但我不問，就會消失。」

我摘出幾個列在下方，包括他所列的不同稱呼方式和注音：

把　手：車手（tshia-tshiú）、手扦[2]仔（tshiú-huānn-á），或手耳仔[3]（tshiú-ni-á）。

踏　板：腳踏仔（kha-tah-á）、車腳枋、踏枋、踏斗、車踏。

墊　座：椅苴仔（í-tsū-á）、椅坐仔（í-tsē-á），或椅墊仔。兒童安全座椅也可以這樣稱呼。

後　架：後架仔（āu-kè-á）。

停車桿：車拄仔（tshia-tú-tá）、土拄仔（thóo-tú-tá），如同摩托車，可分為中拄、邊仔拄，比較高級的腳踏車已經沒有了。

擋泥板：塗崁（thôo-khàm）、雨閘枋（hōo-tsah-pang），跟日式建築的雨淋板一樣。

氣　嘴：風嘴仔（hong-tshuì-á），俗稱鳥仔嘴（tsiáu-á-tshuì）。

驅動鏈：鍊仔（liān-á），車鏈與齒輪脫落是落鍊（làu-liān）。

我想起小時候有人嚇唬騎腳踏車的人說他的腳踏車不能騎，要去修理，因為：「輪框無風、鋼線相拐、腳踏仔無平高。」輪框是輪圈，本來就沒有氣，輪胎才有氣；鋼線是幅絲，本來就是交錯的；腳踏板就不用再解釋了……

本文拼音參考◇

漢字	十五音	羅馬字	台羅拼音	台語同音字
破	瓜三頗	phoà	phuà	——
	高三頗	phò	phò	——
扞	干二求	kán	kán	柬
	干七喜	hān	hān	悍、旱
按	官七喜	hoā^n	huānn	岸
苴	居一出	chhi	tshu	痴、趨
墊	兼三地	tiàm	tiàm	店

1 應做「黜臭」，請參考本冊之173篇〈黜臭〉。
2 「扞」的音標示於下表，但是一般我們說的是「手按仔」，「按」，【官七喜】
   （hoaⁿ-7），教育部將「扞」標為【官七喜】（hoan-7）的音。
3 「耳」是常用於鍋、鼎、爐把手的稱呼。

㾀姦攆攃

聽說比起現在常用短而有力的「招呼語」（像「X你娘」和「靠北」），一百年前的台灣人罵的髒話可能是現在所望塵莫及的，甚至多元到讓日本派人來台收集，列在《台灣風俗誌》中。當時不但罵到你上一輩（「你娘」），更罵到數百年前的祖先，泉州人罵漳州人「幹你大聖王」（大聖王是指「開漳聖王」），而且「開漳聖王」不但是祖先，祂還是神。

潘渝霈在《100年前台灣人都罵什麼髒話？絕對不只「X你娘」，一口氣譙完，日本人都嚇傻》一文提到：「詛咒人去死的，也成了慣用的侮辱手法，威力驚人。例如『死無半個點香點蠋（無人送終）』、『汝著死咧十字路頭被狗哺（橫死十字路口，頭還被狗啃）』、『拾骨頭尋無墓（後人撿骨找不到墓）』，句句都是要人命。還有這句最長的髒話：『貓仔貓[1]比巴放屎糊蚊帳洗無清氣捕貓仔去破戲破無天光捕貓仔使肛屁半路死。』這根本是失落的台式索命咒。若能一口氣飆出來，保證以後沒人罵得贏你。」

看了這句話，讓我深深感覺到現在還在研究「X你娘」實在是很幼稚園，台語的「博大精深」，這才是博士班水準……

「幹」原字其實應寫做「姦」，意即性交，有人說被幹的總是「你娘」、「祖嬤」，而不是「幹你爸」，這是父權惹的禍，男人幹了你娘，就有一種「我是你老爸」、「我是你祖公」的優越感。我想，台灣三字經國罵的「精義」應該是在這裡。

　　一個人大聲罵別人，特別是用粗魯的話罵，台語叫「ㄘㄜˋ」。蘇菲亞小姐在《台灣的語言文字》一書中提到：「正確文字應該是『錯』。她說俗語說『舉叢好好，無錯』，『錯』的意思是用斤斧砍；切磋古做切錯，有來回摩擦的意思，引申出錯姦成為男女性事，『甲郎ㄘㄜˋ』應做『偕郎錯』，與郎君圓房的意思。古意非常典雅正式，由於年代久遠，無知的百姓誤用，成為粗鄙的用語。」

　　不過我對這樣的說法存疑。《彙音寶鑑》收錄了一個字，「䪥」【高四出】（chhoh-4，姦淫聲也），這應該是比較合理的。台語有「䪥姦㨻」[2]的說法，意思是用粗魯的話辱罵。「㨻」，北京語音「ㄐㄧˇ」，當「擊、刺、抓住」的意思，台語是【嬌七求】（kiau-7），基本上是「撬」的意思。

　　另一個加強語氣的說法是「䪥姦攭㨻」，「攭」音【江四柳】（lak-4，攭鑽，攭旋也），攭鑽」是一種用旋轉鑿洞的工具，我覺得「姦、攭、㨻」這三個字基本上是指相同的意思，英文粗魯的說法也用「screw」，完全一樣！神奇吧！

後記。

　　有網友問：䪥與「嘬」這個字有什麼差別？

就我所知，「嫳」字基本上當作「罵」，台語的「罵」一般有幾種同的說法，還包括罵、嚷、潑、撟（摋）、詈。其實也有人用「嫳、姦、撟」，我沒有用「嫳」的原因是：第一，我把這四個都當做侵犯身體的動詞引申用於以粗鄙的話罵人的意思，所以「𧥣」要比「嫳」好些，更比其他人的建議「錯」要好；第二，《彙音寶鑑》並未收錄「嫳」這個字。當然，這是我的看法，《彙音寶鑑》也不是沒有錯或疏漏，大家可以討論。

　　也有人說他看完整篇才知道標題怎麼念──𧥣幹喇攪。

　　其實，這也是我們現在很大問題，很多話還會說，但是已經不知道怎麼寫……。說真的，這並不是一個特別罕用的詞，但是我也很久沒聽到過了。

本文拼音參考

漢字	十五音	羅馬字	台羅拼音	台語同音字
𧥣	高三出	chhòh	tshò	操、挫、噪
	沽三出	chhò	tshòo	醋、措
錯	高四出	chhoh	tsao	─
攪	江四柳	lak	lak	轆
摋	嬌七求	kiāu	klāu	轎

註釋

1　第一個「貓」應作「猫」，第二個「貓」應為「眇」。

2　這個普通用語該怎麼寫說法不一。也有人建議「誂訐譙」。我記得小時候我伯父曾講：「不通安耳亦欲加人訐，安耳亦欲加人訐！」意思是不要這樣也要罵人、那樣也要罵人。因此，「誂訐譙」應該是合理。但是當「誂訐譙」中間加了另一個動詞「攪」的時候，我用了與「性交」有關與隱喻用法的用字。

109
西瓜呻

　　哥有個國小同學在台南林百貨隔壁開了一個餐館，賣的是台南鄉下的家鄉味特色菜，魚和海鮮都是馬沙溝海港直送，而最有特色的一道菜是「西瓜綿鮮魚湯」。

　　「西瓜綿」也有人寫成「西瓜呻」，我知道那是什麼東西但是不確定怎麼寫。在西南沿海地區有些貧瘠沙地會種西瓜，小時候西港區曾文溪畔不少。很多農作物都需要疏果，不要讓養分分散，才能結出好的果實，西瓜也一樣，摘下的幼瓜可以拿去醃漬，是搭配海產煮湯提味的好食材，我們那個地區因為虱目魚養殖業興盛，「西瓜綿虱目魚湯」成了非常道地的風味菜。

　　話說我不知道是「西瓜綿」還是「西瓜呻」，小時候聽到的都是「年」的音，或許這是現在它被稱為「西瓜呻」的原因；但是現在大部分的人好像都是稱它為「西瓜綿」。不管是「西瓜綿」還是「西瓜呻」，我都無法想出它與幼瓜的連結。

　　前幾天看到一個視頻，有位來自烏克蘭住在台灣會講台語的小姐嘗試到傳統市場用台語買菜，她買了小黃瓜然後問老闆娘小黃瓜的台語叫什麼，老闆娘突然愣在那裏尷尬地說她一時想不起來，有路人幫忙答腔說「瓜仔妮」。

我本來以為字幕也是亂打的，後來上網查i-taigi，是我無知，還真的有這樣的寫法，除了「瓜仔妮」還有「瓜仔哖」、「花瓜仔」、「脆瓜」、和「娘仔瓜」。其實，「妮」字還滿有意思的，「妮」是少女、小姑娘的意思，小黃瓜相較於黃瓜，就像個小姑娘，而如果把西瓜幼瓜稱為「西瓜妮」不是也很適合？只是好像沒人這樣建議，就先用「西瓜綿」或「西瓜哖」好了，別人才懂你在說什麼。

　　許多蔬菜台語的名稱和國語是不一樣的，前面提到的「黃瓜」，台語叫「刺瓜」，「絲瓜」叫「菜瓜」，「南瓜」叫「金瓜」。

　　「青江菜」叫「湯匙仔菜」，「青椒」叫「大同」，「茄子」也有的人叫它為「紅菜」，「菠菜」叫「菠薐仔菜」或「飛薐仔」，「空心菜」叫「蕹菜」，「花椰菜」叫「花菜」，「香菜」叫「芫荽」，「四季豆」叫「敏豆」，「豌豆」叫「荷蘭豆」或「栱仔豆」、「蠶豆」叫「齒豆」，「皇帝豆」叫其實應該是「梵地豆」[1]。

　　對於不會做菜的我們，分辨菜名和魚名某個程度上是有些小障礙（其實是滿困難的）。有個滿古典的台語笑話：有個新媳婦不擅做家事，回後頭厝（娘家）跟媽媽哭訴說被擔家（婆婆）苦毒（虐待），她媽媽問怎麼一回事，她說：「就親像匏仔皮金金，無削皮亦罵啦！苦瓜皮皺皺[2]，削皮亦罵啦！」我後來還聽說這是發生在我們村子的真實故事。

本文拼音參考。

漢字	十五音	羅馬字	台羅拼音	台語同音字
綿	棉五門	$bî^n$	mî	棉
	堅五門	biân	bîn	眠
哖	棉五柳	$lî^n$	nî	尼、年
妮	棉五柳	$lî^n$	nî	尼、年

註釋

1 梵地豆是從印度引進，故稱「梵地豆」，意即印度荳之意。連橫在《雅言》中稱
   「嗣王經嗜此，因以為名。」是值得商榷的。
2 大部分人寫為「猫猫」，「眇」除了「深目也」也可以做「面目不平也」，也就
   是指「麻子臉」。有句話「看猫的無點」應該是「看眇分無點」。這句話各方解
   釋說法很多，有機會再聊。

110
企腳尾

　　前幾天老哥轉傳一個踮腳尖走路健身養生運動的視頻，聽說可以活化四肢和頭腦，消除長時間用腦集中及突然站立而眼前發黑，還可以減肥。

　　「踮腳尖」台語的說法和用字也是滿有趣的！

　　一般的建議都說「躡腳尾」，「躡」字是放輕腳步行走的意思；而「腳尾」是腳的尾端，意思是「腳尖」。

　　至於為什麼教育部不是用「踮」，我也不知道。不過《彙音寶鑑》中卻也沒有這個字，但是有「跕」，《漢典》說「跕」同「踮」。而「跕」嘗【兼一柳】（liam-1，跕腳也），與【兼四他】（thiap-4履也）及【堅八出】（chhiat-8，行曳），音都與一般「踮腳尖」台語的讀法有點差異。

　　關於教育部用的「躡」字，它在台語字典裡的讀音是【兼四柳】（liap-4，登也、踏也、著履也），與「捏」和「攝」的台語同音，我認為並不是這個字。如果以音尋字，在字典中有一個「企」，它三個讀音中有一個是【更三柳】（le^n-3，舉踵向望），音與義是都接近的。北京語中當「踮著腳看」的「企」念「ㄑㄧˇ」，「企足而待」就是這個用法。因此我覺得或許

「企」才是正確的字。（只是教育部或許又會覺得用「企」來表達踮腳尖會讓它與平常的用法搞混。）

關於「腳尖」，它明明在前面，怎麼會變成「尾」？我曾看過一篇文章說「腳跟」是「踵」，「磨頂放踵」的「踵」，「腳踵」的前頭叫「腳踵頭」，所以「腳趾」頭叫「腳踵頭」。不過，這只是說明了腳跟以下的部分，並沒有解釋「腳尾」的「尾」。又有人說這是因為台語的思考是跟北京語不同的，「腳跟」的台語要稱為「腳後蹬」（也有稱為「腳蹬」或「後蹬」）。這好像也沒解釋清楚。

我認為思考頭與尾的問題，應該要清楚定義「基本部位」。照理說，下肢的上半部是腿，下半部是腳，因此「腳」的頭在膝蓋的部位，我們才把「膝蓋」叫做「腳頭趺」，膝蓋關節無力叫「腳頭無力」。腳中央一段基本上是腳骨，後面有肉肉的地方稱腳肚，再往下接腳目、腳盤、腳後蹬、腳趾頭，這一整段都可以是叫腳尾。冬天手腳冰冷，台語會說「腳尾手尾冷吱吱」，小腿肚以下都會覺得冷，不是只有腳尖。因此，把腳尾說成腳尖並不適當，應該是小腿肚以下都算。所以，「企腳尾」是只讓這一段撐高。走在人群中要看到前面的事物，需要「企高」（踮高）。

回過頭來看這個詞，「踮」或「企」，本都是提高腳跟用腳尖著地的意思，所以「踮」等於「踮腳」也等於「踮腳尖」，真是的！

倒是，如果是腳跟著地走路呢？哈哈，那叫「企鵝走路」。

本文拼音參考。

漢字	十五音	羅馬字	台羅拼音	台語同音字
跕	兼一柳	liam	liam	拈
	兼四他	thiap	thiap	帖
	堅八出	chhiàt	tshiàt	——
躡	兼四柳	liap	liap	攝、捏
企	更三柳	lè^n	lènn	——
蹬	經三地	tèng	tìng	釘、訂

111
相借問

　　杜牧有首詩〈清明〉:「清明時節雨紛紛,路上行人欲斷魂。借問酒家何處有?牧童遙指杏花村。」

　　崔顥的〈長干行・君家何處住〉:「君家何處住,妾住在橫塘。停船暫借問,或恐是同鄉。」

　　「借問」是「請問」的意思,現今的北京語白話都說「請問」,正式一點的用詞則是用「請教」,但是「借問」這個詞仍然普遍流行於台語中。

　　例如問路時就會說:「歹勢,借問一下南鯤鯓代天府要安怎行?」(不好意思,請問一下去南鯤鯓代天府要怎麼走?)這是一般的用法,也是正常用法。不過也常會有口氣不好的用法:「借問一下,你此嘛[1]是欲安怎?」是說「請問一下,你現在想怎樣?」頗有「你幹嘛?想要幹架嗎?」的意味。「借問一下,你是咧壞啥物?」是說「請問一下,你是在兇甚麼?」直白一點就是「你凶什麼凶?」的意思。

　　「借問」有一個特別的用法,是打招呼、寒暄。也就是問對方好不好,請安打招呼的意思。「相借問」就是互相打招呼問候。例:「見着人愛相借問,才有禮貌(碰到人要打招呼,才有

禮貌）。」如果有人說：「我無欲偕伊相借問！」就是說「我碰到他也不會跟他打招呼。」而「相」這個字，有六個音之多，一般在這會用【茄一時】（sio-1）的音，與「燒」的台語同音。（不同地方會用不同音）

　　基本上「無相借問」是用來形容兩個人的關係到了冰點，彼此不打招呼，互相不理睬，不過也不會有衝突，處於冷戰的狀況。

　　另一種打招呼的說法是「相叫應」，我叫你，你回應，舉例來說，回家見到父母親叫「爸！媽！」爸媽回個「嗯。」這是最簡單的招呼語回應，就是「相叫應」。

　　呵呵，如果我叫你，你不回應，以後碰面我就「無欲偕你相借問」。

本文拼音參考。

漢字	十五音	羅馬字	台羅拼音	台語同音字
相	姜一時	siang	siang	雙
	姜三時	siàng	siàng	──
	恭一時	siong	siong	嵩、襄
	恭三時	siòng	siòng	──
	茄一時	sio	sio	燒
	薑三時	siù^n	siùnn	──

註釋

1　「此嘛」，請參本冊之121篇〈今害矣〉。

112
潘糜

回台南都會想去吃虱目魚粥。在台南市市區有公園南路的阿憨鹹粥，它以前是在赤崁樓旁石精臼，老字號的鹹粥店；還有現在觀光客常去在西門路府前路口附近的阿堂鹹粥；或是我回老家都會去學甲的永通，這幾家賣的主要都是虱目魚肚粥。

基本上「粥」的台語叫「糜」。「糜」和「粥」可以說是同樣的東西的不同名稱，古時候也有「糜粥」的名稱，它是把米和水放在鍋子或是加上菜湯肉汁一起熬爛。

《彙音寶鑑》裡「粥」有三個音，【恭八英】（iok-8，同鬻，賣也）、【恭四曾】（chiok-4，糜粥、柔弱）、【糜五門】（boai^n-5，同糜）。

「糜」音【糜五門】（boai^n-5，水飯曰糜）。

這樣看來，台語的本字應該是「糜」，而「粥」有【糜五門】的讀音搞不好是因為訓讀衍生的結果。

台語講「地瓜粥」會說「番薯糜」，「鹹粥」為「鹹糜」，只是我們吃的虱目魚粥，應該不算粥，而是泡飯。袁枚《隨園食單》中寫道：「見水不見米，非粥也；見米不見水，非粥也。必使水米融洽，柔膩如一，而後謂之粥。」必須把米跟水煮到融

合，才叫粥。台北市復興南路有好多家賣清粥小菜宵夜的，米飯是糊掉的，稱為粥沒有問題，但是我們吃的虱目魚粥，是把飯加在魚湯中再拌開，因此應該是算泡飯。

簡上仁先生重唱的台灣民謠「正月調」歌詞寫的是：

> 初一早啊，初二早啊，初三睏甲飽；
> 初四接神，初五隔開，初六是挹肥。
> 初七七完，初八完全，初九天公生日；
> 初十食食，十一請女婿。
> 十二請查某子仔、轉來食鹹粥仔配芥菜，
> 十三關老爺生，十四月光，十五是元宵暝。

其實正月十二日請女兒回來吃的是「潽糜配刈菜」。稀飯依照它糊爛的程度，有較濃稠像袁枚所定義的，用「涸」來形容。「涸」，【公四喜】（hok-4，水竭也）；也有較多水而稀的，還可以看的到米粒，而這種的米湯稱為「潽」。「潽」北京語念「ㄑㄧˋ」，台語讀音是【甘二英】（am-2），解釋為「飯潽」、「糜潽」。「潽糜」基本上是水比較多的粥，以前生活條件並不好，沒有那麼多白米飯吃，所以稀飯的米較少，真的是「稀飯」；歌詞中的「芥菜」又稱刈菜、大菜、大芥、芥子，當年菜時又名長年菜，寫芥菜也不算錯，不過這「正月調」在古時候唱的是「刈菜」。

補充一下，「初十食食」，第一個「食」是動詞「吃」，第二個「食」是名詞「食物」。這是另一個「吃」要寫「食」，不

是寫「呷」的證明。

本文拼音參考 ◆ ────────────

漢字	十五音	羅馬字	台羅拼音	台語同音字
粥	恭八英	iȯk	ik	浴
	恭四曾	chiok	tsiok	酌、足
	糜五門	boâi^n	muê	糜
涸	公四喜	hok	hok	福
潽	甘二英	ám	ám	闇
餢	君一頗	phun	phun	奔

113
穿插擎扴

　　父親是位注重衣著的人，或許是因為他當了幾十年的小學校長，養成他對注重外表的堅持。但是他的衣服都是媽媽要幫他準備，他都會跟媽媽說：「查埔人的穿插是查某人的面子」。哈哈，這句話真好用，媽媽幫爸爸「款」了一輩子的衣服。

　　「款」是準備的意思，要出門旅行要「款行李」，要嫁女兒要替她「款嫁妝」，整理房間叫「款房間」。

　　一個人的外表穿著，台語叫「穿插」，這與北京語的用法不但不同而且八竿子打不著。而形容服飾衣著整齊鮮麗叫做「擎紮」。例：伊的穿插真擎紮。「擎」，【居四邊】（pih-4，擎手袖也）；「紮」，【甘四曾】（chap-4，纏束也）。（「擎紮」兩個字的用字是參考教育部《台灣閩南語常用辭典》，從字義上來看，衣服該折的折，衣帶要綁的綁，用字可能是合理的，但是音的部分，《彙音寶鑑》對「紮」只收錄【甘四英】的音，【膠四曾】有「扴」字，故亦有建議「擎扴」。）

　　穿著好看也可以說「體面」，送的禮物好看、大方，也可以說「體面」，一個人的樣子站出來好看也可以說「體面」。他還可以當「面子」解釋，尹金澤先生在其所著《三探台閩豫祖根淵

源──方言民俗探微》提到：「視體統，顧情面曰體面。故始和閩台方言還演義為人的好名聲。」「失體面」就是沒面子的意思。

鄭天福先生在其所著《台語根源──探索古漢語的世界》一書提到「體面」的相反詞是「鄙相」。不過，「鄙相」這兩個字通常是當動詞用，有鄙視、諷刺與挖苦的意思。外表不好看，不修邊幅，衣著不整，稱為「荏懶」；「荏」，【金二入】（jim-2，柔弱也），但是《彙音寶鑑》也未收錄【甘二柳】的音；「懶」，【干二柳】（lan-2，懈怠也），或【官七柳】（loaⁿ-7，懶賤也），這裡是採第二個音義[1]。

「查埔人的穿插是查某人的面子」這句話實在講得讓女人沒有抗拒的餘地，傳統男主外女主內的社會中，家事是女人的工作，洗衣煮飯做得好，表示這女主人賢慧能幹，所以先生的穿著也就相當體面，而若先生穿得「荏懶」也隱含了女人不會做家事；從另一方面來說，理論上男人與女人是相配的，男人好也表示女人好，男人也象徵了這一家，也是全家的面子。

不過，時代不同了，新好男人是要做家事的。我得去燙衣服了，明天還要上班，「穿插」要「擎挓」，不可以「荏荏懶懶」。

本文拼音參考。

漢字	十五音	羅馬字	台羅拼音	台語同音字
款	觀二去	khoán	khuán	綣
擊	居四邊	pih	pih	鱉
紮	甘四曾	chap	tsat	札
挓	膠四曾	tsah	tsah	——
荏	金二入	jím	jím	忍
	甘二柳	lám	lám	攬
懶	干二柳	lán	lán	咱、報
	官七柳	loā^n	nuā	涎、爛

註釋

[1] 因為音的關係，有人建議「懶爛」。

114
立陀位？

創作歌手伍佰有許多膾炙人口的歌曲，我覺得最特別的是他創作出完全不同風格的台語歌曲。過去的台語歌曲幾乎都是哀怨的小調，伍佰的台語歌不但有的有輕快的節奏，像「愛情限時批」，也有抒情搖滾風，像「世界第一等」。

在他「返去故鄉」這首歌的副歌，他唱著：

> 我的雙腳站在這，我的鮮血，我的目屎，攏藏在這个土腳；
> 我的雙腳站在這，這有我的靈魂，雖然我猶原是感覺孤單；
> 沒人會當[1]抌盪[2]著我，但是沒人會當抌盪著我。

我們今天只談「站」這個字。

台語「站」，【甘七曾】（cham-7，獨立也，或做舖站也），它其實跟我們認知的「坐臥站立」的「站」並沒有關係。而台語的「站」，教育部建議的是「徛」這個字。但是「徛」，【居一求】（ki-1，用足涉水），音與義都不符合。

表示「站」意思的台語字，字典裡用的是「立」。「立」有兩個音，【金八柳】（lip-8，豎也，成也，建也，置也）以及

【迦七去】（khia-7，人立也）。

　　比較適當的用法的應該是「立」這個字。我們說：「你立佇遐創啥物？」是「你站在那裡做什麼？」所以伍佰的歌詞應該要寫為「我的雙腳立佇這」。（「這」字讀音是【嘉二曾】（che-2），我們平常是說【迦一曾】（chia-1），「遮」字有兩個音，【迦一曾】與【迦一入】，義不符，應該是因為音同被借用。）

　　而「立」這個字的用法很多。有兩個很常用但是慢慢地被忽略的用法是：

　　「你立佗位？」，意思是問「你住哪裡？」我認為這個用法其實跟「立館」（建館）的用法是一樣的，「立」可以當建立、設置來用，「立冊店」是「開書店」，「立厝」是「立一間厝」，也就是建一個房子，人家問你的厝立在哪，就是問你住哪囉。

　　另外，「這間厝立我的名。」，意思是「這間房子登記我的名字。」現在會這樣用「立」的都大概是著老級了。

　　「頭前立一枝電火柱仔。」是「前面豎立了一根電線桿。」「立」當作豎立解釋，其實跟「站立」接近啦。

　　「立頭」是指居首位的人，「立」當作「位居」解。

　　我們常看到的一句話「徛懸山，看馬相踢」，就是「站在高高的山上，看馬互踢」，即「隔山觀虎鬥」，自己置身度外，在旁看好戲。前面提到，教育部建議用「徛」這個字，是可以再做一些討論。另外，這裡的「懸」也是一個問題。「懸」，【堅五喜】（hian-5）或【更五喜】（he^n-5），音都不對；而

「高」，除了當姓以及高的【高一求】（kə-1），還有【觀五求】（koan-5），意思是「不低也」。如果要用「懸」來當「高」，那麼「明鏡高懸」該怎麼辦？很怪的是這也是被普遍使用的。

本文拼音參考。

漢字	十五音	羅馬字	台羅拼音	台語同音字
徛	居一求	ki	ki	居、基
站	甘七曾	chām	tsām	暫
立	金八柳	lip	lip	笠
	迦七去	khiā	khiā	豎
這	嘉二曾	ché	ché	姐
遮	迦一曾	chia	tsia	嗟
	迦一入	jia	jia	——
懸	堅五喜	hiân	hiân	玄
	更五喜	hê^n	hênn	——
高	高一求	kə	ko	篙、糕
	觀五求	koân	kuân	

註釋

[1]　「會當」再原歌詞中被寫為「會凍」，這也是目前常被誤寫的字之一。

[2]　一般寫為「震動」，建議寫為「抻盪」。「抻」是「轉」的意思、「盪」是「擺動」。

115

咱人

　　我一直以為我對很多國小時的國語課本課文都很熟，從「首冊」開始，很多課文都可以背得出來（呵呵，有點無聊！）。有一天我老哥問我記不記得「日曆！日曆！掛在牆壁。」的課文，我別說要背出來，連有這一課我都不記得！頓時信心受到完全地摧毀！

　　上網查了那個課文，是這樣：

> 日曆！日曆！
> 掛在牆壁，一天撕去一頁。
> 時間過得真快，使我心裡著急。
> 從今起：愛惜光陰，求學要努力。
> 日曆！日曆！
> 掛在牆壁，一天撕去一頁。
> 時間過得真快，使我心裡著急。
> 願大家：愛惜光陰，自強不息。

　　小時候好像家家戶戶都會掛日曆，新年快到的時候，很多人

就會贈送新的日曆。其實好像除了一天撕一張，日曆唯一的功能是變成計算紙。除了日曆，我記得學校老師在辦公桌上都會擺桌曆，也是一天一張。後來日曆慢慢被月曆取代，月曆都會有漂亮的圖案，掛在牆壁還可以當裝飾。

日曆的「曆」字台語念【經八柳】（lek-8），現在一般人直接稱「日曆」，也有人叫「日帖」、「日拆」或「日子圖」，但是以前日曆台語叫「曆日」，也有說是「臘日」，不論是「曆日」或是「臘日」，都是唸「臘日」的音，【膠八柳】（lah-8）。

《水滸傳》第二十四回，王婆：「娘子家裡有曆日嗎？借予老身看一看，要選個裁衣日。」因此，古時候的「曆日」應該就是我們所說的「通書」，或者近似現在的「黃曆」或「農民曆」。有句台語俗諺：「過時賣曆日」，是指做不合時宜的事情，照理說日曆應該是在過年前賣，過了年賣日曆是要賣給誰？

而「農曆」有一個滿特別的說法—「咱人」。依教育部台語字典：「咱人」指農曆，可以說是「咱人的曆日」的簡略說法，是臺灣人原本使用的傳統曆法，相對於日治時代日本人引進的新式曆法。例：「阿嬤生日是咱人當時？（奶奶生日是農曆幾月幾號？）」。又例：「咱人三月二三是媽祖生，臺灣逐所在攏有人咧迎媽祖。（農曆三月二十三日是媽祖誕辰，臺灣各地都有人在迎媽祖遶境遊行。）」

台語講日期的時候，月份會說「月」，但是日期指會講出數字，不會加一個「日」，所以媽祖生要說「三月二三」，不是「三月二十三日」，沒有「日」，也沒有「十」，小小的地方就會是講出來的台語味道不一樣的關鍵。

本文拼音參考 ◆ ─────────────────

漢字	十五音	羅馬字	台羅拼音	台語同音字
曆	經八柳	lėk	lik	勒、靂
	膠八柳	lȧh	lȧh	蠟、獵

116
向腰

　　2020年8月，蔡英文總統接見日本前首相森喜朗，會中蔡英文幾乎全程彎腰前傾，頻頻點頭，被人形容為「點頭哈腰」。隨後，森喜朗送了一本漫畫，蔡英文立即起立雙手接過並拱手致謝。這又被笑到彎腰、也罵到彎腰。

　　「彎腰」，在當正常的「彎下腰」的時候，台語寫為「向腰」，「向」則唸【監三英】（aⁿ-3）的音。「彎」一讀【觀一英】（oan-1，曲也、引也），一讀【褌五英】（ng-5，犁彎耕具），但是「向」在《彙音寶鑑》中所列的三個音，【姜三喜】（hiang-3）、【恭三喜】（hiong-3）和【褌三英】（ng-3）也都不是【監三英】（an-3）的音。這有可能是發音走音的結果，也有可能是《彙音寶鑑》的疏漏。《彙音寶鑑》雖然是我們主要的參考字典，但是不容否認的，它也會有疏漏或錯誤的地方，我就常常發現檢索沒有但是內文有的，也會有頁碼標注錯的，這真的也在所難免，也希望大家提供寶貴意見。

　　如果是笑到彎腰或是罵到彎腰，台語會說「歪腰」。好笑的笑話，讓你笑到彎腰，也是說笑到「歪腰」。如果是工作太累，累翻了，纇到無法把腰伸直，是累到「歪腰」；如果有件事會讓

你做到很辛苦，也會說你會做到「歪腰」。2016年大學學測國文引導寫作出了「歪腰郵筒」這題目。「歪腰郵筒」是位於台北市南京東路三段巷子兩個在2015年被蘇迪勒颱風吹歪的郵筒，有的考生寫的是正面的療癒效果，也有人則引用台語「歪腰」有「做得很累」的意思論說郵筒可能是痛苦而非微笑。

做到很累可以說「做曷歪腰」，也可以說做到「酥腰」。例如：「我趕路趕曷強欲酥腰去矣。（趕路趕到腰快散了。）」這個「酥腰」是指「腰部因疲勞而快鬆解」。「酥腰」還有另一個意思是指細長而腰部微彎的身材。不過，我小時候常常被我媽媽罵「酥腰」，因為我常常站都沒站好站直，會有點駝背、小腹往前挺，腰桿彎彎的不直挺，很難看的站相，媽媽就會唸：「立乎好，不通安耳酥腰酥腰！」

本文拼音參考。

漢字	十五音	羅馬字	台羅拼音	台語同音字
彎	輝五英	ñg	ñg	黃
	觀一英	oan	uan	冤、灣
向	姜二喜	hiáng	hiáng	享、餉
	恭二喜	hióng	hióng	餉
	褌三英	ǹg	ǹg	──

117
擔輸贏

　　有時候我也會覺得奇怪，即使在台北市，走在很多地方，我聽到台語的比例還是很高，讓我不禁懷疑所謂三十到五十年後台語會消失是真的還是假的？

　　周一，是讓人出門上班無精打采的一天，捷運上幾位老先生老太太講話干擾了我滑手機的心情，他們講的是台語。下了車進公司前去便利商店買麵包，紅燈的時間聽到兩位老先生的對話，最後一句是騎腳踏車的先生跟走路的先生說：「去行行ㄟ較贏！」是呀，講台語的人還滿多的。

　　「較贏」是「比較好」，「較輸」是「不如」。以上面那句話來說，「去行行ㄟ較贏！」就是「去走一走比較好！」，如果說：「較輸去行行ㄟ！」就是「不如去走一走！」這本來也是很平常、很口語的，但是好像年輕人就不會這樣說。

　　除了「好壞」用輸贏，很多事也是要拚輸贏啦！

　　「拚輸贏」是「較量」、「較勁」、「決勝負」的意思，通常會說：「來！我偕你拚一下輸贏咧！」什麼是要拚輸贏？搞不好是打架、搞不好是打球、搞不好是下棋，也可能是喝酒，什麼都可能啦！

「相輸贏」比較常用在「打賭」，也可以說「相輸」、「插」或「加插」。願賭服輸，要跟人家「拼輸贏」，也要能承擔許諾的條件或失敗的壓力，叫「擔輸贏」。例如：「輸着輸囉，你着較擔輸贏兮。（輸就輸了，你要服輸啊。）」

　　江蕙有一首歌「擔輸贏」，有一段歌詞是：

　　　　一隻傘三人舉，我甘願孤單，

　　　　好壞阮嘛沒怨命，猶在心痛疼，

　　　　就算雨落未煞，目屎擦乎乾，

　　　　緣份早有天註定，敢愛，咱就要擔輸贏。

　　最後一句很清楚，既然敢愛，敢去碰觸三角習題，就要敢承擔失敗的壓力。

　　或許你會聽到一句話，通常是開場白：「說一句較無輸贏的，……」這裡的「無輸贏」是指沒有偏袒，也就是說：「講一句公道話，……」

　　或說回來，我聽到的對話都是有點年紀的人說的。說一句「較無輸贏的」，年輕人會講流利語正確的台語的越來越少了，煩惱也沒有用，大家多花些心力來推動、保存台語，付諸實際行動「較贏」。

118
轉彎斡角

　　兩年前流行一個用詞「髮夾彎」，在野黨用來批評執政黨的政策突然改變，包括年金改革、一例一休、日本核災食品、非核家園、兩岸服貿、總統兼黨主席、完全執政是國家災難、電價調漲......，數不完。

　　替蔡政府辯護的人說「髮夾彎」是民主常態，川普當選不到兩周，「髮夾彎」已數不清，包括歐記健保、美墨邊境高牆、歐盟日韓負擔美國保護金、對中國產品課重稅費、送希拉蕊入監......。我不想評論這是否是「民主常態」，我只能說川普是個愛胡說八道的人，或是說根本只是在騙選票，但是就是有人喜歡被愚弄，被愚弄還不會清醒。

　　「髮夾彎」台語怎麼說？「髮夾彎」的英文在不同的國家有不同的說法，有的說「hairpin turn」，有的說「flip-flop」，最簡單的是「U-turn」，其實就是指道路迴轉。很多地方在開路的時後受限於地形，需要連續大彎，甚至變成一個景區特色，像舊金山的倫巴底街（Lombard Street）就是。

　　路180度的大轉彎，台語的說法有不少，像「死彎」、「死斡」、「大斡彎」和「大翻頭」都是。

「翻頭」也用在折返，不一定是路有彎。轉彎的時候會說「斡彎」、「轉彎」、「踅彎」、「斡角」。「斡角仔」通常就是指轉角的地方，十字路口的「斡角仔」現在常用「三角窗」來稱呼。

對於剛學開車的人，我們常會提醒他要注意「轉彎斡角」或「轉彎踅角」，而「轉彎踅角」也用在比喻說話或做事不爽快，也就是北京語的「拐彎抹角」。例如：「欲講就直接講，莫咧轉彎踅角。（要說就直接說，不要在那裡拐彎抹角。）」不過，一般講話拐彎抹角台語會說「講話彎彎丂丂[1]」。

另外《台語不要鬧》大衛羊說「轉彎斡角」應該是「軫頭乞角」[2]，他也在系列視頻中提到「軫」與「轉」差異在「回到原位與否」，但如果是這樣，「軫」好像又有點不適合。

如果習慣了上面的「轉」，就不會寫出「等大人」或「登大人」這樣無厘頭的字了。

青春期男女身體各部位發育成熟，由小孩變成大人，我們稱為「轉大人」。例如：「伊開始咧轉大人矣。（他開始在發育了。）」我們也可以說「轉骨」。許多父母都會幫在這個時期的小孩補一下，讓他順利發育、可以長高，這樣的快速長高，通常台語說「拔高」或「抽高」。有一種輔助食品鎖定這族群，品名叫「等大人」，取這名字真的是莫名其妙！唉，繼續「等」吧，「等」不會讓你變大人，要「轉」才會變大人。

本文拼音參考。————————————————————

漢字	十五音	羅馬字	台羅拼音	台語同音字
斡	觀四英	oat	uat	挖
莭	堅四曾	chiat	tsiat	折、節
	觀八時	soát	sèh	捋
轉	觀二曾	choán	tsuán	囀
	裈二地	tńg	tńg	返
等	經二地	téng	tíng	頂、鼎
	甘二地	tán	tán	僤
登	經一地	teng	ting	丁、燈

註釋 ————————————————————

1　《說文》：「丂，气欲舒出。勹上礙於一也。丂，古文以為亏字，又以為巧字。
　　凡丂之屬皆从丂。」《玉篇》：「丂，古文巧字。」段玉裁注：「此則同音假
　　借。」

2　網路上看到《台語不要鬧》大衛羊的視頻說：「軫彎宊角」。「軫」是車後橫
　　木，【巾二曾】（chin-2）。彙音寶鑑中，「宊」、「挖」、「斡」三個字都是
　　【觀四英】的音。大衛羊提到從造字的原理來看，「宊」是探到洞裡扭轉探尋，
　　與「挖」略有差異，可是字典中二字都未有轉彎的意思。故僅供參考。

119
現流仔

　　新北市石門區老梅綠石槽海岸是很特別的沙岸與岩岸並存的地形，火山岩的岩岸被海水侵蝕成為一條一條的溝槽，適合石蓴、海髮絲等海藻附著生長，每年四、五月整個海岸溝槽上會覆滿海藻，彷彿披上翠綠色的外衣，形成一條一條的「綠石槽」。

　　由於有沙岸地形，可以很容易地走到海邊踩在水裡；也因為有岩岸，可以看到海浪拍岸激起的浪花。

　　「海浪」台語可以直接說「海浪」、「波浪」，不過一般口語叫它「海湧」、「水湧」，或簡稱也「湧」。「湧」，【恭二英】（iong-2，泉上溢也）或【經二英】（eng-2）。

　　葉啟田有一首紅遍台灣的「愛拚才會贏」有一句歌詞「人生可比是海上的波浪，有時起，有時落。」他就是直接用「波浪」。黃乙玲和郭桂彬也有一首歌叫「海波浪」，聽說是一位黑道大哥在監獄裡反思寫的，歌詞有著極深的悔恨，加上旋律台語演唱，唱出無限的無奈。「我隨著海波浪，浮沉在你心內，我夜夜在等待，等你來團圓；大聲叫不願偕你來分開，大聲叫我愛故鄉我愛你，若分開已經不知何時何日才會通偕你來相逢。」

　　海浪拍打岩岸激起的浪花台語叫「湧鬚」、「海水花」，或

「浪花」。

　　因為看到我堂哥臉書的照片很漂亮，我找了個假日去訪勝。我停車的地方有個賣石花凍的小店，老闆娘人很好，我要離開的時候還特別跟我說下次要來要先看潮汐表。

　　「潮水」一般叫「流水」或「流」。我們到海港買魚的時候店家可能會說這是「現流仔」，意思是「剛從海潮裡撈捕起來的新鮮貨」。而「潰流」是「滿潮」、「洘流」是「退潮」。網路上曾看到有人在問「南流」是漲潮還是退潮，基本上要看你在哪裡。台灣西部海岸在漲潮的時候，海水由台灣海峽南北兩端往台灣中部推進，退潮的時候再各自往兩端退，因此，對於南部沿海，南流是退潮，但是對北部，南流是漲潮。「流」，【交五柳】（lau-5），「潰」，【堅一地】（tian-1，盛貌），「洘」，【高二去】（kho-2）。

　　「流」還是以潮汐作為計算時間的單位。「一流水」就是指一次漲潮的時間。

　　好像很多歌會跟「海」有關係，我有位同學在成大當教授，近幾年致力於開發陪伴老人的閩南語機器人，他展示他開發到一半的機器人給我看，他要我用台語對機器人點播台語歌「浪流連」。我本來不知道那是甚麼歌，這同學竟大表詫異！「浪流連」是獨立樂團茄子蛋在2018年推出的歌，講的是浪子因愛回頭但是卻是悲劇結局的故事。做了功課我才了解「浪流連」其實是指「整天閒晃，遊手好閒，不務正業」的意思。

本文拼音參考 ◦ —————————————————

漢字	十五音	羅馬字	台羅拼音	台語同音字
湧	恭二英	ióng	ióng	勇
	經二英	éng	íng	永、穎
流	交五柳	lâu	lâu	劉
滇	堅一地	tian	tian	顛
洘	高二去	khó͘	khó	可、考

120

沒沒泅

　　2020年初新冠病毒（COVID-19）疫情蔓延，中央流行疫情指揮中心指揮官衛服部陳時中部長拍了一支台語的宣導短片引起熱烈的迴響，瞬時，似乎會講台語就變成神。幾個網路上討論的詞中，「口罩」我們已經在本冊之105篇〈嘴罨〉中說明，我們今天換「臊酷酷」。

　　說真的，我是第一次聽到「臊酷酷」這樣的說法，我們比較熟悉的反而是前第一夫人周美青的外號「酷酷嫂」。

　　「酷酷嫂」來自台語咳嗽，算是AAB的疊字。在本冊之130篇〈我的尻川氣怫怫〉會談到ABB型態的疊字，我們也提到有些詞A與B有關，有些是A加上BB兩個狀聲詞，因此在探討「正確或適當」用字的時候又多了一個不確定性。而AAB的疊字比較多是用在一個當副詞用的形容詞疊字AA來修飾後面的動詞B。有人說「酷」是「非常」的意思，只是「酷」是【公四去】（khok-4）的音。

　　咳嗽的台語比較常用的是「拍咳嗽」。也有用AAB的說法，有人寫「喀喀嗽」、有人寫「咕咕嗽」還有「咳咳嗽」。

　　「喀」，【經四去】（khek-4，嘔吐也）、【更四去】

（khehⁿ-4，咳聲）；

　　「呿」，【居一去】（khi-1，張口貌）、【龜三頗】（phu-3，臥聲臥則呿呿，又張口貌）；

　　「咳」，【皆三去】（khai-3，咳嗽）、【嘉一喜】（he-1，嗽聲）。

　　我覺得其實也都不能說有錯，只是音的部分跟我們的習慣說法不完全相同，我們習慣的用法是「酷」的北京語發音，而因為周美青外表「酷酷的」，所以才有人給她「酷酷嫂」的外號。

　　雖然有些AAB也會說成BAA，例如「怦怦喘」也說「喘怦怦」，但是「喀喀嗽」說成「嗽喀喀」真的並不多見。而且「怦怦喘」與「喘怦怦」並不完全相同，前者叫重於「喘」的動作，而後這強調「喘」的狀態。

　　AAB的疊字有一個很常在媒體出現的，有些在新冠病毒的疑似病例還到處「拋拋走」，但是「拋拋走」都被誤寫為「趴趴走」。「拋」，【瓜五邊】（poa-5）；「趴」是完全不對的用字。

　　「憨憨踅」，逛夜市現在都被寫成「迺夜市」，其實是「踅夜市」才對。

　　「硞硞闖」，是指像無頭蒼蠅一樣亂跑。「闖」或作「從」。「走從」為奔波之意。「闖」，【光三出】（chhong-3，馬出門貌）；「從」，【恭二時】（siong-2，疾也）。

　　「懶懶趖」，有人建議「爛爛趖」，而若從「荏懶」一詞來看，「懶懶趖」應該比較適合。

　　「湛湛滴」，是滴瀝瀝、滴個不停的意思。例：汗湛湛滴

（汗如雨下）。

「淌淌滾」應該是「強強滾」的正確用字。（這個詞在《阿娘講的話》冊之020篇〈淌淌滾〉中有討論。）

「膏膏纏」，胡攪蠻纏，任意糾纏別人。例：你毋通更來膏膏纏（你不要再來煩擾我）。

「躼躼長」，就是很長很長，「躼」是「躼」的俗寫字，也算是個會意字，「身」很「長」就是一個人身高很高，「伊生做誠躼（他長得很高。）」也可稱他為「躼腳」。「躼」，【高三柳】（lo-3）。不過，「躼躼長」現在都被亂寫為「落落長」。

「沐沐泅」是指在水中掙扎，載沉載浮的游。例：「我看着有人佇水底沐沐泅（我看到有人在水中掙扎浮沉）。」也可以用來比喻忙亂而無助。例：「頭家做伊走，人客做一睏來一二十個，害店員佇店裡沐沐泅（老闆自顧自地離開，一下子來了一、二十個客人，害店員在店裡忙得團團轉）。」「沐沐泅」也做「沒沒泅」，我比較喜歡「沒沒泅」的用法。

這樣的詞還很多，幫我想一些吧，不要丟我一個人在這「沒沒泅」。

本文拼音參考。

漢字	十五音	羅馬字	台羅拼音	台語同音字
喀	經四去	khek	khik	克、曲
	更四去	khehⁿ	khenn	——
呿	居一去	khi	khi	欺
	龜三頗	phù	phù	——

漢字	十五音	羅馬字	台羅拼音	台語同音字
咳	皆三去	khài	kài	愾、暨
	嘉一喜	he	he	痱
拋	交一頗	phau	phau	脬、泡
	瓜五邊	pôa	phâ	——
趴	江四頗	phak	phak	仆
砭	巾四語	git	gin	屹、紇
	君四去	khut	khut	窟、屈
闖	光三出	chhòng	tshuàng	——
傱	恭二時	sióng	tsông	聳
潚	甘四出	chap	tshap	插
躼	高三柳	lò	lò	——
沐	公八門	bȯk	bak	莫、木
沒	君八門	bȯt	bȯt	物、勿

121
今害矣

　　有一個詞我不太習慣用，「立馬」。它通常是當「立刻、馬上」來用。如果你去查網路，會發現他的出處與意思有三種：

　　一、駐馬，停馬的意思。唐朱慶餘《過舊宅》詩：「榮華事歇皆如此，立馬踟躕到日斜。」，明高啟《大梁行》：「立馬塵沙日欲昏，悲歌感慨向夷門。」

　　二、馬戲之名，站立在馬背上。宋孟元老《東京夢華錄·駕登寶津樓諸軍呈百戲》：「諸班直常入祇候子弟所呈馬騎。先一人空手出馬，謂之『引馬』......又有以十餘小旗，遍裝輪上而背之出馬，謂之『旋風旗』；又有執旗挺立鞍上，謂之『立馬』。」

　　三、當「立刻」解釋。賀敬之等《慣匪周子山》第三場第一小場：「對！老田！立馬寫上封雞毛信給上川紅軍。」

　　因此，「立馬」有「立刻」的意思可能是沒多久前的事，而且是從中國大陸來的。但是這個詞現在不但很多在台灣講普通話的人會用，也影響有些人對台語的解釋，他們說因為有個「立即」，「立刻」＝「即刻」，所以，北京語的「立馬」＝台語「即馬」，也就等於「現在」。我只覺得滿有創意的！

北京語新的用法的「立馬」是時間副詞，台語的所謂的「即馬」是名詞，怎麼應該會相等？其實台語的「即馬」應該寫為「此嘛」，「此」用於表「現時」，也用於表「現地」，與「立刻」是有差異的。

　　台語對於「立刻、馬上」一般的說法有幾種：

　　「連鞭」，舉例來說：「你小等一下，連鞭就好矣（你稍等一下，馬上就好了）。」要注意的是，「連鞭」的發音是（liâm-mi）。

　　「此時」，例如：「伊聽著消息，此時就趕轉去矣（他一聽到消息，馬上就趕回家去了）。」（這個用法多被寫為「即時」）

　　「隨時」。「隨時」有兩種意思，第一個是「任何時候、無論何時」。例：「行路的時，隨時愛注意車（走路的時候，要隨時注意車子）。」第二個是「馬上、立刻」。例：「你莫更催矣，我隨時到（你別再催了，我馬上到）。」

　　而關於前面說的「即馬」，有一種說法是「今也」。《台灣古早話－河洛語－台語正解》提到：論語，魯哀公問：弟子孰為好學？孔子對曰：有顏回者好學，不遷怒、不貳過，不幸死已，今也則無。

　　「今」有兩個音，一個是【金一求】（kim-1），它與後面的「也」產生連音現象，會念成（kimma），然後走音變（jimma），我覺得這樣的說法是可以參考的。不過這樣用的人並不多，一般會寫成「即嘛」或是「此嘛」。

　　有趣的是「今」的另一個讀音——【監一地】（ta^n-1）（與

「擔」台語同音），這是個比較少被注意的字，或許很多人以為它是一個發語詞，我們說「今害矣！」就是「現在糟了！」，而這裡的「今」是唸【監一地】（ta^n-1）喔！

回想小時候黃俊雄布袋戲裡的怪老子，他有一句口頭禪：「到今你才知！」知道怎麼唸了吧！

本文拼音參考 ◦ ─────────────────

漢字	十五音	羅馬字	台羅拼音	台語同音字
今	金一求	kim	kim	金
	監一地	ta^n	tann	擔

122
驚人

在捷運上遇到一位朋友，她跟我說：「這陣仔新冠肺炎疫情，我會驚死！」我有點不太確定她的台語，所以只好跟她確認一下：「妳是『會怕死』還是『會嚇死』？」

在本冊之149篇〈向時〉會提到：「後天」台語說「後日」，兩個字分別發第七與第三聲。要小心，如果你發第三聲加第八聲，它就變成「日後」、「以後」的意思。「驚死」也有類似的狀況：不同的音調有不同的意思。

「驚死」當「怕死」時，兩個字分別唸第七與第二聲，而如果當「嚇死」的時候，分別唸第一與第三聲。所以，如果妳分不清楚，我會建議妳乾脆說「驚死人」，因為不論妳唸第七、第一、第五聲或第一、第三、第三聲，甚至是唸錯，都不太會造成誤解。

當「驚嚇到人」用的時後，也會用「驚人」二字，但是在不同的句子中用的聲調會有不同，大家就慢慢體會。只不過「驚人」有一個意思是「骯髒」。

台語關於「骯髒」有幾種說法，一是「癩瘡」例：「這个所在足癩瘡个（這個地方很髒）。」妳也可以用四字俗語說「癩瘡

爛瘝」。

　　或者你也可以說「腌臢」，「腌」，【兼一英】（iam-
1，鹽漬物使鮮物不腐），「臢」，【干一曾】（cham-1，腌
臢也）；或是「垃圾」，「垃」，【干八柳】（lat-8，垃圾塵
穢），「圾」，【金八語】（gip-8，垃圾塵穢）。

　　根據劉建仁先生在台灣話的語源與理據《垃圾‧拉颯》一文
中提到他認為「垃」字因為韻尾被弱化而只發la的音是有可能，
但是平常說「垃圾」的「圾」是sap的音，跟【金八語】（gip-
8）扯不上關係，因此他認為另有其字。他認為「台灣話骯髒意
義的la-sap的本字是『拉颯』，它是東晉時代北方中原漢語的遺
留，隨著閩南移民在傳到台灣。」只是「拉颯」兩字都有凌亂的
意思，但也都沒也汙穢的意思，或許這也是教育部並未採用「拉
颯」二字而用「垃圾」的原因。（舊版的《辭海》有對「垃圾」
二字來源的說明，有興趣可以參考。）

　　其實，「垃圾」本是名詞，「垃圾」常常被加一個綴詞成為
「垃圾仔」，表示少量不乾淨的東西，「垃圾」後來也當形容詞
了。台語對於「垃圾」的名詞還有一個較常用的是「糞掃」。

　　驚人的「驚人」，讓我們從嚇死人講到垃圾，真是「驚
人」，是「驚人」喔，不是「驚人」！只是令人比較頭痛的是我
們說的跟一般建議用字的發音還是有差異！

本文拼音參考。————————————

漢字	十五音	羅馬字	台羅拼音	台語同音字
腌	兼一英	iam	iam	閹、淹
臢	甘一曾	cham	tsiam	簪
垃	干八柳	la̍t	la̍t	力、喇
圾	金八語	gip-8	gip	岌
颯	甘四時	sap	sap	屑、霎

123

臭羶

　　天氣開始變暖，我又要開始煩惱了。到了夏天搭捷運，在車廂內常常會遇到全身汗臭味的人，在空氣流通不好的車廂內更是令人難受，我時常得放棄座位寧可用站的，遠離「撲鼻香」來源。

　　身體出汗的「汗臭味」的台語叫「臭汗酸」，不過我不太懂，為什麼有人一早出門的時候就會「臭呿呿」。

　　手心出汗叫「手液」，「液」，【經八英】（ek-8，津液），此為教育部建議用字，異用字為「膌」，【茄八時】（sioh-8，腳膌也），可是這異用字應該才是正確的字。手汗通常比較不會打擾別人，但是腳流汗就會很糗。腳流汗又悶著所發出的臭味叫「臭腳膌」或「臭腳膌味」，例：「你入門我就鼻著你的臭腳膌味，腳緊去洗洗咧（你進門我就聞到你腳臭味，快去把腳洗一洗）！」

　　有人說：「台語e『味』，主要是味覺，舌頭e感覺，真尖[1]『嗅覺』，所以講『臭味』台語叫『臭羶』（cau-3，hen-3），汝講『臭味』，宛那有人聽有，毋較安呢來講，無夠逗搭，無夠幼秀。用台語寫的文章讀起來有辛苦吧？」

他的意思是說「味」是用在舌頭的味覺較多，嗅覺的臭味要說「臭膻」。

但是，「膻」，【干二地】（tan-2，胸中兩乳間謂膻中），他應該是寫錯字了，我覺得「羶」比較好。「羶」，【堅一曾】（chian-1，奧羊也）。另有一字「羴」，古同「羶」，但是台語的音有點不同，讀做【堅一時】（sian-1，羊臭）。（《彙音寶鑑》中【堅三喜】，前面摘文說的（hen-3）的讀音，並沒有相關的字。）

鄉下養豬場或養雞場常常會有異味飄過，一般人叫它「豬屎羶」、「雞屎羶」。油放久了也會有個味道，叫「臭油羶」，或說「臭油垢味」。因此用「羶」來表「臭味」是還算適合。

有個滿令人尷尬的味道是「狐臭」，它從腋窩發出，腋窩的台語有人說「胳耳腔」，也有人說「胳下腔」，也有人認為應該是「胳脅腔」，「脅」同「脇」，腋下的意思，音【兼八喜】（hiap-8），我覺得這是滿合理的推測，「胳耳腔」的「耳」是用錯字了。不管是「胳下腔」或「胳脅腔」，都簡稱「胳腔」，而「狐臭」台語就叫「胳腔羶」。不過在討論「耳」或「下」／「脇」／「脅」的時候，大家似乎都忘了另一個字：「腔」應該是「阬」。

台語有一句話「沒人緣更臭老羶」，「臭老羶」是指中老年人特有的身體體味，它是脂肪酸氧化造成，「臭老羶」除了指體臭外，也用來指老癖氣，喜歡倚老賣老。

有一次我興沖沖地跑到萬華龍山寺旁的古蹟星巴克，在轉角竟然聞到濃濃的尿騷味。「尿騷味」可以說「臭尿羶」，比較

口語的說法是「臭尿破味」，也有說「臭尿薟」，例：「這領尿苴仔臭尿薟誠重（這件尿布尿騷味非常重）。」「薟」通常是指尿臭味，「臭薟薟」是指很臭的尿騷味。「薟」，【兼五柳】（liam-5）。

　　「臭青」是形容味道難聞，有些蟲子會有臭味，一般用「臭青」形容。細紋方蟹也有臭味，因此也稱「臭青仔」；不過「臭青仔」也是指「王錦蛇」，俗稱「臭青公」，台語則稱「臭青母」，因為牠會發出強烈的臭味因而得名。不過現在是保育類動物。

本文拼音參考

漢字	十五音	羅馬字	台羅拼音	台語同音字
液	經八英	e̍k	ik	亦、弈、譯
脥	茄八時	sio̍h	sio̍h	──
尖	兼四地	tiap	tiat	轍
膻	干二地	tán	tán	等
羶	堅一曾	chian	tsian	炎、箋
蟲	堅一時	sian	sian	仙、先
脅	兼八喜	hia̍p	hia̍p	協
薟	兼五柳	liâm	liâm	廉、黏

註釋

1　「尖」，北京語音ㄐㄧㄝˊ，台語音【兼四地】（tiap-4），少與小之意。

方ㄅ有

　　台灣街道招牌算是特殊的一種文化，許多店家絞盡腦汁取特別的店名、設計吸睛的招牌吸引顧客上門，各種招牌、看板「鋪天蓋地」貼滿建築物。「鋪天蓋地」的形容並不誇張，因為每個空間都可以賣錢做廣告，連窗戶也不例外，以致很多建築根本看不見它原來的樣子。

　　姑且不論招牌對街道市容的影響，正面想，它真的是有比較方便讓我們找到店家所在，也成了指引找路的媒介。例如我們會說「7-elevent」便利商店對面，不會說某某街幾號。另外，發現標新立異的店名或招牌也常是生活小趣味的撿拾。

　　看到「人生無常大腸包小腸」，我會幻想這老闆可能經歷過大起大落的人生起伏，從電子新貴變成攤販；賣桶仔雞的「日理萬雞」，老闆可能真的生意興隆，瘦瘦的，留著小鬍子，穿汗衫短褲在拔雞毛。我喜歡吃麵，有家麵店叫「面對麵」，我有個朋友在石牌開一家麵店叫「麵面俱到」，芝山捷運站有家「傷心酸辣麵」，還好，吃完付了錢並不傷心。

　　台北市遼寧夜市有家麵擔，它出名的卻是魯肉飯，最更有趣的是它的店名──「方ㄅ有麵擔」，招牌還寫著注音：「ㄆㄚˇ

ㄅㄧㄥˋㄨˇ」。網路上有文章幫它介紹說：「冇有有這三個字意思是『從無到有』」。到底是為什麼？

「冇有有」這三個字的北京語注音應該是「ㄇㄡˇㄅㄧㄢˋㄧㄡˇ」，招牌上標示的是台語的發音。

「冇」字最常出現在粵語，是「沒有」的意思，反義字就是「有」。不過「冇」這個字在台語則唸【監三頗】（phaⁿ-3），是「空虛不實、不牢固不結實、空洞」的意思，跟粵語「沒有」的意思並不完全相同，在台語中「冇」的反義字不是「有」，而是「有」。

「有」國語發音唸為ㄅㄧㄢˋ，它的台語發音是【經七地】（teng-7），是硬的、堅實的的意思，台語說「有篤」、「有硞硞」就是堅實、堅硬的意思。

但是台語的「有」和「硬」是不一樣的。「硬」字，台語唸【經七求】（keng-7，軟之反也）或【更七語】（geⁿ-7），它除了當形容詞，也可以當抽象的強硬，例如有個店家不給殺價不給折扣，我們說：「價數硬（價格硬）」或是當副詞，例如：「叫伊莫去，伊硬欲去（叫他不要去，他偏要去）。」

「有」字有三種讀音，文讀音唸【ㄐ二英】（iu-2），發音跟台語「朋友」的「友」一樣。第二種是白話音【龜七英】（u-7），發音跟台語「預先」的「預」相同。兩個的意思都是「無之對也」，所以你要唸「phaⁿ-3,teng-7, u-7（ㄆㄚˇㄅㄧㄥˇㄨˇ）」或是「phaⁿ-3,teng-7, iu-2」都無妨，因為意思是相同的。第三個是【ㄐ七英】（iu-7）意思是「又也、復也」，通「又」字。

那為什麼這三個字是有「從無到有」的意思？據說是這樣

的解釋的：當稻子結穗時，若稻穀不飽滿，台語會稱它說為「冇粟」，「冇」[1]的字型就代表雖有外殼但沒有內容。然後，當稻穀中有充實的穀時，就是「有粟」，中間這點表示稻殼中有飽滿的穀粒，而當有許多「有粟」才是有足夠的收成，這樣就不難理解「冇有有」三個字是從空心到實心再到充滿的過程，以及所謂「從無到有」的概念，如果只是單純把他們當作是無劃、一劃、二劃來解釋，就辜負了老祖宗們的用心了。

本文拼音參考 ✦

漢字	十五音	羅馬字	台羅拼音	台語同音字
冇	監三頗	phà^{n}	phànn	粃
有	經七地	tēng	tīng	定
硬	經七求	kēng	kīng	競、勁
	更七語	gē^{n}	ngē	硜
有	ㄐ二英	iú	iú	友
	龜七英	ū	ū	預
	ㄐ七英	iū	iū	右、佑
粟	經四出	chhek	tshik	測

註釋 ―――――――
[1] 在台語中「冇」字同「粃」，意思是「不成穀」。

125

矜

　　我哥有一次身體不舒服，覺得胸悶、心臟痛，他打了電話給我爸問我爸在哪，我爸說他剛出門，他沒說甚麼就掛了電話。然後他打我大嫂的手機，我大嫂在上課所以沒接到他十幾通的連環call，等到她下課看整頁的未接電話時，我哥已經自己開車到她的學校，大嫂趕緊請假載他去醫院。檢查結果是心肌梗塞，必須立即處理裝支架，醫生說不做來不及了，連想要轉診到大醫院的時間都沒有。命算是撿回來了，也被大家唸他「太ㄍㄧㄥ了！」

　　「ㄍㄧㄥ」的漢字怎麼寫？我也早就想討論這個問題，但是也一直「ㄍㄧㄥ在那裏」，而原因是大家有很多不同的看法，而我都覺得滿有道理的。

　　第一個是「弓」。弓也有緊、繃、撐等的意思，例如我們台語稱「彈簧」叫做「弓仔」，「衣架子」叫「衫仔弓」，用衣架子把衣服掛起來是「提衫仔弓加衫仔弓起來」。《忘了跳舞的熊的文字遊戲》臉書說：「當某個語言的詞句很難被另個語言翻譯清楚時，便常出現雙語詞，『很弓』為雙語詞。」至少因為「弓」有緊、繃、撐等的意思，所以也算合理。「弓」，【恭一求】（kiong-1，射具）[1]、【觀三求】（koan-3，書卷也）。

也滿多人認為是「撐」。對於上面的故事，北京語可以說是「硬撐」，很符合台語「硬ㄍㄧㄥ」。只不過「撐」字的發音是【經一他】（theng-1，撐船）與【更三他】（then-3，物有歪斜以柱撐之），北京語的意思是符合的，台語在音義上都還是有點勉強。

【經一求】裡有一個「矜」，意思是「矜持、驕矜」。「矜持」是謹慎言行，拘謹而不自然。這如果用在一個男孩子喜歡一個女孩字，卻又不好意思表白，直白講就是放不開，就非常符合時下的用法。

還是要有個結論，因為「弓」、「撐」和「矜」三個差太多了。我會建議用「矜」，因為音是對的，義也是原本要表達的，是內心的矜持，另外兩個應該是在字義有相通，字音有相似，而引起的誤會。

本文拼音參考。

漢字	十五音	羅馬字	台羅拼音	台語同音字
弓	恭一求	kiong	kiong	恭、躬
	觀三求	koàn	kuàn	灌、眷
撐	經一他	theng	thiang	汀、廳
	更三他	thè^n	tènn	——
矜	經一求	keng	king	耕、經

126
加恁買

我是鄉下的孩子，小時候同學們都是習慣說台語，那個年代學校裡不准講方言，所以大家被迫要將台語「翻譯」成國語。而正值愛打打鬧鬧的孩提時代，會常常聽見這樣的對話：

學生：「老師！阿雄給我打！」

老師：「你為什麼打阿雄？」

學生：「沒有啊！是阿雄給我打！」

老師：「噢！是阿雄打你，你被阿雄打。」

這學生要說的是：「老師！阿雄Ga我拍！」

一般表示「打」的台語用「拍」，讀做【膠四頗】（phah-4），其實「打」的台語有三個音，【經二地】（teng-2）、【監二地】（taⁿ-2），也可以發與「拍」相同的【膠四頗】（phah-4）。

台語的「Ga」，是一個滿特別的字，用法很多，意思又不太相同，因此相對於國語沒辦法用單一一個字來對應。

現在到超商，一進門店員會跟你打招呼說：「歡迎光臨！」，不過我們小時候去「籤仔店」（雜貨店）買東西，到了店門口是我們跟老闆喊一句：「Ga恁買！」，現在想起來真的

是個滿特別的打招呼方式。買賣的時候買方跟賣方說：「我Ga你買。」是「我跟你買。」，Ga是「跟」或「向」的意思。

但是如果說「我Ga你買一領衫。」是「我幫你買了一件衣服，這裡個Ga是「給」或「幫」的意思。（這是為什麼上面的學生會「翻譯」為「阿雄給我打」的原因）。

「這枝筆還會寫即，甭ga伊摔[1]去。」這句話是「這枝筆還可以用，不要將它丟了。」Ga有「將」或「把」的意思。

所以，「老師！阿雄Ga我拍！」應該是「老師！阿雄把我打！」，但是這國語聽起來太文言，這樣講話人家會以為你在唱黃梅調。

Ga這個字的漢字教育部的建議用字是「佮」，在口語上的用途很多，它的意思包括「和、及、與、跟、搭配、附帶、適合、一起。」但是字典上標註的讀音是【甘四求】（kap-4）。

但是也有另外的說法建議用「加」。大衛羊的解釋我覺得滿合理的，基本上是指「加諸於」，有「對於」的意味。

台語的這個「加」的功能及語意，要比國語豐富太多了，要會用「加」，說出來的台語才會更有台語味。只是我們可以發現時下很多年輕人不會用「加」，他們會說：

「你去Seven幫我買一罐汽水。」這樣的台語味道是不對的，要說「你去Seven加我買一罐汽水。」

「阿姆幫我煮飯！」要說「阿姆加我煮飯！」

有多那麼一點感覺了嗎？

「甭加我假瘋！」

「加恁爸恬恬！」（一般寫為「惦惦」，並不適當）

這才是我們說的台語。

後記 ∘ ────────────

關於丟棄這個字，文中寫「揙」，這是教育部字典的建議
用字，並注音為（tan-3），理應是【干三地】，但是《彙音
寶鑑》【干三地】並沒有這個字也沒有適當的字，而「揙」在
十五音拼法標註是【兼三英】，所以才會有「捙」【經七地】
（teng-7，擲也）的建議。另外，也有人回應考慮「擲」，讀音
一併列於下表。

本文拼音參考 ∘ ────────────

漢字	十五音	羅馬字	台羅拼音	台語同音字
拍	膠四頗	phah	phah	扑
	經四頗	phek	phik	魄、璧
打	膠四頗	phah	phah	扑
	經二地	téng	tíng	頂、等
	監二地	táⁿ	tánn	膽
揙	兼三英	ìam	im	厭、淹
	干三地	tàn	tuànn	旦
捙	經七地	tēng	tīng	定
擲	金三地	tìm	tìm	扰
	經八地	ték	tik	敵、擇
佮	甘四求	kap	kah	甲

註釋 ────────────

1 「揙」的意思是舒展，因此也有人建議用「捙」【經七地】（teng-7，擲也）或
「擲」【金三地】（tim）。

127
紹介

　　日治時代我們家鄉有很多人到高雄謀生，踩三輪車是很普遍的行業。我的外婆年輕的時候也跟我外曾祖父母到高雄，和我姨婆在日本軍營裡賣雜貨。二次大戰結束前日本政府要求住在都市的人疏散，因此他們舉家回到台南鄉下。從我有記憶開始，外婆就是跟我們住在同一個村子，我舅舅和幾位阿姨卻都在高雄或屏東，所以外婆也特別疼我們家幾個外孫。

　　我大學畢業的時候先到一家台日合資公司上班，她問我說：「是有人紹介个嗎？」我問她什麼是「紹介」？她解釋說：「就是Shokai（しょうかい），紹介熟儕。」（「認識」台語寫成「熟似」，也有建議「熟儕」）

　　原來她台語說的「紹介」其實就是北京語的「介紹」的反序詞，但是，也從此給我一個錯誤的印象：反序是從日文來的。

　　「反序」用比較正確的說法應該是「逆序詞」或稱「倒序詞」：台語中語素（語言元素）順序與北京話相反的名詞。簡單說就是字的順序顛倒。

　　北京語偏正結構的語素順序是「修飾成分＋被修飾成分」，但在台語或閩南方言中，一些詞的語素順序恰恰與此相反。這種

構詞法是中原古漢語的保留，如唐朝詩人白居易：「紅塵鬧熱白雲冷，好於冷熱衷間安置身。」張九齡感遇之二：「運命惟所遇，循環不可尋。」現在北京語都說「熱鬧、命運」，但是台語還是用「鬧熱、運命」。

逆序詞有很多，與北京語的相對關係也不太相同，一般來說有四種類別，我們用AB來說明：

一、北京語AB＝台語BA，這又稱「絕對反序」，基本上是國、台語各有一種說法，而且字的順序剛好相反。例如國語說「習慣」，台語說「慣習」、國語說「母雞」，台語說「雞母」。

還有一些例子，前者是北京語，後者是台語：

‧動詞的「收買」與「買收」、「會面」與「面會」、「爭相」與「相爭」、「北上」與「上北」、「嫌棄」與「棄嫌」和「詛咒」與「咒詛」。

‧名詞中的「乩童」與「童乩」、「寺廟」與「廟寺」、「力氣」與「氣力」、「尺寸」與「寸尺」、「鞦韆」與「韆鞦」、「客人」與「人客」、「命運」與「運命」、「喉嚨」與「嚨喉」以及「颱風」與「風颱」。

‧形容詞也有「熱鬧」與「鬧熱」、「長久」與「久長」、「便利」與「利便」。

二、北京語AB＝台語AB＝台語BA，也就是說北京語一種說法，而台語顛倒反序語否意思都相通。

‧國語的「演講」，台語可以說「演講」或「演講」；
‧國語說「施捨」，台語要說「施捨」也可以，說「捨

施」也行。

・還有「欠缺」與「欠缺/缺欠」、「額頭」與「額頭/頭額」、「到時」與「到時/時到」、「口氣」與「口氣/氣口」。

三、台語AB＝北京語AB＝北京語BA，這與前項剛好相反。

・例如北京語說「往來」或「來往」，台語說「往來」

・北京語說「善良」或「良善」，台語說「善良」

・還有「蹺蹊」或「蹊蹺」對台語的「蹺蹊」

・北京語的「胃腸」或「腸胃」對台語說「胃腸」。

四、北京語AB≠台語BA，語速順序顛倒之後，詞意是不相同的。

・北京語「喜歡」≠台語「歡喜」：北京語的「喜歡」在台語要說「愛、愜意」（一般被誤寫為「甲意」）。台語的「歡喜」是北京語的「高興、快樂」。

・北京語「猜謎」≠台語「謎猜」：北京語的「猜謎（語）」是動詞，對應的台語是「臆謎猜」。台語的「謎猜」是名詞，是北京語的「謎語」。

・北京語「帆布」≠台語「布帆」：北京語的「帆布」，台語也叫「帆布」。台語的「布帆/布篷」在北京語是「帳篷、帳棚」。

天吶！怎麼搞的這麼複雜？難怪新一代很容易搞錯，讓習慣操台語的總覺得哪裡怪怪的。所以，台語要說：

「彼个眠床的寸尺我睏未慣習。」

「我紹介人客互伊，伊煞顛倒奉[1]買收。」

不然就只是發音國語轉台語，並不是地道的台語喔！

外婆出生於日治時期（西元1907）年，經歷過皇民化運動，又在日本軍營賣東西，我以為她從小講日語，或習慣講日文是理所當然，但事實不然。西元1937年皇民化運動的時候，她已成年，之前她講的是她媽媽——我外曾祖母，說的話；我媽媽說的是我外婆說的話，我也要說我媽媽說的話。

後記。

朋友回應：台語的「氣口」有兩種意思。

是的，一個是這裡說的「口氣」，指說話的語氣和措詞，另一種是指「口味、胃口」，基本上是指態度上的喜好。

本文拼音參考。

漢字	十五音	羅馬字	台羅拼音	台語同音字
咒	ㄐ三曾	chiù	tsiù	蛀
詛	沽二曾	chó	tsóo	阻
膉	經四英	ek	iah	益

註釋

[1] 「奉」是「互人」的連音，連音說明於本冊之196篇〈仕〉一文之合音現象中。

128
兵仔卒仔掠來鬥

　　小時候象棋是很重要的玩具，除了所謂的「明棋」（台語稱「清棋」）、「暗棋」，還有很多人喜歡玩「喝粒仔」，連學校老師都愛玩，聽父親說學校老師會在午休時間玩「喝粒仔」，輸的人去買甘蔗請大家吃。

　　「喝」是「喊」的意思，台語唸【瓜四喜】（hoah-4，大聲訶也）。對於這個字，也有建議用「吳」的，「吳」，胡化切，大聲也。

　　上手的人可以指定接下來要出的牌的形式組合，可以是「一粒」、「一對」或是「一局」。所謂「一局」就是「將士象」或「車馬包」或「帥仕相」或「俥傌炮」；你也可以「喝」「三粒」，「三粒」就需要三個兵或三個卒。如果遇到手上沒有那種牌型，例如是一對兩張或一局三張，你還是要出到那麼多張，通常就會把最小的兵或卒拿來充數，因此說「兵仔卒仔掠來鬥」。不過「捉」台語要寫「掠」（請參《阿娘講的話》冊之057篇〈掠媌〉。）

　　只是小時候玩象棋常常覺得很納悶：「將士象」或「帥仕相」，我們都把「將」與「帥」唸為「軍」，但「將」是【恭

三曾】（chiong-3）而「帥」是【檜三時】（soe-3），怎麼會冒出來一個「軍」？我一度以為是用「君」來替代，因為台語「君」與「軍」同音，都是【君一求】（kun-1）。

還有，「將軍」的時候，我們會喊「軍」，而不是「將」，玩清棋的時候「將軍抽車」會說「軍一下抽車」，或是你會用「雙炮軍」的戰術。而北京語明明是說「將了一軍」，應該是「將」呀，怎麼變成「軍」？

中文有許多所謂的「同義複詞」，是指構成一個詞的兩個字的字義是相同的，合起來的詞也是，例如：「缺乏」，「缺」、「乏」、「缺乏」三者都是短少、不足的意思；「聆」、「聽」、「聆聽」三者都是聽的意思；「緣」和「故」各自都有許多的字義，但它們都有「原因」這個意思，當組成「緣故」一詞時要表達的意思也是「原因」。還有「哭泣」、「洗滌」、「身軀」、「喜悅」、「危險」、「摩擦」、「搶奪」和「追逐」等都是。

我覺得「將軍」當動詞的時候，「將」和「軍」也都是，這也是一個同義複詞，只是北京語習慣用「將」，而台語用「軍」。

就如同「駕駛」這個動詞來說，北京語比較常說的是「駕車」而台語是說「駛車」。

我小時候唸的「軍士象，車馬包，兵仔卒仔捉來鬥」，是要鬥成什麼，我跟你「加插」，如果我不跟你說，你八成也不會知道！除非你也有我這年紀……

後記 ◆ ————————————————————

　　有個朋友對「將與帥」很有興趣，他跟我說：「將軍的『軍』指的是軍隊、士兵，所以我的第一感會覺得『將軍』是『偏義複詞』？我覺得『君』字，在動詞上和『將』、『帥』一樣是有統御之意，在名詞上也和『將』、『帥』一樣有領導之意。台語kun為『君』一字，這個說法我覺得比較通。還有另外一個字，『王』，王見王死棋。也是一樣的意思。」

　　我跟他說「王」是可以當動詞，但「王見王」兩個是名詞。「將」和「帥」當動詞都可作「率領」，「君」的動詞是「為君」，較「軍」之駐紮是與前二者較近。但是我覺得這裡「將軍」是名詞轉動詞：「要吃將軍」，因此與率領、為君或屯軍沒有關係。

　　他說：「我的前提是，將軍是偏義複詞。一般台語用語裡，是不是不用『軍』來代替『將』？例如『兵來將擋』。基於這個理由，我感覺『kun士象』的kun，應該不是『軍』字。至於像是checkmate的『將軍』，感覺只是提醒我要吃你的王了。checkmate據說也是音譯的外來語，是『王要死了』的意思。圍棋裡也有個詞叫Atari，提醒對手處於『叫吃』的狀態。至於是要當名詞，或是借用做為動詞，這個文法部分，我太弱，不敢說。

　　在圍棋裡有一說是『叫吃』喊出來不禮貌，是對初學者提醒用的，如果是類似的道理，『我要殺王了』感覺是說不出口。北京話有從象棋借來的用語『反將一軍』，台語好像沒有一樣的用

法？道聽塗說，僅供參考：嘉義人有說『紅君黑將』，台北人有說『王士相』。最有趣的說法是有人說是『終君抽車』。」

我在南部，很少聽到「王士象」，但是對於「終君抽車」，跟「將軍抽車」同音，我覺得「終」字是誤植。

本文拼音參考 ◆ ─────────────────

漢字	十五音	羅馬字	台羅拼音	台語同音字
喝	瓜四喜	hoah	huah	嘻
將	恭一曾	chiong	tsiunn	終、章
帥	檜三時	soè	suè	稅
軍	君一求	kun	kun	君
賭	沽二地	tó	tóo	堵
	嬌二求	kiáu	kiáu	繳、攪

129
有些詞沒有台語

時下年輕人喜歡講中文的時候夾一些英文：

「這個tour在New York要stay兩個night。」又如：

「Oh, my God！我忘了早上還有兩個meeting，我的boss會kill me！」（很多人把Oh, my God！講成ㄡ－ㄇㄞ－ㄍㄚ，又不是英文，也不是中文，聽得很難過！）

我個人不喜歡這樣說話，除非真的需要（但真的並不需要）。不過，講台語的時候，有些詞需要講日文漢字的台語發音，感覺才會對味。例如：「出差」要說「出張」、「棒球」要說「野球」、「廁所」要說「便所」、「自來水」要說「水道水」。

雖然以上這些例子你直接講中文的台語發音而不講日文漢字的台語發音一樣可以懂，現在也有很多人這樣說，不會太奇怪，但是有些就會怪怪的了，例如：

你的銀行「帳戶」台語是「口座」，講成「帳戶」或「帳號」會讓人覺得你是外星來的；做生意有「利潤」是有「利純」；贊助別人的「捐助」要說「寄付」；「訂購」商品雖然也以人會說「訂」，但是長一輩的會說「注文」。

走在「大馬路」上是走在「大通路」上，你可以說「大路」，但是沒有「大通路」夠味；家裡廚房的「味精」要說「味素」；生病去「醫院」「打針」是去「病院」「注射」。

這些都還算是「台語」啦，至少是台語發音。不過到目前為止，慣用的台語還夾雜者許多直接用日文發音的詞，這些並沒有用到台語，也就是我們前面所說的「夾著」日文，例如：

呼吸困難要戴氧氣罩，「氧氣」是「酸素」さんそ（sanso）；對於大眾交通工具的「司機」我們還是習慣稱呼他們為「運將」うんちゃん（unchan）；「接待」是「案內」あんない（annai）、「漫畫」是「漫画」まんが（manga）、「書包」是「鞄」かばん（kabann）、「招牌」是「看板」かんばん（kanban）。

除了日語，台語還夾著日本人的外來語，包括汽車「方向盤」是ハンドル（Handle）、「卡車」是トラック（Truck）、「摩托車」是オートバイ（Autobike）。「螺絲起子」基本上也沒有台語，我們說ドライバ-（Driver），啤酒也是，ビール（Beer）。還有「液態石油氣」是ガス（Gas）、「襯衫」是シャツ（Shirt）、「拖鞋」是スリッパ（Slipper）、到美容院做頭髮是セット（Set）。

另，麵包要說「パン」，她是源自葡萄牙語pão、肥皂也是來自葡萄牙文sabon。

各類的例子還非常多，這裡只是列出一些常用到的給大家參考，重點在於了解這樣的現象與類別。我並沒有推廣日語或鼓勵台語加日語或是國語加英文的意思，而只是單純提出現在慣用的

台語說法；也提醒大家不要說：「我欲去醫院打針。」我相信這沒人聽得懂，要說：「我欲去病院注射。」

　　台灣受日本統治五十年，說不會受到影響是不可能的，一下子要全部去化日語可能有點困難。倒是未來的台語是否應該去掉日語，讓她回歸到純漢語，是一個值得探討的問題。

　　或許有一天，我們會改、會習慣原本台語應有的說法，就像我們已經習慣說「棒球」、「計程車」一樣。

130
我的尻川氣怫怫

　　小時候遊覽車還沒有卡拉OK這玩意兒，為了不讓大家覺得無聊，導遊（當時都稱「遊覽小姐」）都會講笑話，講久也會累，所以導遊常常會請大家輪流唱歌、講笑話或玩遊戲。

　　我曾玩過一個遊戲，主持人說台語有很多三個字的形容詞，後面兩個字是疊字，例如「硬梆梆」、「軟綿綿」，他要大家輪流各想一個，但是不能重複，而且還要鄰座的記住對方所說的。

　　等到大家都講完，主持人要求每個人重新講一次，重點來了，前面要加四個字「我的屁股」。於是，令大家噴飯的遊戲正式展開：

　　「我的屁股香噴噴」

　　「我的屁股紅通通」

　　「我的屁股水噹噹」……

　　以上講的是國語，我們現在要用台語來說。

　　「屁股」台語是「尻川」，「尻川頓」或「尻川斗」是指臀部，「尻川癢」是有自找麻煩的意思。

　　台語中這種形容詞很多：

　　在顏色與明暗方面的是比較常用的，像「紅炬炬」、「紅

貢貢」、「青筍筍」、「白悚悚」、「白蔥蔥」、「白茫茫」、「烏歑歑 / 烏黝黝 / 烏趖趖」、「暗摸摸 / 暗趖趖」、「光磅磅」。

　　ABB型態的疊字有些是AB發展出來的，但是有的是A的意思加上BB狀聲詞（表達聲音，只取音不取字義）也因為是這樣，在探討「正確或適當」用字的時候又多了一個不確定性。但是坊間所用的字，有些音是不對的。例如「紅絳絳」，「絳」台語音與「降」同，但是「貢」的音才對。顏色類別比較多是這樣。（本文只談遊戲，不談用字，因此發音的部分請自行參考後附表格）

　　味覺、嗅覺、觸覺相關有「鹹篤篤」、「甜粅粅」、「酸溜溜」、「苦嗲嗲」、「軟歑歑」、「軟荍荍」、「冇硞硞」、「香貢貢」、「臭雞雞 / 臭咑咑」、「滑溜溜」、「攝痛痛」、「黏黐黐」、「痛搔搔」、「粗耙耙」、「幼麵麵」、「韌吱吱」。

　　溫度相關的有「冷吱吱 / 冷霜霜 / 冷冰冰」、「燒燙燙 / 燒滾滾」。

　　形容外型的有「破糊糊」、「美噹噹 / 嬌噹噹」、「穤糊糊」、「碎糊糊」、「皺襞襞」、「窄櫼櫼」、「密𢯾𢯾」、「刺耙耙」、「直溜溜」、「焦痛痛（乾燥枯萎）」、「溼溓溓」、「乾痛痛」、「膨獅獅」、「重錘錘」、「閬曠曠（寬廣空曠）」、「油朒朒」。

　　形容狀態、動作或態度的有「老狗狗」、「死殗殗」、「醉茫茫」、「霧霎霎」、「穩觸觸」、「行透透」、「活跳跳」、

「惜命命」、「懊嘟嘟」、「氣怫怫」、「亂操操」、「閒仙仙」、「橫霸霸」、「油洗洗」、「攬牢牢」、「放外外」、「慢趖趖」。「惡確確」、「笑哈哈」。

上面就有AB詞發展出來的ABB，像「行透──行透透」、「攬牢──攬牢牢」和「橫霸──橫霸霸）」。

有興趣的話，可以大聲唸出來給朋友聽聽，他們絕對會覺得你是神經病：

「我的尻川幼麵麵」，呵呵，我沒摸過我不知道！

「我的尻川苦嗲嗲」，拜託，我沒興趣試。

「我的尻川烏藪藪」、「我的尻川臭呫呫」，噁心，難道你不洗澡？

「我的尻川氣怫怫」、「我的尻川醉茫茫」、「我的尻川橫霸霸」、「我的尻川㨃[1]趖趖」、「我的尻川霧霎霎」[2]，呃，你怎麼了？

本文拼音參考◆ ——————————————

漢字	十五音	羅馬字	台羅拼音	台語同音字
欮	金三時	sìm	sìm	滲
物	君八門	bu̍t	bu̍t	物、勿
莜	嬌五求	kiâu	kiâu	喬、僑
趖	高五時	sô	sô	㾪、騷
攕	兼一喜	hiam	hiam	────
痡	沽一頗	pho	phoo	鋪、舖
犛	居五柳	lî	lî	籬、釐
穇	嚙二門	búiⁿ	bái	每、浼
裴	經四頗	phek	phé	魄、擘

漢字	十五音	羅馬字	台羅拼音	台語同音字
櫼	梔一曾	chin	tsinn	——
斲	恭四曾	chiok	tsiok	嚼、足
	江四地	tak	tak	觸
閬	公五柳	lông	lông	廊、狼
朒	君八柳	lút	lút	律

註釋 ————————————————————————

1 「覞」指「瘾」，請參考《阿娘講的話》冊之077篇〈覞乳〉。

2 台語「霧霎霎」原意是指北台灣，受東北季風影響，冬末春初，帶帶細雨綿綿，雲霧遼繞，如詩如畫的夢幻醉人景色，看遠景山川往往迷迷濛濛，原本是一句好話。

131

「阿嬤，錢互我！」

　　有些人遇到會講台語的朋友會很興奮，還會較量一下誰的台語好，而他們通常比賽的方式是看誰會的台語名詞多，例如「長頸鹿」、「壁虎（蟮蟲仔）」、「松鼠（膨鼠）」、「蚯蚓（杜蚓）」、「蟬」、「蜻蜓（田嬰）」、「蝸牛（露螺）」、「熱水瓶（溫瓶）」、「麻雀（厝角鳥仔）」、「螢火蟲（火金姑）」、「草莓」、「肥皂」、「洗澡」......台語怎麼說？

　　台語的名詞，有些是原先沒有的，如長頸鹿，有人稱為「麒麟鹿」，也有人叫「長頷鹿」，我不覺得只有一個標準答案；有些是有不同種類，所以也不一定只有一個名字，如「蟬」叫「蛒蜩／𧉟蜩」、「蟬蛉」或「螿蜅蜞」，有些跟地方的用法有關，「洗澡」有人說「洗身軀」也有人說「洗浴」；有些跟引用的來源不同，如肥皂有人採日語的葡語外來語說「sabon」，也有人稱「茶箍」。會講出很多適當的台語名詞固然很厲害，但是這不等於台語會很「輾轉」，個人認為這樣的名詞的重要性還不如使用正確詞彙、發音、轉調以及適當的語法來得重要，我們簡單說明一下這幾個重要的元素，希望對講台語有幫助。

　　一、用字。台語與北京用字不一定相同，台語並不是北京語

寫出來用台語發音就是。例如：

「乾脆」要說「規氣」；「反正」要說「橫直」，比較類似「橫豎」的概念；

「原諒」要說「寬諒」；「有錢人」是「好額人」，但請不要寫成「好野人」；「脾氣」要說「性地」，「發脾氣」是「使性地」或「夯性地」或「性地夯起來」；

「總共」要說「攏總」；「最後」會說「路尾」；「細膩」要說「幼路」，而台語的「細膩」是北京語的「小心」；

「超過」是「過份」的意思；「刁工」是「故意」的意思。

是也可以聽的懂，只是台語人並不是這樣說。

二、發音。台語發音的聲母和韻母與國語不完全相同，而且加了許多鼻音韻，所以台語的音較為複雜（所以北京語的注音符號拿來注台語發音是不敷使用的）。

台語的聲母有十五個，其與其所對應接近的國語注音符號如下列：柳（ㄌ、ㄋ）、邊（ㄅ）、求（ㄍ）、去（ㄎ）、地（ㄉ）、頗（ㄆ）、他（ㄊ）、曾（ㄗ）、入（ㄖ／ㄐ）、時（ㄙ／ㄒ）、英、門（ㄇ）、語（ㄍ／ㄤ）、出（ㄘ／ㄔ）、喜（ㄏ）。[1]

很多人把「入」音發為「柳」音，所以會把「我入教室」說成「我立教室」、「鬧熱」說成「鬧烈」。

韻母有四十五個，包括君、堅、金、規、嘉、干、公、乖、經、觀......等等。

韻母「巾」音被發成「君」音，「恩情」就會變成「溫情」、「根本」就會變成「軍本」。

我們時常聽見「天氣熱」說成「天氣辣」、「忍耐」說成「凜耐」、「而且」說成「離且」、「歸仁」說成「歸鄉」、「雖然」說成「雖連」，不勝枚舉。

　　三、轉調。轉調是對台語非母語的人最難的，然而對台語是母語的人雖是「不懂」規則，但卻是「自然而然」會的。

　　音調是指音階的變化，一般說法台語八音，包括陰平、上聲、音去、陰入、陽平、上聲、陽去、陽入。因為第二與第六同為上聲，所以只有七聲。（不過海口音二六不同，有八音）。

　　「君」字韻母的八音分別是「君、滾、棍、骨、裙、滾、郡、滑」。有人用「衫、短、褲、闊、人、矮、鼻、直」來幫助理解台語的音調。

　　難的是轉音，大部分的初學者，可能單獨唸字的時候都能唸出正確發音，然而，卻無法流暢地表達一個句子，甚至讓人覺得聽起來怪里怪氣的，其實關鍵正是在於「連續變調」。這就是外國人講中文或是外省人講台語我們常常會覺得怪的原因，老外連不太需要轉調的北京話四聲都無法駕馭了，何況是要變？就算有所謂的規則，但是實在令人頭昏腦脹！

　　5→7→3→2→1→7（漳州腔），與

　　5→3→2→1→7→3（泉州腔），以及

　　4→8→3，與8→4→2。

　　這串數字的意義是：當後面有字的時候，第5聲要變為第7聲、第7聲要變為第3聲、第3聲要變為第2聲，餘此類推。說真的，我不相信一般人背熟這樣的順序後馬上可以迅速應用。

　　四、語法。語法是指句子結構，就像英文說S+V+O，主詞

＋動詞＋受詞，它是有一定的排列方式。台語的結構與普通話並不完全相同。例如：

　　國語：吃飽沒？

　　台語：食飽未？這是相同的。但是，

　　國語：吃飽飯沒？

　　台語：食飯飽未？飯是要往前提的。

　　跟奶奶要零用錢，國語會說：「奶奶，給我錢。」你若用台語說：「阿嬤，互我錢！」比較像是在對人說明「奶奶給你錢」這個事實，因此中間的逗點要拿掉，而如果是真的要跟奶奶要錢，你說：「阿嬤，互我錢！」也不是聽不懂，只是道地的台語要說：「阿嬤，錢互我！」

　　（「互」字教育部的建議是用「予」。）

本文拼音參考。

漢字	十五音	羅馬字	台羅拼音	台語同音字
頷	甘七英	ām	ām	餡
蚶	堅四求	kiat	kiat	吉
蜊	居五柳	lî	lê	莉、麗
箍	沽一去	kho	khoo	摳、粔

註釋

1　入（ㄗ／ㄐ）、語（ㄍ／ㄫ）中的注音符號為於1946年由臺灣省國語推行委員會方言組的閩南人朱兆祥教授設計之台灣方音符號。

132
細粒大粒卵

　　2013年12月14日陳菊在台北小巨蛋的國際舞獅大賽賽前祭拜儀式用台語念祈禱文，她把「小巨蛋」唸為「細粒个大粒蛋」，不僅現場爆笑，陳菊也忍不住在肅穆的儀式中笑場。

　　這事情後來也成為台北市捷運局的困擾：北捷松山線「台北小巨蛋站」台語廣播要怎麼唸？

　　由於一開始捷運局和捷運公司不知道該怎麼辦，所以車廂內廣播國語、台語和客語都用國語發音，讓人覺得不知道是廣播跳針還是因為太重要所以要唸三遍？直到數個月後，在專家的協助下，捷運局和捷運公司達成共識更正為國、台、英和客語四種版本。

　　當初有人認為「巨蛋」是外來語，說「台灣話沒人這樣說啦！」，才會冒出這種好笑的「大粒卵、細粒卵」的說法。說「巨蛋」是外來語，那麼她對北京語也是外來語，為什麼就沒有這個問題？「小巨蛋」當然不是閩、客語固有詞，但不管是閩南語或是客語，都是漢語系的語言，所以大多數漢字都可以在閩客語裡面找到對應的發音，因此，直接對應發音唸出來有應該不會事件困難的事。

台語「小」有兩個唸法，「大小」的「小」唸【茄二時】（sio-2），和「小人」的「小」【嬌二時】（siau-2），都是小的意思。

「巨」台語發音為【居七求】（ki-7），與「具」的台語同音。

一般我們台語說「雞蛋」的「蛋」是發【裡七柳】（Ing-7）的音，同「卵」，而在「皮蛋」的時候是發「蛋」【干七地】（tan-7），與「但」的台語同音。

因此，「小巨蛋」以「文讀音」發音應該唸為「Sio-ku-tan」，這不需要太多的討論。（當然，如果要依杜建坊先生的建議，說「巨蛋」是圓拱屋頂的建築，漢字寫作「圓拱館」，讀音則念作「iⁿ-5, kiong-7, koan-2」或「oan-5, keng-2, koan-2」，那又是另一種思維。）

北捷在2015年初更正是件很好的事，但是捷運上的廣播還有許多需要修正的地方，例如車廂廣播的「門要關了」或「在這裡下車」的台語語調還是讓人覺得怪怪的。我們知道國語的「嗎、啊、呀、吧……」這些語助詞發不同音調會讓整句話的口氣和意思有差別，台語「門欲關矣」的「矣」也是。

「新」和「店」單字分別是【巾一時】（sin-1）第一聲和【兼三地】（tiam-3）第三聲，兩字合起來要唸轉為第七聲的「新」接第三聲的「店」，但是「新店線」三個字的時候，是第一聲的「新」加轉為第二聲的「店」，再接第三聲的「線」。（請參本冊之131篇〈阿嬤，錢互我〉，轉調章節）

其實，這裡的目的不在討論小巨蛋台語要怎麼唸，不在檢

討「大巨蛋」是不是要唸成「大粒的大粒卵」，而是要指出許多公部門對語言的輕忽和不尊重。想想看，電話、手機、捷運、高鐵，哪一個不是新的詞？原來有人講過嗎？「如果都是要用守舊的『台語這樣講不對』，或是無知的『台語沒有這個詞』，都是阻礙這個語言發展、扼殺這個語言的兇手。」（摘錄賴昱伸，從小巨蛋怎麼唸看台語發展的被扼殺，2014/10/12）

本文拼音參考。

漢字	十五音	羅馬字	台羅拼音	台語同音字
小	茄二時	sió	sió	——
	嬌二時	siaú	tsió	少
巨	居七求	kī	khī	忌、懼
蛋	褌七柳	lñg	nñg	卵
	干七地	tān	tān	誕
新	巾一時	sin	sin	申、辛
店	兼三地	tiàm	tiàm	惦

133
食飽未？

　　現在到每個店家幾乎一進門都會聽到一聲大叫：「歡迎光臨！」我記得小時候好像沒有這樣，不知道是不是從統一便利商店開始帶流行。只是有時候會感覺「不太有溫度」，有些店家店員會不帶感情地、機械式地喊很大聲，似乎是在告訴你：「有我在看店，別想偷東西。」這失去了打招呼的目的與意義。

　　我的奶奶是個人緣很好的人，以前她喜歡坐在屋後粿葉樹下乘涼，隔著一條水溝是穿過村子的大通路，每次有人經過，她都會親切地喊：「來坐喔！」或是：「食飽未？」

　　「來坐喔！」不一定是一定要你進來家裡坐，「食飽未？」也不一定是真的問你吃飽了沒，它不是一個問句，它是一個招呼語。所以，不管是幾點，快要吃飯的時間或是過了吃飯的時間，你都可以問：「食飽未？」這充分體現了「民以食為天」的精神。

　　某個程度上它跟英文的 "How are you？" 有點像，基本上是個打招呼的話，是加長版的 "Hello"，因此不需要給一個詳細的回答，別人也不會這樣期待，只需要簡單回答 "Fine." 或 "Not bad." 或再問候一下對方就好。所以，有時候你會聽見甲

跟乙說 "How are you？" 然後乙也跟甲說 "How are you？"

　　大不了，你若覺得糟透了，就跟他說 "I've been better."
或 "Can't be worse." 這一定會引起你的朋友的關心，他就會
問你 "What's wrong？"

　　還有一句問候的話：「欲（去）佗位？」（「去」字有時會
被省略，「位」也是）

　　「佗」【高一他】（tho-1）可以做負荷用，同「駝」，也
可以當「它」的異體字。在彙音寶鑑是寫「彼也，又誰也」，這
比寫成「叨位」好多了。

　　這也是一個單純的問候語，儘管我明明知道你要去哪裡我還
是可以這樣問。所以，如果有人這樣問你，千萬不要以為人家對
你的行蹤去向有興趣，是不是有所企圖，也不要認為「明明知道
我要回家了還要問」而不高興。

　　對於很久沒碰面的人，你也可以問候：「足久沒看！」或
「罕行喔！」。當然，問候早安也是常用的打招呼方式，只是現
在大家都寫成「敖早！」實在令人頭痛！

　　「敖」字發音是【高五語】（go-5，遊也），跟台語「熬
湯」的「熬」或「鵝」同音，音義都不搭，怎麼借用都不會借到
這個字。

　　教育部用的是勢早，「勢」國語音ㄏㄠˊ，能幹有本事；附
註異體字為「賢早」，這是有道理的。「賢」有兩種發音，【堅
五喜】（hian-5，有德者又善也勝也），以及【交五語】（gau-
5，多才能也）。台語說一個人多才多藝或能力強為「賢人」，
會吃東西是「賢吃」，這兩個「賢」都要發【交五語】（gau-

5）的音。

　　有人提到：「語言是很重要的文化資產，語言也是『約定成俗』的東西，一但講習慣，壞話反而會被當好話，不可不慎。國語用『你好』來打招呼，但是某個程度上台語的『你好』是在少數狀況有『恁娘較好』之意，反而是罵人話。捷運車廂廣播，客語用『大家好』，而台語仍傻傻地用『你好』。」

　　這樣的說法我並不完全同意，「你好」有「恁娘較好」之意是被引申借用的，並非本意，所以基本上她沒錯，我覺得問題在於單複數的概念，車廂廣播是對車內眾人說的，不單是一個人，還是用「逐家好」比較好。

　　文化的事牽涉的層面很廣且複雜，弱勢的一方，受到強勢文化侵略後，往往被同化而不自知，會走向滅亡的危機，而當被意識到需要被保護的時候，卻又常常矯枉過正，甚至我們可以說「保護的過程」變成一個「改變的過程」。

　　還是很懷念古早味的打招呼：食飽未？

本文拼音參考。

漢字	十五音	羅馬字	台羅拼音	台語同音字
佗	高一他	tho	to	饕、叨
教	高五語	gô	gô	敖、鵝
賢	堅五喜	hiân	hiân	玄、弦
	交五語	gâu	gâu	

134
恁公番薯

　　小時候會有人捉弄問：「恁講『讀書』抑『讀冊』？」這是習慣問題，我們很自然就會回答：「阮講『讀書』。」或「阮講『讀冊』」。

　　第二個問題：「恁講番薯（han-chi）抑番薯（han-chu）？」因地方腔調的不同，有人唸han-chi，有人唸han-chu。

　　很自然地，我們都會回答：「阮講han-chi。」或「阮講han-chu」。

　　第三個問句：「恁講豬（ㄉㄧ）抑豬（ㄉㄨ）？」我們也都會很快地回答：「阮講豬（ㄉㄧ）」或「阮講豬（ㄉㄨ）」。

　　問的人就哈哈大笑：「哈哈哈！恁公豬！」一開始都不知道他在笑什麼，於是都會問：「恁講啥？」這個調皮鬼會說：「阮公人！」

　　豬的發音有兩個，【居一地】（ti-1，也就是ㄉㄧ）與【龜一地】（tu-1），也就是ㄉㄨ），這是腔調的差異。

　　番薯的國語稱呼包括「白鼠」、「番薯」、「番芋」、「地瓜」、「甘藷」、「山芋」等等，到是台語比較單純，雖然也有

很多種說法，但台語不管它的異用字是哪個，一定是有「番」或「蕃」、「薯」或「藷」。不過最奇怪的是「番」應該是要唸【觀五喜】（hoan-5），可是我們都唸han。

有人說是變音的結果，也有人說可能是「旱薯」而來。但不管怎樣，你就是被擺了一道！你爺爺是地瓜！你爺爺是豬！

「講」兩個發音，【江二求】（kang-2）與【公二求】（kong-2），後者就是常被用在「踹共」的「共」。「踹共」也是不可取的火星文，「踹」是「出來」的連音借用字，「共」是「講」【公二求】字的誤寫。

當「講」後面接了詞，它的第二聲要轉為第一聲，變成「公」。也就是說「恁講番薯」與「恁公番薯」是完全同音。

在家鄉跟老一輩的打網球，有時他們打出壓線的球他們會說：「在馬沙溝更過去！」馬沙溝是我們隔壁村的海邊，她再過去是「傘頂」，跟台語講「線上（頂）」諧音。

諧音的笑話很多，台南永康大灣路上有一個公車站寫「大灣街」，台語唸起來變成「大謼謑」（一般寫為「大冤家」，請參〈阿娘講的話〉冊之088篇〈謼謑〉）。

有位婦人坐雲霄飛車，下來後說她怕得要死，說以後不坐了。她的朋友問：「你不是很勇敢，一直喊『衝啊！衝啊！』？」

婦人說：「不是啦，我是咧叫阮尪，昌仔啦。」

本文拼音參考。

漢字	十五音	羅馬字	台羅拼音	台語同音字
豬	居一地	ti	ti	知、蜘
	龜一地	tu	tu	株、蛛
講	江二求	káng	káng	港
	公二求	kóng	kóng	廣

135
薁蕘

　　幾年前網路上有個關於小學生母語作業的討論，內容是關於「標注『薁蕘』的台羅拼音」。很多家長反映太難，連家長都不知道那是啥，更何況是拚音注音。後來也有家長加入批評：

　　「我的媽！原來台語可以搞到那麼難......」；

　　「講了20多年台語，我居然看到這些漢字不會唸也不知道意思......」；

　　「我閩南語朗讀比賽，校外比賽第二名，我還是不會看！」；

　　「連長輩說閩南語的都看不懂了，為何要為難孩子？」；

　　「寫這個台語不會進步！」；

　　「母語這樣教，我小孩這考零分也沒關係。」。

　　說到注音方式，北京語的注音符號是由語言學家趙元任主編而成，1932年趙元任再以此注音符號為基礎修改，增加40個符號，稱作「閏音符號」，用來標注各種漢語的讀音。（「閏音」是指各地方言中所有而北京語注音符號所缺的聲和韻，也就是方音。）

　　國民政府遷台後，政府呼籲全台軍公教人員要學習台語，

因此，1946年臺灣省國語推行委員會方言組的朱兆祥教授設計「方音符號系統」，以協助台語的學習。這套系統的發音以廈門音為標準，符號基本上採用趙元任的「閩音符號」，並針對台語和客語的特殊發音再另行設計新的符號對應。

只是後來政府推行國語（北京語），學校不准說台語，所以就沒有人使用這套「方音符號系統」。直到1980年代後期，政府推行母語教育，它又被拿出來，台灣大學中文系吳守禮教授費心重新整理，1998年教育部也公告使用。

2006年10月14日，教育部公布「臺灣閩南語羅馬字拼音方案（台羅拼音）」，官方轉向推行羅馬拼音，成為教育界的主流。當時教育部國語推行委員會主任委員童春發說「台羅拼音」是教育部委託中央研究院語言學研究所研擬的方案，足以讓閩南語、客語、原住民族語及華語系統學生在學習起步時皆無學習障礙。

不過，當時亦有反對台羅拼音者，他們建議用「通用拼音」。「通用拼音」是源自臺灣的拉丁字母漢字標音方案，包含了「華語通用拼音」、「臺語通用拼音」、「客語通用拼音」三種拼音方案。考試委員張正修說「通用拼音」只要學習一小時就能朗朗上口，「台羅拼音」他完全看不懂；國立清華大學統計學研究所教授江永進支持通用拼音，說「通用用四輪，未來有發展；台羅孤獨一輪，卡死三輪」；台灣客家教師協會理事長莊陳月琇與台灣母語教育學會客家事務部部長彭通明以客語教學經驗立論，台語客語「通用拼音」的音節幾乎百分之百相容，台羅拼音對客語教學而言難學難教、極不利於客語復育。（摘自維基百科，臺灣閩南語羅馬字拼音方案）

可悲的是要用哪一種方式來注音，竟變成政治角力與意識型態的戰場，通用拼音也成為政治鬥爭下的犧牲品。泛政治化的思想對語言復育的戕害，不過如是。

　　我主要參考的字典基本上不是通用拼音、不是羅馬拼音，也不是方音符號系統，而是較舊的「十五音」呼法，它跟古時候所謂反切的方式較為接近，用兩個「字」的聲母和韻母加上音調來拼出這個字的讀音，而不是靠符號。不過它也有它的問題，慣用的人較少，並不普遍。（注音或拼音方式在本冊之145篇〈我們沒有自然拼音法〉說明，「十五音」在本冊之146篇〈反切與十五音〉說明。）

　　回過頭來看這小學生的作業。我倒認為如果這是作業，應該是老師教過的，它雖然冷僻，但是既然是學校教過的東西，大可不必批評「薁蕘」這兩個字太過於艱深，那只是因為家長自己沒學過，至於是不是將「薁蕘」放在教材，則是另一個議題。「薁蕘」是【高三英】（o-3，草名）、【嬌五語】（giau-5，薪也），兩個字合起來有人稱為「愛玉」。

　　只是問題在於：注音是為了讓人懂如何發音，注音是一種工具，但是他不是學習的目的，這樣的教學是真的走火入魔、本末倒置了。

本文拼音參考 ◇

漢字	十五音	羅馬字	台羅拼音	台語同音字
薁	高三英	ò	ò	奧、懊
蕘	嬌五語	giâu	giâu	堯

136
鹹洘

台北有個淡水，因為有一條淡水河。

台南有個鹽水，因為有一個鹽水港。可是，台南的「鹽水」，台語唸的是「鹹水」。台語「鹹水」的相對詞卻也不是「淡水」。

三百年前的曾文溪（以前稱灣裡溪）帶著大量泥沙形成一個西北走向的沖積扇半島，加上附近由北而南的沙洲（包括北鯤身、北門嶼、馬沙溝、青鯤身、南鯤身、加走灣[1]、隙子島、北線尾島、一至七鯤身等），半島兩側形成兩個大潟湖，南邊的是台江內海，北邊的是倒風內海。

倒風內海的上頭有一個大河灣深入內陸，然後分岔成幾條河流。河灣內有兩個港口，其中靠近潟湖的港口水質含鹽分較重，離潟湖較遠的港口水質含鹽分較少，先民為了區分兩個港口，將含鹽分較重的港口稱為「鹹水港」，而含鹽分較少的港口稱為「洘水港」（意思是淡水的港）。台南市鹽水區還有一個洘水里，曾經在洘水里洘水港1號有個洘水國小。

「洘」字一般唸為【驚二曾】（chian-1），但是於《彙音寶鑑》中【驚二曾】有收錄「賤」與「餞」等字，意思是「食無

味」，但是並沒有「洷」這個字。北京語「洷」的意思是「細流蜿蜒的樣子」或是同「阠」字，與這裡所謂的「無味」或「淡」的用法不同。我懷疑這是先民的誤用字。錯就錯了吧，我們還是用「洷」字。

北京語說「鹹與淡」，台語是「鹹偕洷」。北京語說「鹹水魚、淡水魚」，台語分的是「鹹水魚、洷水魚」。「鹹」音【兼五求】（jiam-5），「洷」音【驚二曾】（chiaⁿ-2），「淡」音【干七地】（tam-7）。

所以「洷水」就是「洷水／淡水」沒問題，但是「鹹水」為何寫成「鹽水」？而「鹽」音【兼五英】（iam-5）。

北京話的「鹽」和「鹹」是不同字，一個是名詞，一個是形容詞；但奇怪的是台語的「鹹」與「醎」及「塩」同字；而且「鹽」和「塩」又同字。於是，台語「塩」等於「鹽」，也可以是「鹹」，才會有今天的問題。如果去看古地圖，上面是寫「塩水港」，也就是說，原來應該是「鹹水」，寫成「塩水」，然後以「塩」為「鹽」，變成「鹽水」。在北京語是會怪怪的，但在台語被合理化了，呵呵，這合理化的過程讓我們可以合理的懷疑是古時候人們偷懶或誤寫造成的結果。

我問過一些朋友，有名的小吃是「鹽酥雞」還是「鹹酥雞」？很多人都說「鹹酥雞」呀，台語是「鹹」。

你也認為是「鹹酥雞」嗎？很抱歉。

根據創始人陳廷智先生「台灣第一家」的網站，他在西門町開設第一攤油炸小吃，將這種使用特殊佐料醃漬過的雞肉經過油炸後，外表金黃香酥，並灑上獨家特製調料的產品稱為「鹽酥雞」。

本文拼音參考。————————————————————

漢字	十五音	羅馬字	台羅拼音	台語同音字
饡	驚二曾	chiá^n	tsiánn	——
餌	驚二曾	chiá^n	tsiánn	——
鹹	兼五求	kiâm	kiâm	塩
鹽	兼五英	iâm	iâm	閻

註釋 ————————————————————————

[1] 「加走灣」的「加走」，台語的意思是「跳蚤」，台東縣長濱也有一個「加走灣」。

137
瘟佝青盲

　　曾經在有外國朋友的場合有台灣朋友講笑話，但是我真的沒有辦法翻譯。他說有個朋友說想要戒酒、戒菸，另一個朋友就用台語調侃他說：

　　「對啦！飲酒『界』（改）不好，講着博賭[1]我人就『氣』（去），講着食薰我『火就著』。」（台語「戒」是用「改」這個字。）

　　表面上是說喝酒不好、講道賭博就有氣、講到抽菸就火大，其實諧音都是另有反話：菸想戒掉不好（表「最」的「界」與表「戒」的「改」在句子中發音相同）、說到賭我人就過去（「氣」與「去」同音）、說到抽菸我就把火點燃。這樣的笑話連台語不夠好的人可能都聽不懂了，更何況是老外！這真的是沒有辦法翻譯呀！開什麼玩笑？（「開玩笑」的台語叫「滾耍笑」，是有點好笑。）

　　我想起另一個類似的笑話。以前有模仿賣膏藥的唸的口白，它也曾是在台灣被廣為流傳的「囡仔歌」：

　　「三代祖傳好藥材，目睭痛糊目眉，嘴齒痛糊下頦，腹肚痛貼肚臍，愈糊愈貼愈厲害，不驚死个對這來！」

「這帖藥真好用，跛腳个食落就『行』去，瘸疴个食落就『直』去，青盲个食落就『光』去，手不能彎个食落就『翹』去」

原本都應該是對應病人症狀改善而病好了，但是台語諧音卻又都有「蘇州賣鴨蛋」的意思。（「行」是「走」，國語也有相同的用法；「直了」就像躺平了，「翹翹去」是翹辮子；而「光」的台語音同「扛」，被扛走了，這都是「掛了」的意思。）

駝背的台語有人寫為「溫龜」、「穩龜」或「瘟龜」，其實並不好，那是音近似的混淆，不要讓烏龜再無辜一次。教育部的建議是「隱疴」。有兩種建議值得參考，一是「瘟佝」，「瘟」是瘟疫致使骨骼扭曲的疾病，「佝」則是表身形。另一種是「痿疴」，「痿」音【規一英】（ui-1）或【檜一英】（oe-1），「疴」音【居一去】（kui-1）。

駝背的另一種說法「ㄎㄧㄠ ㄍㄨ」，教育部用字建議為「曲疴」，例：伊生做曲疴曲疴（他長得一副駝背的樣子。）「曲」音【恭四去】（khiok-4）或【經四去】（khek-4），都不是【嬌一去】（khiau-1）的音，所以也有人建議為「翹疴」或「ㄎ佝」，「ㄎ」音【嬌一去】（khiau-1）。

「青暝」是一般常用來寫失明的字，不過「暝」是閉目的意思，「青暝」又是甚麼意思就想不透了。有人認為應該是「青盲」。據隋朝《諸病源候論》所記：「青盲者，謂眼本無異，瞳子黑白分明，直不視物耳」。「青盲」是一種病，這種病是眼睛外觀正常，看起來跟健康的人沒有什麼差別，但視力卻逐漸下降，最後變成瞎子，現代中醫學認為「青盲」相當於西醫的「視

神經萎縮」，因此應該還滿合理的。

跛腳的台語字教育部說是「瘸跤」，也做「瘸骹」、「瘸腳」。只是「瘸」音【膠五求】（ka-5）或【嘉五求】（ke-5），台語常用於瘸手。跛音【高二頗】（pho-2），音也不對。倒是在《彙音寶鑑》上有一個字「躃」，音【皆二邊】（pai-2，跛腳），音義都對，這字造得也有趣，可是沒有人在用這個字。

咦？不是在講笑話嗎？當笑話聽就好，聽不懂我可以再解釋一遍，但是不要叫我「中翻英」！

本文拼音參考◦

漢字	十五音	羅馬字	台羅拼音	台語同音字
痿	規一英	ui	ui	威
	檜一英	oe	ue	煨
疳	居一去	kui	khi	欺
曲	恭四去	khiok	khiok	——
	經四去	khek	khik	克、剋
翹	嬌五求	kiâu	kiâu	僑
瘸	膠五求	kâ	kâ	——
	嘉五求	kê	kê	枷
跛	高二頗	phó	phó	頗
躃	皆二邊	pái	pái	擺
跋	觀八邊	poàt	poàt	拔
	瓜八邊	poàh	puàh	鈸
笅	膠一求	ka	ka	嘉、膠
	交三求	káu	kiáu	教、到

1 「賭博」的台語，教育部用的是「跋筊」，異用字為「跋筊」、「博筊」、「博
徼」。「跋」音【觀八邊】（poat-1跋涉）或【瓜八邊】（poah-8，跋倒）；
「筊」【膠一求】（ka-1）或【交三求】（kau-3）。用「跋筊」是看不出道理
的。北京話「賭博」倒過來寫，「博賭」，「賭」字有一音為【嬌二求】（kiau-
2，輸贏以錢），這比較合理。

腹肚飢

有個地區特色文化主題餐廳叫「呷七碗」，1980年一開始是在萬華地區做嘉義鹹米糕與香菇肉羹的小吃攤，後來成立「呷七碗食品」品牌，推出油飯、炒米粉、肉粽、年菜等台灣傳統美食，在通路上也打進了百貨商店街、大賣場，也設立各地主題餐廳。甚至因為使用糯米量極大，而有「台灣阿糯」之稱。

「呷」是一個被普遍誤用的字，或許跟這家店的生意做得很好也有關係，錯誤的字隨著蒸蒸日上的業務被廣泛地流通使用。很多店也都用「呷」當店名：「來呷飯川食堂」、「呷百二」、「呷霸牛肉麵」、「呷熊飽」、「呷味鮮火鍋」、「呷丸味仙草」......不勝枚舉。

「呷」台語【甘四喜】（hap-4），意思是「吸而飲之」，國語的意思是「小口地喝」，並不是「吃」的意思，我不知道如何小口小口地「吸」七碗米糕？

「吃」這個字台語唸【巾四語】（git-4，口不便言），它用在「口吃」，而不是「吃」。真正吃東西的吃，它的台語就是「食」。「食」有三個音【巾八時】（sit-8，如於食堂）、【龜七時】（su-7，同飼，以食飼也）與【迦八曾】（chiah-8，

欲食也），最後一個【迦八曾】就是被誤寫為「呷」的字。台語「食食」一詞前者唸【迦八曾】，後者唸【巾八時】，一般做「飲食」用。例：「伊的食食誠無正常（他的飲食很不正常。）」

其實我不懂為何明明有字不用，而且是很普遍片的用法，卻偏要用一個音義完全都不對的字，何況又不是創造出有趣味的諧音詞。

我也看過一家簡餐店的店名叫「巴豆妖」，意思是「肚子餓」，取近似音。肚子餓了，台語唸bakdoyau，有人寫「腹肚飫，腹肚餓」，可能也都不太適當。

「餓」音【姑七語】（go^n-7）或【高七語】（go-7），音不對。

「飫」音【居三英】（i-3，厭也、飽也）。在北京話中當名詞是「宴食」，當動詞是「飽食、飽足」，當副詞是「飽、滿」，意思根本相反，怎麼會拿來當作肚子餓？這不是非常離譜嗎？

有人建議寫「腹堵枵」。他說「堵」是「垣也」，指的是肚皮；也有建議用「胄」字，看得見的部分為「胄」，看不見的部分為「肚」。

枵（yau）是空虛，凹下之意，「腹堵枵」的意思是「肚皮空虛，肚皮凹下」之意。但是「枵」【嬌一喜】（hiau-1，虛也），或許這也是個與時俱進走音的例子。《彙音寶鑑》中「飢」就有一個音和「妖」同音，【嬌一英】（iau-1，腹中飢餓），到底誰是正主？誰是借用？可能要問古人了。

「台語沒有字」是極大的誤解，絕大部分的台語有相對的漢字，雖然仍有部分台語的寫法不確定或有爭議，也因為可能在不同時代有不同的用法或產生變異，甚至老早就被誤寫，但是她不是沒有字。問題是現今的故意誤寫，以訛傳訛讓大家以為是對的，則是戕害台語的罪人，真的一點都不好玩。

本文拼音參考 ◦

漢字	十五音	羅馬字	台羅拼音	台語同音字
呷	甘四喜	hap	hah	——
吃	巾四語	git	git	訖、迄
食	巾八時	sit	sit	實
	龜七時	sū	sū	事
	迦八曾	chiah-8	tsiàh	——
餓	姑七語	gōⁿ-7	gōo	五
	高七語	gȏ	ngōo	傲
飫	居三英	ì	uì	意
枵	嬌一喜	hiau	hiau	梟
飢	嬌一英	iau	iau	妖

139

夯枷

有許多城隍廟在農曆的七月一日會舉辦「夯枷」祈福的遊行。

「枷」本為木頭製成，是古代囚禁犯人的一種鐐銬刑具，「夯」是將東西扛在肩膀上，「夯枷」就是扛著枷。有些地方有個習俗，例如做錯事後想要懺悔，或曾發願卻沒有還願，就會到城隍廟以「夯枷」向城隍爺贖罪，展現洗心革面的決心，也具消災解厄功用，一般稱為「夯枷除罪」。

「夯」這個字可能大家都不陌生，有一種飲料叫「馬力夯」，正流行、熱門，也叫「夯」。可是你若去查字典，國語字典說這個字的意思在名詞是「敲打基地使基地結實的工具」，在動詞是「用夯砸地」；「夯」在方言是用力打或以肩扛物。基本上就是個會意字：「大」加「力」。表達「打」，台語說【江二喜】（hang-2），而用於表達「扛」的意思，則唸【迦五語】（gia-5）。「枷」的讀音是【嘉五求】（ke-5）。

現在「夯枷」祈福遊行的流程通常是參加的信眾戴著四方形紙枷隨著陰陽司公[1]神轎遊境，道長會向陰陽司公稟報「信眾的罪」，遊境之後信眾回到廟裡淨身、脫枷，陰陽司公代向城隍爺請求開恩赦罪，赦罪的儀式就是把紙枷火化，代表罪孽隨紙枷消

失，完成消除業障。因為原先有懺悔的功能，有些「夯枷」的人不想讓別人認出自己，因此就會帶著面具，於是面具後來衍生出另一個趣味，例如新竹就有面具彩繪的活動。

在台語，「夯枷」後來引申為自找麻煩的意思。原本的「枷」是實心木頭所做套在犯人脖子上的沉重刑具，自己把沉重的負擔攬在身上，當然是在自找麻煩。例如：「伊安耳做真正是咧夯枷。」

但是我不知道為何「夯」會跟「流行」扯上關係，有人說「夯」跟「紅」的台語音很接近，「很夯」就是「很紅」。如果是這樣，「很夯」又是一個火星文。

事實上「夯」還有一個意思是「笨」，儒林外史有一句：「小兒蠢夯，自幼失學。」西遊記也寫到「夯貨」，就是「蠢貨、笨蛋」的意思。

最近也看到有家店名稱叫「夯店-懷舊食堂」，原來是個烤肉店，也有熱炒、海鮮和鍋物，老闆大概是想用「夯」來替代「烘」的台語，「烘」音【江一喜】（hang-1，烘燎火乾）。

好吧，要這樣亂，我只好讚美一下「好夯」真的「好夯」！

本文拼音參考。

漢字	十五音	羅馬字	台羅拼音	台語同音字
夯	江二喜	háng	háng	傋
	迦五語	giâ	giâ	蜈
枷	嘉五求	kê	kê	痂、瘸
烘	江一喜	hang	hang	釩

1　維基百科:「陰陽司,尊稱為陰陽司公,是道教神祇,東嶽大帝、五福王爺、城隍等陰間神明的輔吏。在城隍廟中,相當於城隍的秘書長,協調城隍其餘幕僚諸司官。陰陽司之造像,臉左為黑,右為白(或者紅色、金色),象徵審理陰陽,善惡分明,絕無通融。類似於布袋戲角色黑白郎君的造型。」

140

嫣投

一般對男子「英俊」、「帥氣」、長相好看，都用「緣投」形容，理由是「緣投」是「投緣」的倒置詞，英俊的男子事實上比較容易讓人投緣。教育部台灣閩南語常用字典收錄的異用字還包括「嫣頭」與「嫣投」。《台語正字》認為是「英卓」《台日大字典》另寫做「鉛骰」，這些寫法都有相當程度的合理性。這句話有沒有令人嚇一跳？「鉛骰」也合理？是的，它是從「養小白臉」的「設鉛骰」的「鉛骰」來的。

還有一種建議──「沿投」。聽說故事是：在魏晉南北朝時，有個出名的美男子叫潘安，他長像極為俊美，坐轎子經過大街的時候，沿途婦女粉絲驚見偶象，皆投以水果食物想討好他，後來把俊秀男子稱為「沿投」。另外，《談薈》：「張曄沿投，不遜潘岳。」這是「沿街投果」簡稱。

教育部解釋不採「沿投」的原因說是「有時候可單用一個字（ian-1），那麼音調就不對了，所以正字應該是『嫣』，寫『嫣投』或『嫣頭』都可以。」問題是教育部建議的是「緣投」，與「沿投」同音，「嫣投」或「嫣頭」是異用字，說「沿投」音義都不對，不是自己在打臉自己？

《台語別鬧了》作者大衛羊認為是「焉投」，他說「焉」原來是一種黃色的漂亮的公鳥，正鳥，台語可以稱讚一個男人長得「真焉」。（可是，這樣的說法也都只解釋了一半，「投」並沒有說明。）

因此，單用的時候，「沿」、「緣」音都不對，「焉投」是蠻合理。「焉」的部首雖然不是鳥，很早以前就當指示代名詞，之、彼、這裡。但是它原來真的是一種鳥。

關於「緣」與「投緣」，以前我外婆會說：「有我个緣」、「無我个緣」，它的意思並不是「有沒有緣分」，而是我喜歡或不喜歡。

「深緣」是形容一個人具有讓人越熟識就越喜愛的特質，雖然一開始可能不討喜。例如：「伊古意更好笑神，真深緣，互人愈看愈愜意[1]。（他忠厚又常常面帶笑容，相處越久越有人緣，讓人越看越中意。）」但是「淺緣」通常是只「緣分薄」，並不完全是「深緣」的反義詞。想起施文彬的一首歌，再會啦心愛的無緣的人。我很喜歡它的旋律，也喜歡他的歌詞：

再會啦，心愛的無緣的人，若無愛石頭嘛無彩[2]工！
過去像一齣憨人的故事，無聊的夢。
再會啦，心愛的無緣的人，六月的茉莉遐耳仔香，
祝福你親像春天的花蕊，遐耳仔紅。

「命裡有時終須有，命裡無時莫強求」，「無緣」常常是我們的一個藉口、安慰自己或他人的理由。不過，一個人生病的

時候，常常會在看了一個醫生後再去看第二位醫生，目的是找個有緣的醫生。什麼是有緣的醫生？台語有句話「先生緣，主人福」，「先生」是一般對醫生的稱呼，這裡「主人」則是指病患，一般認為治病也要有幾分運氣或機緣，如果一位病人有緣找到可以幫他治病的醫生，那就是病人的福氣。

本文拼音參考。

漢字	十五音	羅馬字	台羅拼音	台語同音字
沿	堅五英	iân	iân	鉛
緣	堅五英	iân	lân	鉛
嫣	堅一英	ian	ian	煙
焉	堅一英	ian	ian	煙

註釋

1. 「喜歡」台語字應作「愜意」，現在大家都寫「甲意」。
2. 「無彩」為「枉費」之意，也有「糟蹋」的用法。劉建仁先生提到「彩」除了光彩、光澤、多種顏色的意義外，還有一個義項和賭博有關。大概從唐代開始，博戲中擲骰子時得勝的顏色叫做「彩」，因而賭博賭贏叫做「得彩」。

WX還是ZFB？

前幾天在捷運上看到一個大陸的視頻（中國大陸用語，影音或影片的意思），有幾句對話，因為在車廂內，我又沒帶耳機，所以只能看字幕，問題是我看不懂：

甲：「多少Q？我轉給你。」

乙：「二W。」

甲：「WX還是ZFB？」

　　後來重新看重新聽，才知道原來是：

甲：「多少錢（Q）？我轉給你。」

乙：「二萬（W）。」

甲：「微信（WX）還是支付寶（ZFB）？」

幾年前在中國大陸搭火車時發現他們的火車等級也有好幾種，「動車」編號是以D為字首，「高速動車」以G為字首。現在這樣的概念被普遍應用，覺得很無言，為什麼不能寫「動」和「高」？難道他們一般人民的英文要比中文好？

我本來在想，這是個嚴重的問題，但是想到台語的火星文，我認為我們的問題更大，因為你可以很清楚地知道「Q」只是一個偷懶、拿來替代「錢」的符號，緣自於羅馬拼音的第一個字

母，但是台語的火星文會讓人誤以為錯的是對的！會讓整個文字系統崩壞！

網路「新詞」非常多，常見的像「嗯湯啊嗯湯（毋通啊毋通——不行啊不行）」、「哩勾共幾拜（你更講一遍——你再說一次）」、「休誇（小括——有一點）」、「拍謝（歹勢——不好意思）」、「踹共（出來講）」都是，越來越多類似的新創詞，什麼「阿寄來呷奔（阿姊來食飯——阿姊來吃飯）」、「促咪（趣味——有趣）」、「五摳零（有可能）」、「鵝熱嘎A答擠（呵咾曷會觸舌——讚美到嘖嘖有聲）」。

聽說很多這樣的字彙是一位部落格作家「X女X紅」創的，她的暱稱「X昂」二字也是她從「X紅」的台語創的。她說：「就是不喜歡重複的字眼，每每寫到第二次相同的語詞，就會想找別種寫法！」我認為這只是凸顯出她文學素養不夠，詞彙不夠多，不善於描寫，因此才要如此搞怪。就像形容一個女人漂亮時我們有許多形容詞、許多成語，也可以用不同的敘述方式，但是她詞窮，只好亂湊亂寫。

網路觀察家朱學恒說台灣網路用語文化特殊反應出「朋黨效應」，發展出自己通行的語言和文化。「就像交朋友的小圈圈中，難免會有伙伴們才看得懂的暗號，不是同一國的人就看不懂。」他認為：「需要猜一下、不是一看就懂的用語反而較易流行，因為就像文字的腦筋急轉彎。」朱學恒說：「X女X紅帶起了生活化的台語風潮，讓網路文字也能本土又趣味，某種程度也算是推廣台語書寫啦！」

這樣的說法我並不同意，我也懷疑朱學恒是不懂台語的。若

把她當作是一種次文化，是一種夥伴才懂的語言，在類似上面提到的「WX還是ZFB？」我勉強同意，至少原有的文字只是沒被使用，並非被破壞。但是這樣的火星文台語是流傳於對台語不熟悉的年輕人的時候，她等於是在建立錯誤的認知。另外，「某種程度也算是推廣台語書寫啦！」這句話更是講不通。舉例來說好了，我如果問你Phighsh是什麼？你會跟我說沒這個字。那麼，我再跟你說：「是Fish，因為Ph發f的音，gh不發音。」請問，你會同意嗎？英國人或美國人會認同嗎？我不反對你把Phighsh唸成Fish，但是魚就是Fish，你不能寫成Phighsh。充其量，這些台語火星文的作者只算是「推廣台語亂寫！」

如果亂寫可以，我們何必從小國文考試都要考改錯字？英文的拚字也不用計較了，不是嗎？忍不住再講一次，不要用搞笑來包裝掩飾妳的無知還沾沾自喜，我認為妳是破壞台語的罪人！

是的，「X女X紅」，我不客氣地說，我說的就是妳！

142

四句連

　　這幾年台南市議員謝龍介爆紅除了政治相關的議題外，主要是他說得一口標準又流利的台語，而且擅長四句聯。

　　說到四句聯，大部分的人聯想到的是婚禮當天媒人婆在各個不同場合所唸的賀詞，例如：

> 「恭喜恭喜真恭喜，新郎才華了不起，新娘賢慧通鄉里，
> 兩人四配無地比。」
> 「手牽手，天長地久，嘴挂嘴[1]，萬年富貴。」
> 「新郎馬投有智慧，新娘可愛又古椎，今暗兩人睏做堆，
> 明年一定生後生。」
> 「尪某感情糖蜜甜，兩人牽手出頭天，闔家平安大賺錢，
> 子孫富貴萬萬年。」

　　我過去並不常在婚禮場合聽到四句聯，或許這也是最近又開始流行。對四句聯的印象多是來自歌仔戲，不過過去的文獻上關於歌仔戲的對白說的大多是「四句連」，而不是「四句聯」，意思是四句相連，而且有押韻的句子。

歌仔戲中人物出場的時候要「打引」，也就是自我介紹，從「打引」中可以知道角色或地位，基本上也是「四句連」格式。例如：

　　　「禮義廉恥感天下，逍遙自在帝王家，
　　　文東武西保聖駕，寡人江山永無差。」（皇帝）
　　　「富在深山有遠親，貧在路邊無人認，
　　　錦上添花人人有，雪中送炭世間無。」（小生）
　　　「日出東邊紅，烏雲漸過江，
　　　關門繡房坐，針黹是女紅。」（小旦）
　　　「內山出苦茶，東海出龍蝦，
　　　若有水查某囡仔，看着攏我个。」（三花）

　　除了「打引」，歌仔戲唸白也是用非常多的四句連，基本上可以看成兩人的對話，每人各二句，共四句。如果有一個角色要長篇大論，可能就會唱一首「哭調仔」，哭完再講話或是用四句連對話。不過我們可以發現，四句連的形式其實是接近說話，不太有詩的樣子，也不講究對杖，押韻是重點，偶而會多個幾個字跟口語有關，無傷大雅。以下是「山伯英台」中銀心和士九的對答（保留原用字）：

　　　銀心：實在你也真天壽，出門敢無帶目睭，
　　　士九：講話口德全無守，親像瘸婆塊吪咻。[2]
　　　銀心：你我攏是無躊躇，不通用話來相欺，請問你要佗

位去？

士九：阮要杭州去讀冊。

銀心：阮也是要去讀冊，主僕兩人行同齊，

士九：阮的行李帶真濟，出門奴才帶一個。

銀心：若講你是大富戶，裳褲布料怎會那麼粗，

士九：出門驚遇大賊股，穿歹始未麻煩多。

銀心：是主是奴我會看，講話你真愛開誇，

士九：今咱遮講就遮煞，杭州的路佗一迣。[3]

銀心：阮也不知安怎去，始會踮遮塊躊躇，

士九：原來著是安爾生，抑無，咱各稟佫人伊見知。

銀心：面向佫人你稟報，對方也是路生疏。

士九：伊要和咱行共路，杭州卻不知要對佗。

　　四句連有著古人寫作押韻重平仄的深度，聽者像是在聽一首古詩，聲聲入耳。也因著押韻讓作品充滿了音樂律動感，像聽歌一般。只是小時候大部分是看布袋戲打打殺殺，不會看歌仔戲哭哭啼啼，所以從布袋戲學到的台語比較多，從歌仔戲學到的等於沒有。如果當初有好好看，或許現在也會做四句連。

本文拼音參考。

漢字	十五音	羅馬字	台羅拼音	台語同音字
喙	檜三喜	hoè	huè	貨、歲
嘴	規二曾	chuí	tsuí	水
	規三出	chhuì	tshuì	翠

漢字	十五音	羅馬字	台羅拼音	台語同音字
吪	高五語	gô	ngôo	娥
咻	ㄐㄧ喜	hiu	hiu	休
迣	居七英	ī	ī	預
	瓜七入	joā	juāh	──

註釋

1 許多人用「喙」字當「嘴巴」，然而「喙」是【檜三喜】（hoe-3），《彙音寶
鑑》解釋是「蚊口也」，一般北京與的解釋雖然有「人的嘴巴」，但是比較常用
的是當「鳥獸動物等尖長形的嘴」。「嘴巴」就是「嘴」，【規二曾】（chui-
2）與【規三出】（chhui-3），後者就是平常說的「嘴」的發音，應該不需要用
「喙」字，因為音不對。另一個建議是「咀」。

2 「吪咻」，「吪」【高五語】（go-5，同訛，或動也），在北京語中可以當作
是「行動」或是「唱歌」或是同「訛」。「咻」【ㄐㄧ喜】（hiu-1，象聲詞、
喘氣）。我認為正確的字應該是「喝咻」，寫旁白的人用有「口」有「化」的
「吪」取「化」的音表發【瓜四喜】的「喝」，基本上是錯字。現在常見許多的
錯字都是類似的手法，例如「口」加「甲」的「呷」來表示「吃」的「食」。古
時候因為教育水準與識字程度較差，這樣寫會讓戲班比較容易唱，難道幾百年後
的今天都不能進步一些？

3 「迣」，「迣」【居七英】（i-7，起過也），超過、踰越的意思。看起來不知怎
麼解釋。但是有人說它唸【瓜七入】（joa-7），就可以解釋了。小時候老師派國
語功課，生字寫一行叫「一迣」，排隊的時候排兩行叫做排「兩迣」，去一趟某
個地方叫「走一迣」。這裡的「佗一迣」意思是「哪一條路」。不過，有人建議
用「畷」，本意為田間小道。

143

李商隱ㄢ與ㄣ不分？

國中時讀到杜秋娘的金縷衣：

> 勸君莫惜金縷衣，勸君惜取少年時，花開堪折直須折，莫
> 待無花空折枝。

很奇怪的是這首詩沒有押韻。可是小時候看布袋戲的時候，這是黃俊雄布袋戲《六合三俠傳》裡九命狐狸攏花郎巫缺三的出場詩，用台語唸聽起來很順呀！因為，「衣」【居一英】、「時」【居五時】、「枝」【居一求】三個字都是【居】的韻。

所以，如果遇到國語唸起來不押韻的詩，可以試試用台語唸看看；但是，有時候台語唸起來還是怪怪的。例如李商隱《樂遊原》：「向晚意不適，驅車登古原。夕陽無限好，只是近黃昏。」押甚麼韻呀？李商隱一個大詩人傻傻的ㄢ與ㄣ分不清楚？

是的，以我們現在的「標準」，李商隱是分不清楚。

早在唐朝的時候，人們就發現了用當時的語音來讀詩經，在很多句子是沒有押韻的，原因在於當時的發音跟古時候的發音可能已經不同，不同地區的發音也不同，造成他的口音唸起來有

押韻，我唸起來沒有。為了解決這個時間和空間差異導致的語音問題，開始有人整理編寫不同的韻書，把常用的漢字分為不同韻部，屬於同一個或相鄰韻部的漢字才可以在詩詞中押韻。隋唐時期有《切韻》、《唐韻》，宋朝的《廣韻》、《平水韻》，後來清朝的《佩文詩韻》是科舉考試的官方標準韻書。

所以，李商隱所說的話，「原」和「昏」可能是同一個韻的。

《樂遊原》，韻腳為「原」和「昏」，查看《平水韻》[1]，可以發現這兩個字均屬於「十三元」韻部。所以，說李商隱ㄢ與ㄣ不分，是現代人的想法。

《春江花月夜》中有一句「人生代代無窮已，江月年年只相似。不知江月待何人，但見長江送流水」。用現在的北京語讀起來，四句各不押韻。用台語唸會好一些，因為「已」【居二英】、「似」【龜七時】、「水」【規二時】，其中【居】【龜】【規】是近似的音韻，不過還是有點怪怪的，而在《平水韻》中，「已」、「似」和「水」都屬於「四紙」韻部，也就是說用唐音讀起來這幾句是押韻的，而且押得好好的！

由於年代久遠，我們想體會古代詩詞曲賦在當時的音律可能在某些方言裡還可以找到一些些，但也是極為有限。應該這樣說：在用目前的北京語唸不出來韻律感的時候，或許可以試著用不同的方言、台語、客語或粵語唸唸看，甚至上海話或山東、四川話試試。

秦始皇統一文字之後，「華文」的書寫有相當程度的統一，但是讀音仍會因時空變異而有所差別，杜秋娘是唐朝金陵人（現在的南京），「金縷衣」告訴我們，杜秋娘的口音跟台語或許還

比跟北京語近似一些。

　　但我要討論的不是音和韻的問題，而是要強調這些方言不論起源為何，後來應該是有相同的文字基礎，只是讀音的差異。所以，不要以為台語沒有字，不要亂寫！還有一件很重要的事，我們還是很習慣於以音尋字，但是遇到發音變了的字，以音找字就會徒勞，從字的本義來看是可能還更重要些。

本文拼音參考 ◆

漢字	十五音	羅馬字	台羅拼音	台語同音字
衣	居一英	i	i	依、醫
時	居五時	sî	sî	匙、辭
枝	居一求	ki	ki	居、姬
已	居二英	í	í	以
似	龜七時	sū	sū	士、姒
水	規二時	súi	súi	美

註釋

1　《平水韻》一般稱為舊韻，原是金哀宗年間由金朝平水人王文郁編著《平水新刊韻略》，後經南宋平水人劉淵在做整理完善，正名為《平水韻》。分平（分上平與下平）、上、去、入四聲調，共106韻。

蚵焱與錣冰

　　遇到對中文有興趣的外國朋友我常常會跟他們簡介中國字的「六書」，對於「象形」，我都會挑幾個字逆著從楷書、小篆到籀文或甲骨文寫給他們看，再讓他們去猜，光是「日」、「月」、「山」、「川」、「馬」、「魚」，就可以唬爛好幾分鐘。接著「指事」的就用「上」、「下」、「本」、「刃」這幾個撐場面；「會意」用「集」，另外「人、从、烝」和「木、林、森」也都可以讓外國朋友猜得很開心。

　　台語也有一些會意字，而且是北京語裡不常用的。

　　到吉野家去吃飯，點「親子丼」要把「丼」唸「ㄉㄨㄥˋ」，原因是將它用日文發音唸「どん」。「丼物」是對於蓋澆飯類之日本料理的通稱，通常是以較大尺寸的碗在米飯上盛裝包括魚肉、肉類、蔬菜或者其他慢煮料理而成。

　　但是北京語的注音，這個字唸「井」或唸「膽」。唸「井」是因為它是「井」的古字，二者通用；唸「膽」則是「投物井中所發出的聲音」。

　　在台語也有兩種唸法，其中【箴一地】（tom-1，下井之聲），跟北京語唸「膽」的「丼」相同意思；而另一個音是【金

二地】（tim-2）意思是投石入井，井中間的一點就是石頭。

另外有一種食物，基隆廟口夜市有兩家很有名的「鼎邊趖」，「趖」的國語唸「ㄙㄨㄛ」（現今大部分的人都唸成ㄘㄨㄛˋ），「趖」【高五時】（so-5）是「走、移動」的意思。所以，「鼎邊趖」應該就是指在鼎邊遊走的東西。其實「趖」這個字在台語中的意思是慢慢移動，造字造得很有趣，一個「走」又一個「坐」，到底是要走，還是要坐？要走了又要坐？這不是很矛盾嗎？所以「趖」這個字是徘徊不定的意思。台語唸一個人動作緩慢：「你哪會這賢趖？」說一個遊手好閒：「趖來趖去」或是「四界趖」；叫人快一點，不要再摸、不要慢吞吞的：「你要趖到當時？」。

夏天吃冰，很多人愛吃「剉冰」。可是「剉」音【高三出】（chho-3）與「錯」的台語同音，「剉」是「折傷」的意思，小時候甘蔗採收是說「剉甘蔗」。而現在我們常見的「剉冰」應該是「錣冰」才對。「錣」國語音「ㄓㄨㄟˋ」，是馬鞭前面用來刺馬的針；「錣」台語有兩個音，【觀四地】（toat-4），意思與前面說的馬鞭前面用來刺馬的針一樣。另一個讀音【瓜四出】（chhoah-4），意思是「錣甘藷的器具」。「錣甘藷」與「錣冰」同樣用「錣」這個動詞。只是你現在寫成「錣冰」大概沒人看得懂了，意思是只能繼續錯下去，回不去了嗎？唉！

小時候我四伯父常騎一輛28吋腳踏車提兩條虱目魚到我家，看到我就會問我有沒有錢吃「四獸仔」，還自言自語說「穩當沒」，然後掏零錢給我：「去買四獸仔」。他說的「四獸仔」是指「零食」的意思。有一種說法說古時候台灣做糕餅的模型刻

有虎、豹、獅、象四種圖樣,「四獸仔」成為糕餅的代名詞,因為糕餅(台語稱糕仔)是一種休閒食品,所以後來「四獸仔」[1]就成為零食的泛稱。

但是我比較認同連雅堂先生的《台灣語典》一書提到的:「台語『庶羞』走音成為『庶秀』。」

「庶羞」在《荀子·禮論》中有提到,是各種美食的意思,「羞」是「饈」。「庶」音【居三時】(si-3)與「四」同音。而「羞」與「饈」同為【ㄐㄧ時】(siu-1)的音,其實我個人不覺得有唸走音。

每次回台南老家,媽媽喜歡帶我去七股台19線上「三不等小吃」吃「蚵嗲」,這是小時候常吃的零食,其實偶爾也在正餐當一道菜。冬天咬著剛炸好起鍋的「蚵嗲」覺得很暖,很幸福。問題是「嗲」的意思是形容撒嬌的聲音或是有「優異」的意思,也有地方用來稱呼父親,跟這食品很難聯想。教育部的字典給了一個答案,我覺得應該是對的——「炱」,北京語讀音跟「台」一樣,煙氣凝結而成的黑灰。而在《彙音寶鑑》字典中,這個字有兩個音,【皆五地】(tai-5,與「台」同音),是煙塵;另一個音是【嘉五地】(te-5,與「茶」同音,麥炱粿也)。如果這個沒有錯,表示我們已經唸走音了......

本文拼音參考。

漢字	十五音	羅馬字	台羅拼音	台語同音字
丼	箴一地	tom	tom	——
	金二地	tím	tím	戡

漢字	十五音	羅馬字	台羅拼音	台語同音字
趖	高五時	sê	sô	——
刬	高三出	chhè	tshò	糙、錯
鏇	觀四地	toat	tuah	掇
	瓜四出	chhoah	tshuah	疶
庶	居三時	sì	sì	四
羞	ㄐ一時	siu	siu	修、收
饈	ㄐ一時	siu	siu	修、收
臹	皆五地	tâi	tâi	台、埋
	嘉五地	tê	tê	題

註釋

1　「零食」台語怎麼寫，仍有很多不同的主張，有人說是「四秀仔」，也有人說是從日文「小食」而來。

台語沒有自然拼音法

　　小時候學英文的時候先學26個字母再學音標。我是五年級生，當時學的是KK音標，跟我哥哥姐姐學的DJ音標有一點不太一樣。到我的小孩學英文的時候，老師基本上是要他們學「自然發音法」，透過這個方法可以唸出絕大部分的英文單字，八九不離十。

　　英文單字是一串字母的連接，一個單字或許是單音節（有一個母音），或許是多音節（有二、三或更多個母音），這和中文是不一樣的，中文字一個字一個音，由一個聲母加一個韻母組成，頂多有一個介音（ㄧ、ㄨ、ㄩ）；再來是聲調，國語有四聲加輕聲，台語有八（實為七）聲。因為英文沒有聲調，只有重音與語調，所以外國人唸中文常常會怪裡怪氣的。有一次有位俄羅斯籍的同事問我：「有沒有母鹿？」他是俄羅斯人，來台灣念書，後來娶了原住民公主，中文也講得不錯。可是我想了半天仍然不知道為什麼要「母鹿」，問到他臉紅快發飆才知道他要說的是「目錄」。

　　雖然小時候老師說「有邊讀邊，沒邊讀中間」，問題是很多生字還是會讓人傻眼，完全沒有概念要怎麼唸，因此注音是有需

要的。

　　事實上中文（包括北京話、台語、客語）也有標示讀音的方式，不講歷史或演變，甚至爭議的問題，大致上可以歸為三類：

　　一、用中文注音符號標示的。

　　1908年，日本同盟會民報主編章太炎發表他的「紐文」與「韻文」方案，他模仿日語假名文字，以「簡化偏旁」的辦法，利用漢字小篆的結構，創造一套記音字母，稱「注音字母」，例如：

　　ㄅ為「包」之古字，取其聲。

　　ㄉ為「刀」字異體，來自其小篆，取其聲。

　　ㄓ為「之」之古字，取其聲。

　　幾經修改後，趙元任先生做成「閏音符號」作為標注其他漢語的符號，後來吳守禮教授再修定做成「方音符號系統」，用來標注臺灣話和客家話。這些基本上師出同門。

　　二、用拉丁（英）文符號標示的。

　　簡單來說，聲母或韻母用英文字母寫出，然後再配上聲調的標記，漢語羅馬拼音或是通用拼音都是這種模式。舉例而言，ㄅ的音，漢語羅馬拼音就用p，ㄆ的音寫ph，ㄞ是ai。

　　這兩個注音方式主要的差異應該在ㄓ、ㄑ、ㄒ的拼法，「忠孝」的漢語拼音寫為「Zhong Xiao」而通用拼音是寫「Jhong Siao」。台灣對於使用羅馬拼音或通用拼音有不同的意見，贊成通用拼音的是因為不想和中國一樣用羅馬拼音，而贊成羅馬拼音的是因為不但中國用，其他用中文的地區也使用羅馬拼音，這樣比較容易與世界接軌。到目前為止，各縣市尚未統一，其實爭執

點是意識形態的問題。（參本冊之135篇〈蕛藑〉）

三、用漢字標示的。

古時候沒有注音符號，對於某一個字如何唸都是靠所謂的「直音法」，例如：

《說文・玉部》：「珣，讀若宣」；

《說文・宀部》：「宋，居也，從宀木，讀若送。」等

也就是說，珣，讀音跟宣一樣，宋讀音跟送一樣。

後來（約莫漢朝）才有「反切法」產生，它是用兩個漢字來注一個字的音。第一個字（反切上字）注聲母，第二個字（反切下字）注韻母和聲調。

反切的問題是需要先懂一部分的漢字才有辦法讀出字音，而且上下音太多，聽說有四百多個上字、一千多個下字……

坦白說，各有各的優點，也都有它的缺點。對我而言，去重新認識國語沒有台語才有的注音符號是有點麻煩，去拚羅馬拼音也會頭昏腦脹，我還是喜歡漢語的反切拚音方式。下次來聊一下「十五音」。（參本冊之146篇〈反切與十五音〉）

反切與十五音

講點較沒有趣味性但是很重要的東西。

我問我哥學校裡教小學生拼音是怎麼唸，他說以前有三拼法，但是現在都已經改為二拼法。所謂的三拼法是對於有介音的字，例如「錢，ㄑㄧㄢˊ」，有介音「ㄧ」，三拼法唸「ㄑ依安，錢」；而二拼法唸「ㄑ言，錢」。二拼法把介音、韻母和聲調一起唸，但是三拼是分開。

但是不論是二拚或是三拼，都是先唸聲母再唸韻母。二拼法與以前的反切很像。

「反切」這個詞的解釋仍有爭議，有人說「反」、「翻」、「切」都同義，也有人說「反」是合，切開為聲母和韻母再合起來。

「被注音」字叫「被反切」字，簡稱「被切」字。用作反切的兩個字，前一個字叫「反切上字」（簡稱「切上字」或「上字」），後一個字叫「反切下字」（簡稱「切下字」或「下字」）。反切的基本原則是採用「上字」聲母加上「下字」的韻母（包括介音）和聲調，上下拼合而成被切字的讀音。例如，《廣韻》「冬，都宗切」，就是用「都」的聲母、「宗」的韻母

和聲調為「冬」注音。

　　用注音符號來解釋比較容易懂，「都」的聲母是ㄉ，「宗」的介音ㄨ、韻母ㄥ，聲調是第一聲，所以就把ㄉ、ㄨ、ㄥ及第一聲連起來就是「冬」的發音。

　　不過十五音的標註方式和呼法就有點不一樣，它的注法是【韻母＋音調＋聲母】，它把韻母寫在前面，先唸韻母。韻母有：

　　君、堅、金、規、嘉、干、公、乖、經、觀、沽、嬌、栀、恭、高、皆、巾、姜、甘、瓜、江、兼、交、迦、檜、監、歸、膠、居、ㄐ、更、褌、茄、薑、官、姑、光、姆、糜、閒、噯、箴、爻、驚、嘄，等45個。

　　事實上在彙音寶鑑表列四十五個韻母的下方還有一個小字，「君」的下方是「溫」，「閒」的下方是「淵」，因為「君」是有聲母有韻母組成的字，「溫」才是只有韻母的字。

　　然後，每一個韻母有八（實為七）個調，分別是「上平、上上、上去、上入、下平、下上、下去、下入」，這是指音調的變化，前四為上聲，後四為去，加上平上去入成為八音，而上上與下上相同，所以是七聲。以君韻為例，八個音調分別為：君、滾、棍、骨、群、滾、郡、滑。

　　最後是聲母。十五音有15個聲母，包括：

　　柳、邊、求、去、地、頗、他、曾、入、時、英、門、語、出、喜，15個，所以稱為「十五音」。

　　以「俊」為例，在彙音寶鑑中，你可以在前面索引依筆畫數與部首找到「俊」字，字的下方會標注讀音【君三曾】以及頁碼，依頁碼可以發現它是歸類於「君上去聲棍字韻」，即韻母是

「君」的第三聲，也就是「棍」，「棍」的台語韻接近國語注音的「ㄨㄣ」發台語的第三聲，再加上韻母「曾」類似「ㄗ」，而拼出來，當然，你要唸成第三聲。

而如果你對你的發音與對十五音的拼法有信心，你也可以反向去找字，例如我們稱給豬吃的叫【君一頗】，翻到字典「君上平聲君字韻」的地方，配上「頗」的聲母，就會發現很多同音字，其中有一個「潘」，它的解釋是「洗米汁也」，哈哈，原來是這樣寫！看來我們早期是委屈「豬」隊友了。

後記。

有個朋友問我要怎要才能學到標準又優美的台語。我回了他：「您問的問題是我們面臨的問題。

大部分的語言都是粗話最容易學，台語也是，因此只學到皮毛台語的人都只會講粗話，以致產生台語是粗俗語言的錯誤印象。舉個簡單的例子來說，時下的年輕人很多都是開口『靠北』、閉口『靠北』，真的是無知且亟需被導正。

台語有他相當優美的部分，消失的原因其中之一是只學其音，未究其字，我們有太多像『好佳再（哉）』這樣的例子（《阿娘講的話》冊之024篇〈好佳再〉有帶到）。加上音傳音的口誤與走音，甚至讓有些人誤解台語是沒有文字的語言，真的是很荒謬。更糟的是現在很多人都亂寫亂拚、亂借用，我認為這樣下去不到50年，台語就會消失，這是我們希望導正、努力保留的原因。

至於所謂『標準』與『優美』，某個程度上『標準』是很難定義的，語言也是與時俱進的，它也會變，50年前的用法和100年前、400年前可能都會有不同，北京語也會有不同的發音，或是借用的字、新創的字。所以，我沒辦法回答什麼是『標準』。那麼，你可能會質疑我為何批評時下的用法是錯誤？其實也不是完全不行，有些是有明確的音義可考的，但被現在用北京語的字音偏差地亂拚、義不合的亂湊，就是錯誤的，就是應該被導正，就是應該要被批評的。有些不容易查考的就需要透過更多的討論找答案，包括教育部喜歡借用字來表原有字的做法與用法，有許多都是值得商榷的。對於這樣的東西，我並沒有主觀地認定。

　　而『優美』，不可諱言地，台語也有粗鄙的部分，不要把它想像成它是一位純潔無瑕的白馬王或白雪公主，它也有很生活化的部分，再高雅的人也要拉屎。

　　最後，哪裡學？台語的根是古文。在1917年陳獨秀和胡適大力推動白話文運動之前，教孩童讀書識字的教材可能是最好的讀本，包括昔時賢文、三字經、千字文等等。

　　不過，對於國小推動母語教學，我認為現在的做法是學不好的，因為連老師都不會。我覺得台語課最好的教學方式是每周一個小時看黃俊雄布袋戲，這比現在任何教材都好太多了，且真正的『寓教於樂』。」

本文拼音參考。

漢字	十五音	羅馬字	台羅拼音	台語同音字
俊	君三曾	tsùn	tsùn	駿
躘	君一頗	phun	phun	奔

147

費氣費篤

身體不舒服去看醫生，醫生用聽診器聽呼吸聲。醫生都會說：「吸氣……吐氣……吸氣……吐氣……。」如果去照X光，醫護人員說：「憋氣」或是「不要呼吸」。有一次回台南，身體不舒服去看醫生，醫生跟我說台語，聽起來還有點不習慣。

台語的「吸」有兩個音，一個是【金四去】（khip-4），入氣也，又引也，飲也，呼吸），講「呼吸」就要用【金四去】的音；一個是【高四時】（soh-4），如「吸水」。

依照上面的解釋，「吸氣」就是「入氣」，因此「吸」應該用【金四去】（khip 4）的音，不過台語好像習慣用【高四時】（soh-4）。而因為是用【高四時】的音，教育部建議寫成「嗽氣」。但是「嗽」是吮吸的意思，音是【恭四時】（siok-4），和「淑」台語音相同，寫這個字是怪怪的。教育部也說「嗽」的異體字是「欶」，所以「吸管」寫為「欶管」、寫「瘦田勢欶水」。需不需要這樣用是值得商榷的（字典上寫「欶」同「潄」，所以跟「嗽」也是不一樣的）。

如果是講「呼吸」，台語就叫「喘氣」；「艙喘氣啊」就是指「不會呼吸了」、「沒氣了」。

而北京語的「喘氣」或「喘口氣」是暫時停止一件事，休息一下；同樣的意思在台語要說「停喘」或「歇喘」，只是台語這二個詞也不完全相同，「停喘」用在身體呼吸上的「上氣不接下氣」需要休息的時候，而「歇喘」通常是稍作休息後還會再繼續未完成的事，它可能也有勞力工作，但是不一定是特別強烈，例如說店家忙著招呼客人，很忙碌，稍微休息一下。另外，「歇睏」也用在休息，稍作休息則可說「歇睏一下」，而若是打烊是晚上要去睡覺了也可以用「歇睏」。

　　「吐氣」台語的意思是「嘆氣」。例如：「看伊佇遐吐氣，一定是有心事啦。」而「吐大氣」除了有「大嘆一口氣」，還有「深呼吸」的意思。

　　不吸也不吐北京話叫「憋氣」或「閉氣」，台語則用「禁氣」。

　　不高興的時候我們說「生氣」，台語的用字是「受氣」，可是北京語的「受氣」有「被人欺侮」的意思。

　　「費氣」是麻煩、費事的意思，有個常用語叫「費氣費篤」。例：「安耳較費氣，你更想看有別種方法無？」有時也當作勞煩別人的客套話。例：「互你這爾費氣，真歹勢！」

　　「媌氣」[1]是指事情做得很完美叫人激賞稱讚。例：「這擺的比賽贏了誠媌氣。」

　　嘔氣、賭氣台語要說「激氣」。例：「恁不通激氣，有話好好仔講。」有時候講一個人擺個架子，也說「激一個氣」。

　　「乾脆」要說「歸氣」。（一般人寫「規氣」，吳守禮教授建議寫「歸氣」，因為「歸」才能傳達「全部」的意思，例如

「三國歸一統」。）

很重要的一件事，「氣」有三個音，【居三去】（khi-3）、【龜三去】（khu-3）與【規三去】（khui-3），基本上除了「受氣」、「費氣」、「規氣」唸khi-3，大部分都是唸（khui-3）。這個「氣」真的有點「費氣費篤」。

本文拼音參考 ◇ ────

漢字	十五音	羅馬字	台羅拼音	台語同音字
吸	金四去	khip	khip	泣、汲
	高四時	soh	soh	索
嗽	恭四時	siok	siok	淑
氣	居三去	khì	khì	去、企
	龜三去	khù	khù	器、去
	規三去	khuì	kuì	李

註釋 ────

[1] 當「漂亮」用的台語字，教育部建議用「媠」，現在已普遍被接受，但是是有點奇怪的建議。有人建議用「粹」，也有建議直接用「美」的說法。

148
心適

　　以前有同事他家裡不但事業龐大，而且有很多不動產，大家都說他不是來工作的，是來交朋友的。工作的目的不在賺錢，是在做好玩的，我們可以說「做迌迌的」、「做心適的」。

　　「迌迌」，當作是遊戲或好玩，例如：「你明仔再欲偕阮去迌迌無（你明天要和我們去玩嗎？）」，「食迌迌」是「吃著好玩」，跟吃零食是同一個概念。還有一種用法是「玩弄」，例如：你對伊的感情是認真的抑是迌迌爾爾（你對她的感情是認真還是玩玩而已？）」教育部對「迌迌」還有建議多個異用字，但是一般並不常用，包括「彳亍」、「佚陶」、「得桃」、「敕桃」，問題是不太好記，有些音也不太吻合。

　　「踅踱」，本意是「走路忽前忽後」，用來形容人迷失方向、進退失據。台語是含蓄的語言，早期用這兩個字來「含蓄地」形容不務正業、遊手好閒的黑社會人物，後來演變成遊玩，這是可以參考的用字。

　　關於「心適」，有人寫「心色」或「心熟」，前者的音對，但是義說不太通，後者音義都不太合，所以就不用再討論。「適」字有符合、切合、舒暢、快樂的意思，《呂氏春秋》有

「故適心之務，在於勝理」，「適心」的倒置為「心適」，用來當作「有趣」、「風趣」、「好玩」解，是滿適當的。它用法的例句如：「伊人有夠心適（他這個人很有趣。）」，或是說：「今仔日你去跕跮，有心適無？」是問「今天你去玩，開心好玩嗎？」把一件事單純當作是興趣，也可以說「做心適兮」，畫畫畫著玩的，叫「畫心適兮」。

做事或是工作沒拿到報酬，也有可能是「做心酸的」。明明知道做了沒有用，還是續做，叫做「做心酸兮」，問了也是白問，通常會說「問心酸兮」。

iTaigi說：「台灣人用『心酸』代表『傷心』、『辛酸』、『心酸酸』。」這就跟我們上面提到「心酸」的用法不同。陳達儒先生寫的歌曲「心酸酸」，歌詞是：

> 我君離開千里遠，放阮孤單守家門；
> 袂吃袂困腳手軟，暝日思君心酸酸。
> 無疑一去無倒返，辜負青春暝日長，
> 連寫批信煞來斷，乎阮等無心酸酸。
> 一時變心袂按算，秋風慘澹草木黃，
> 風冷情冷是無秧，光景引阮心酸酸。

「心酸酸」要表達的就是「傷心」，所以，iTaigi說的也沒錯。問題出在哪裡？它只是用在不同場合的不同解釋。

本文拼音參考。————————————

漢字	十五音	羅馬字	台羅拼音	台語同音字
迌	巾四他	thit	tshit	彳
迢	高五他	thê	thô	桃
彳	巾四他	thit	tshit	迌
	經四出	chhek	tshik	測、策
亍	恭四出	chhiok	tshik	促、蠢
佚	堅八地	tia̍t	thia̍t	徹、秩
陶	高五地	tô	thô	淘、逃
得	經四地	tek	tik	德、竹
桃	高五他	thê	thô	迢
敕	恭四出	chhiok	tshik	促、蠢

149
向時

在ppt上看過一個討論，有個人問：「為什麼台語的昨日是前天的意思？發明這個詞彙的人是故意跟國語唱反調嗎？」

有人回：「哪個地方這樣說了？」

這回的人就被噓：「南部人聽不懂還愛生氣，我不知道原來八卦板台語程度這麼差！」

也有人推：「家中長輩確實會這樣講」、「可能文字和發音對不起來」、「是這樣講沒錯啊，前面在噓啥？」......

然後有人回應：「強，這證明了臺語是獨立的語言，臺語跟中國普通話的差異大到有如拉丁語跟漢語。台灣獨立萬歲！」

又有人說：「前幾樓台語程度真的差，建議少去南部！」之後有很多人的貼文表示沒聽過「昨日」......

短短的討論讓我有深深的感慨：首先，很多年輕人缺乏基本的台語常識，連聽都沒聽過，且回想的時候都是「聽爺爺或奶奶說」，這似乎意味著爸媽都不講台語。其次，討論是一件很好的事情，但是很多人在版面上批評多於討論，而且很容易以偏概全（以偏概全還算是客氣了，根本是以句概全），這也是台灣現在的問題，評斷事物過於片面。而且，動不動就是意識形態冒出

來，什麼都要推到統獨問題，挺無聊的！

對時間的講法會有不同，有時候意思也不是很精準，目前所看到的討論與意見也不太相同，我試著依時間序摘要整理台語的說法如下：

從前──台語會說「以早」、「較早」、「以前」、「進前」，甚至「古早」。「古早」不一定是數百年前的「古時候」，時間長一點就可以用「古早」，要是更早也可以用「古早時代」。有個很古典的說法：「向時」，是昔日、從前的意思，「伊向時咧教冊」，是說「他從前在教書」。

前年──台語說「頂年」或「前年」，但是這裡的「前年」唸Tsûn-nî。（另外，如果你看到的是日文漢字，「前年」是指前一年，也就是「去年」）

去年──台語說「舊年」。同一篇的ppt也有人講到這個問題，然後又有人講相同的論調：「臺語是獨立的語言，台灣獨立萬歲！」真的不需要如此狹隘，蘇軾說「新年消暗雪，舊歲添新縷。」過年時寫春聯「爆竹一聲除舊歲，桃符萬戶更新春」，舊歲就是去年的意思。

上個月──說「頂月日」或「頂個月」；「前幾天」說「頂幾工」。

大前天、前天、昨天──講「大前天」和「前天」要從「昨天」說起。「昨天」說「昨昏」，而台語「昨日」是指「前天」。有位台大中文系教授說「昨」是「乍日」，「昨日」是又過了一天，所以是「前天」，我無法判斷對不對，但是覺得很有趣。「大前天」就說「落昨日」。（「前天」也有人說「前

工」)

隔天──說「隔工」。

今天──台語說「今仔日」或「今旦日」。因為台語的連音讓這裡的「仔」「ㄚ」的音可能會變「ㄋㄚ」。「今天」與「明天」是滿文言的說法，或許布袋戲或歌仔戲裡會聽到，日常會話不太會有。

明天──台語說「明仔再」，是指「再次天明」的意思。但是因為台語的連音讓「明仔」的「ㄇㄧㄥㄚ」中間的「ㄧㄥ」被省略變成「ㄇㄚ」，所以有可能只聽到「ㄇㄚ-5ㄗㄞ-3」

後天──台語說「後日」，兩個字分別發第七與第三聲。要小心，如果你發第三聲加第八聲，它就變成「日後」、「以後」的意思。還有，跟大前天類似，大後天叫「落後日」。

明年與後年基本上也是用相同的字。

大後年稱「落後年」。

最後，關於「以後」，有一種說法是「後遍」，基本上有下一次的味道，比較適合的應該是「另工」，「改天」的意思。

150
歹勢

　　許多網路上用詞演變成一般通用的語言，到處流傳。有一個表示「不好意思」的「歹勢」被寫成「拍謝」。「歹勢」有兩種意思，一種是覺得抱歉：「誠歹勢，我無拄好煞加恁个玻璃杯仔損破矣。」另一種意思是「害羞」：「你傷過主動，他會歹勢啦。」

　　「歹」是「不好」，相對於「不好」是「好」，一般來說問：「安耳敢好勢？」是指這樣會不會不好意思？

　　但是大部分「好勢」用的並不是用在這個意思，有一種是「舒服、舒適、妥善、適當」的意思。例：「伊睏曷誠好勢。」（他睡得很好、很舒服）。如果說一個在學走路的小孩：「伊行曷誠好勢。」是說「他走得很穩、很好了」。如果說：「事誌好勢矣未？（事情辦好了嗎？順利嗎？）」還有一種用法，「好勢矣！」是「完蛋了！」的意思......

　　台語中以幾個還滿常用的關於「勢」的詞。「靠勢」是指「仗勢」，除了用在說「仗他人勢力」，也用在說「過於自信」。王瑞霞有一首歌《靠勢》：

你像風吹　亂亂飛，我像野花，互風吹規暝。

情關難過　酒一杯，愛無退路，傷無賠。

你的解說　遐爾贊，永遠未坦白，尋無一句真心話，攏是假。

靠勢，你捌講過，永遠愛我愛到底。

後悔，信你太贊，才會予你來出賣。

靠勢，你捌講過，永遠愛我愛到底。

怨感，咒詛的話聽太贊，心流血。

「範勢」，教育部的字典的解釋是「情況、態勢」，指事物的實際狀況。例：「看這个範勢，無走未使矣」，但是「範」的音是【觀七喜】（「幻」台語音），反而應該是用「扮勢」才合理。「扮勢」也可以當「架勢」、「架構」來用。台語說「無扮」就是指「沒有樣子」，台語輕蔑地說「這款扮！」意思是說「這種樣子算什麼咖！」。

有趣的是「範勢」的音的這個詞一般被寫成「凡勢」，台語的意思是「有可能」。教育部其實也有解釋，寫成「凡勢」而異用字為「犯勢」是最後沒有辦法的結果。寫「凡勢」是取「凡」字「概括」的意義。「範勢」與「凡勢」看來都是沒有辦法的辦法？

「屈勢」是指「姿勢、樣子。」例如：「看伊的屈勢，就知影是巷子內个。」「巷子內的」指「內行人」，取「巷」與「行」轉調後的諧音。有人認為「屈勢」是日文「くせ」來的，原來沒有這詞，日語是指習慣的意思，其實「屈勢」其與「く

せ」的發音也不太一樣。1931-32年出版的「台日大辭典」也並沒有收錄「屈勢」這個詞。

　　「鬆勢」在北部好像比較少人用，它的本意是很輕快、很輕鬆、沒有什麼可以擔心的意思。例如：「伊開錢足鬆勢。」基本上是說他手頭寬裕，花錢沒有負擔沒有壓力。不過也是因為這樣，有些時候也會有負面的意思：驕傲自大。不過，有人認為漢字應該是「搡勢」，「搡」【公二時】（song-2，投擲之義），但是如果要用這個字，倒不如用同樣【公二時】的「爽」，明也、清也、快也。

　　輕鬆自在還有一個詞，「涼勢」，是指「不費吹灰之力」，在一場比賽中很輕鬆地贏了，會說「贏曷涼勢涼勢。」

本文拼音參考。

漢字	十五音	羅馬字	台羅拼音	台語同音字
範	觀七喜	hoān	huān	患
扮	干七邊	pān	pān	辦
搡	公二時	sóng	sóng	嗓
爽	公二時	sóng	sóng	嗓

151

暗頭仔

有些廣為流傳的台語老歌連不會講台語的人都會唱，陳達儒先生的《農村曲》就是其中的代表。

透早著出門，天色漸漸光，蔓苦無人問，行到田中央；
行到田中央，為着顧三頓，顧三頓，不驚田水冷霜霜。

「透早」是一大清早，後面一句是「天色漸漸光」，也就是說這位農夫在「天欲光」的黎明時候就要去田裡工作。這個「時候」還有一種說法叫「拍殕仔光」，意思是清晨霧色還迷濛的時候。（「拍殕仔光」亦作「拍眛仔光」或「拍普仔光」。）

這位農夫耕作得很辛苦，整個上午都在田裡。「上午」叫「早起」或是「頂晡」。「早起」不是起床起得早的「早起」；「頂晡」是相對於「下晡」的「下午」時段，中間的中叫做「中晝」。「晡」【沽一邊】（bo-1）；「晝」【ㄐ三地】（tiu-3）。但是我們習慣說的「中午」是「午」的字，「午」除了【姑二語】（goⁿ-2），還有【交三地】（tau-3）的音。

台語的「早餐」可以叫「早起飯」、「早起頓」，或叫「早

頓」，甚至叫「早起」。同樣的，午餐也叫「中晝頓」，吃午餐可以叫「食中晝」或「食晝」。

網路上查到的歌詞，有的寫「中逗」，有的寫「中罩」，看看就算了，我不知道陳達儒先生看了會不會昏倒......

這位農夫「作穡」要作到「日頭落山」，也就是黃昏。「作穡」是指做農務，「穡」【經四時】（sek-4，穀成可收）

《鑼聲若響》是林天來先生作詞、許石先生作曲的名曲，一開始就唱道：

　　日黃昏，愛人仔欲落船，想著心酸目睭罩黑雲......

因為晚上是「暗暝」，所以黃昏、傍晚也叫「欲暗仔」。再晚一點點，要入夜了，叫「暗頭仔」。

晚上也叫「夜暗」，明天晚上就會說「明仔夜暗」或簡稱「明仔暗」。

到了半夜，台語說「半暝」。

在台灣民謠中，最具悲涼、憤慨意味的，首推「一隻鳥仔哮啾啾」，這首民謠發源於嘉義地區，且流傳久遠，「一隻鳥仔哮啾啾」[1]原屬於十分口語的唸謠，經過不斷的演變，在節奏、拍子上給予適當的音樂化後，成為動人且帶幾分傷感的曲子。

　　嘿嘿嘿嘟一隻鳥仔哮啾啾咧嘿呵，
　　哮到三更一半暝，找無岫[2]，呵嘿呵......
　　嘿嘿嘿嘟什麼人仔加阮弄破這個岫都呢，

乎阮掠³著不放伊干休，呵嘿呵……

　　可憐的鳥仔找不到歸巢，哮到「半暝」，……。你如果半夜不睡覺當個「暗光鳥」，夜裡打電動，會被媽媽罵：「三更半暝還不睡！」三更是子時，晚上11點到隔天凌晨一點；一般來說，超過十二點也可以叫「翻點」，不是用時辰看。

　　跟白天分為「頂晡」、「下晡」類似，「暝」也分為，「上半暝」與「下半暝」。到了天快亮，也就是下半暝快結束的時候，也叫「暗尾仔」，農夫這時候又該起床了，「透早」又得出門踩水車……

後記 ●━━━━━━━━━━━━━━━━━━━━━━

　　有位朋友對於說：「關於『岫』，鳥住山洞裡，還是挺有趣的選字。」我想，他應該是覺得很無厘頭，講的含蓄了些。事實上，「岫」是教育部建議用字。有一個字在台語字典裏——「㝉」，音與「毒」、「岫」及「㝉」同，字義解釋是「鳥㝉豬㝉」，但我覺得這應該是後來新造的字。

本文拼音參考 ●━━━━━━━━━━━━━━━━━━━

漢字	十五音	羅馬字	台羅拼音	台語同音字
殕	龜二頗	phú	pú	眸
晡	沽一邊	bo	poo	埔
晝	ㄐ三地	tiù	tiù	味

漢字	十五音	羅馬字	台羅拼音	台語同音字
午	交三地	tàu	tàu	鬥
	姑二語	gó^n	ngóo	伍、我
穡	經四時	sek	sik	色、昔
哮	交二喜	háu	háu	吼
哭	交三去	khàu	khà	扣
岫	ㄐ七時	siū	siū	苃、壽
巢	交五曾	châu	tsâu	剿
掠	姜八柳	liàk	liòh	略
捉	恭四出	chhiok	tshiok	雀
搦	經八柳	lik	lik	曆、靂

註釋

1 「哮」，【交二喜】（hau-2，咆哮嚎聲）；「哭」則為「交三去」（khau-3，哀聲啼哭），這裡用「哮」較正確。至於是「救救」或是「啾啾」，因為是狀聲詞，意義不大。

2 「岫」，【ㄐ七時】（siu-7，山穴也）；巢，【交五曾】（chau-5，鳥室也）。教育部建議用「岫」，取其音。

3 「掠」，【姜八柳】（liak-8，抄掠劫人財物）；「捉」，【恭四出】（chhiok-4，捕也）；「搦」，【經八柳】（lek-8，按也，捉也）。

152

「免」就是「不免」

大部分的四、五年級生小時候都有半夜起床看棒球比賽的經驗，中華少棒隊在「威廉波特少棒賽」奪冠，讓所有國人熱血沸騰，也因為中華隊太強，美國曾經暫停遠東區代表隊參賽。由於時差的關係，小朋友都要先去睡覺，半夜再起來。轉播前的音樂、兩邊唱國歌（幾乎都是美國國歌，因為有美東、美西、美南和美北隊）、盛竹如先生和傅達仁先生的轉播聲，至今難忘。

隔天報紙就會看到大大的標題：「中華隊大勝美東隊」或「中華隊大敗美西隊」。小時候沒有特別想，反正知道都是贏了。直到有一天，有人說老外在問：「為什麼『大勝』也是贏，『大敗』也是贏？」

寫《暗頭仔》時提到林天來先生作詞、許石先生作曲的《鑼聲若響》：

日黃昏，愛人仔欲落船，想著心酸目睭罩黑雲……

「落船」是下船的意思，也是上船的意思。

搭車的時候，上車的台語是上車，下車的台語是落車。搭

飛機的時候，上飛機的台語是上（飛）機，下飛機的台語是落（飛）機。

　　那麼，船是發生了甚麼事？

　　我在想，這或許跟相對位置有關。車子和飛機的座位都在我們平常所站立的水平面以上，所以「上」、「下」都是清楚的。但是概念上，船是在水平面以下，因此要登上船是要往下，因此，只要用平常的用語去習慣它就好，不要想太多。要離開船，講「上岸」就比較不會產生誤解。

　　有一種狀況，如果我問你說：「我要去買飲料，要不要順便幫你買一罐？」倘若你不要，你可會說：「免！」或「不免！」；「免」是「不要」，加了否定的「不」也是「不要」。（「不」的台語有五個音，包括【君四邊】（put-4）、【沽二喜】（ho-2）、【龜一喜】（hu-1）、【ㄐ五門】（biu-5）與【姆七英】（m-7），這裡的「不」發【姆七英】（m-7）。

　　這跟「上船」、「落船」的狀況不一樣。「不」和「免」是相同的意思，「不免」是同義複詞，因此「免」＝「不免」。也有人認為是語氣強弱的差異：「免」比較直接、態度強硬；「不免」態度比較緩和。

　　不過也有人說應該是「毋免」，「毋」是助詞，沒有意義。因此，「毋免去」就是「免去」、「毋免講」就是「免講」（不用講）、「毋免錢」就是「免錢」（不要錢；免費）、「毋免細膩」就是「不要客氣」、「毋免你圭婆[1]」就是「不用你多管閒事」。但是，如果「毋」是沒有意義的助詞，當它放在「毋知」的時候是知還是不知？「毋可」是可還是不可？這樣的說法可能

不太合邏輯。而且，「毋」字兩個音【觀三求】（koan-3，貫穿持之，與「灌」同音）及【龜五門】（bu-5，禁止詞也，與「誣、無」同音），都與【姆七英】（m-7）不同。

因此，選用「毋」應該是借用來區別「不」字的多重讀音，適不適當再討論，而在借用的前提下應做同義複詞解較為適當。「免」與「不免」都是「不需要」的意思。

但是在國語中「不免」不是「免」的意思，它與台語「未免」及「難免」意思近似，有時相同有時不同，依照口氣與強調與否而用不同的詞，別搞錯了。

本文拼音參考。

漢字	十五音	羅馬字	台羅拼音	台語同音字
不	君四邊	put	put	扒
	沽二喜	hó	hóo	虎、否
	龜一喜	hu	hu	夫
	ㄐ五門	biû	biû	繆
	姆七英	m̄	m̄	——
毋	觀三求	koàn	kuàn	罐
	龜五門	bû	bû	誣、無

1　「圭婆」一般寫為「雞婆」。有建議A和B的加法是「加」，指「額外」的用「圭」，舉例來說，一碗滷肉飯有一顆滷蛋，你要多加一顆滷蛋是「圭加一粒滷蛋」。

153
查埔查某

連雅堂先生寫了一本《台灣語典》，他提到他之所以開始研究與整理台語就是因為「查埔」與「查某」。他不知道為何台語要這樣說，問了很多人卻也都沒有答案。後來，他從《說文解字》、《儀禮》、《詩經》、《左傳》、章太炎《新方言》、錢大昕《恆言錄》等等拼湊出一些想法，這也給了他一個啟示：台語保留了古代中土的用語和用法，是很典雅的語言，也因此特別需要維護保留。

而關於「查埔」與「查某」，簡單來說他的結論是：

1. 「查」是「者個」的轉音，是「此」的意思。另，據說文解字說「甫」為男子的美稱，古時候沒有輕唇音，「甫」發音為「圃」，而「埔」又被用為「圃」，所以合為「查埔」，就是「此男」的意思。

2. 女子有氏而無名，故用「某」稱呼，「查某」就是「此女」的意思。

我只能說連先生也真有創意和聯想力。

有一種說法是「查嫫」。「查嫫」是黃帝的第四位老婆，《路史後紀》卷五記載：「次妃嫫母，貌惡德充。」傳說五千年

前軒轅黃帝為了制止部落「搶婚」事件，專門挑選了性情溫柔、品德賢淑的醜女（封號嫫母）作為自己第四妻室。軒轅黃帝說：「重美貌不重德者，非真美也，重德輕色者，才是真賢。」後來希望女人都能成為像查嫫一樣有德，故稱女人為「查嫫」。呵呵，如果是對的，「查埔」又如何解釋？

理論上「查埔、查某」本來應該都是中性的用法，但是平常台語講「查某」卻有貶意，可能是以前人常會把「查某」用在「開查某」（買春）、「佇外口飼查某」（外面有小三）或「菜店查某」（指從事特種行業的女性）上，「查某」被污名化變成「非良家婦女」的代名詞。因此，要說成「查某人」以示禮貌。

如果有婦人來家裡要找你父親，你跟你母親通報說：「阿母，外口有一個查某講欲覓阿爸。」鐵定你爸媽都會衝出來，這婦人也會找你算帳。應該要說：「阿母，外口有一個查某人講欲尋阿爸。」兩者差一個字但意思差很多。

稱呼女人我們說「查某人」，稱呼女兒則說查某囝」，稱呼小女生我們說「查某囡仔」。

不過，由於連音的習慣，這三個詞的發音「查某」連成「tsau」，而這個「tsau」的音調很像是是第七聲接第八聲（有人標為第九聲）：

查某人tsa-bóo-lâng變成tsau-lâng

查某囝tsa-bóo-kiánn變成tsau-kíann

查某囡仔tsa-bóo gín-á變成tsau-gin-á

隨著時代在變，「小姐」被廣泛的應用，某某先生、某某小姐。我很懷念我的外婆講「小姐」這兩個字。她不會說國語，

但是她會試著用國語發音，但是她會很自然地運用上台語的轉音，「小姐」被她說成「蕭姐」，把音稍微拉長就很像是「瘋一下」。而時代繼續變，「先生、小姐」都也被換成「帥哥、美女」，這也算是文字的貶值嗎？哈哈！

後記 ◆━━━━━━━━━━━━━━━━━━

　　父親在我的Facebook上留言：「吳維樵副議長夫人，她每對別人都自稱：『我是維樵的查某人』，她不會說：『我是維樵的太太』。」嚴格說，「太太」是對於婦人的尊稱。時下年輕人很多會自稱：「我是X先生！」「先生」也是一種敬稱，拿來稱呼自己，是不太適合。

154
考大字

　　從小喜歡寫毛筆字，但是小時候寫毛筆字是很麻煩的事，特別是洗筆，老是搞得髒兮兮的卻還是洗不乾淨。這幾年因為用了老爸偷懶的方法，省事很多，一有空就提筆寫幾個字。這偷懶的方法不只是不磨墨，直接用墨汁，也不洗筆，寫完將筆懸空吊在一個裝有三分之一瓶水的酒瓶中，瓶中的濕氣會讓毛筆保濕，撐個幾天都不會乾，缺點是吊太多天的話筆毛會發霉，而且這樣筆容易壞掉。

　　最近加入幾個書法臉書社團，每天都會看到有人貼他的習字作品，要成就一件作品需要文房四寶：筆、墨、紙、硯。不過，台語一般的說法只有「筆、墨、硯」三項。

　　網路上有人問「寫書法」台語怎麼說？有人回：「就是寫毛筆字呀！」我不能說錯，但是老一輩的都說「考大字」。「考」，【高二去】（kho-2），有一個用法是「瞄準」，臨帖寫毛筆字也需要精準模仿，大概是這樣才稱為「考大字」。附帶提一下，以前的人稱「射擊」為「考銃」或「拷銃」，建議用「考」字者應該是取其「瞄準」的用法；認為是「拷銃」則是取其「打」的用法。

一般來說「大字」是指用大楷寫的字，約莫是兩吋四方的字，學毛筆字一般都建議先寫這樣大小的「大字」，所以「考大字」就變成寫毛筆字的代名詞。小楷是寫一吋以下的字，但事實上也沒有很嚴格的規範，差不多就可以。也有人說寫屏條的筆叫「屏筆」，寫對聯的筆叫「聯筆」，問題是屏條的字也有大小之別，其實順手最重要。更大的筆叫「斗筆」，可以寫斗大的字。

「墨」一般用「烏墨」稱呼，以前用「墨條」磨墨，現在幾乎都是直接用墨汁。製墨條的產業也逐漸凋零，台灣應該也只剩個位數字，墨條大概已經是裝飾品或收藏品了。

寫毛筆字的紙是「宣紙」，有人說「棉仔紙」，其實棉紙與宣紙不同，棉紙較軟、吸水與渲染比宣紙強，不太適合寫字。「棉仔紙」也用來稱呼「衛生紙」。由於宣紙較貴，小時候練字都是用「單光紙」描字，「單光紙」台語好像叫「薄竹仔紙」，應該是用來別於「草紙」。「草紙」原是一種衛生紙，後來也曾是「人民幣」的代稱。

「硯台」一般台語叫「墨盤」，也有人稱呼「硯盤」、「墨硯」或「硯」。「硯」，【堅七喜】（hian-7），或【梔七喜】（hin-7），與「耳」同音，一般都是唸這個音，所以口語聽起來變與「耳仔」同音。在硯台上用墨條加水磨墨是以前小時候寫字的準備工作，常常為了磨墨不但花了很多時間，還弄髒紙、弄髒手、弄髒衣服，雖然古人都說這是磨性子的方法，我個人覺得這是消耗寫書法興致的手段。現在都用墨汁就沒有這問題，裝墨汁不磨墨的硯叫「硯池」。

一般書法作品有篆書、隸書、草書、楷書、行書和草書，各

自的發音為：

篆書，【觀七地】（toan-7），與「段」同。

隸書，【嘉七柳】（le-7），與「麗」同。

草書，【高二出】（chho-2），與「清楚」的「楚」同。

楷書，【皆二去】（khai-2），與「凱」同。

行書，【經五喜】（heng-5），與「形」同。

　　小時候除了毛筆，鉛筆、原子筆和鋼筆還是最常用的。不過現在想起來，那時候都把它們叫錯了，鉛筆我們都講成「鹽筆」，鋼筆都講成「工筆」。「鉛」，【堅五英】（ian-5）；「鋼」，【褌三求】（kng-3）。

本文拼音參考。

漢字	十五音	羅馬字	台羅拼音	台語同音字
硯	堅七喜	hiān	hiān	現
	栀七喜	hīn	hīnn	耳
篆	觀七地	toān	tuān	緞
隸	嘉七柳	lē	lē	麗、屬
草	高二出	chhó	tshóo	楚
楷	皆二去	khái	khái	凱
行	經五喜	hêng	hîng	形
鉛	堅五英	iân	iân	延、緣
鹽	兼五英	iâm	iâm	閻
鋼	褌三求	kǹg	kǹg	卷、串
工	江一求	kang	kang	江、蚣

155

落雨鬚

　　雨是墨客騷人喜歡用來表達心情的，在歌曲中也常會有。李茂山先生有一首很有名的歌：〈今夜又閣要落雨〉唱道：

　　　　這不是你的錯誤，也不是我的過錯，如今變成這款的後果，真是互儂想都無。……今夜又閣要落雨、又閣要落雨，聽著雨聲，我的心肝會艱苦。

　　（先提一下，很多人把「艱苦」寫成「甘苦」，音與義都不對。「艱」，【干一求】（kan-1）；「甘」，【甘一求】，（kam-1），意思從國語就可分別。）

　　不過也不是所有有雨的歌都那麼地愁苦，有一首童謠〈西北雨〉就比較有趣：

　　　　西北雨直直落，鯽仔魚欲娶某，鮕鮘兄拍鑼鼓，媒人婆仔土虱嫂，日頭暗覓無路，趕緊來火金姑，做好心來炤路，西北雨直直落。

西北雨大家都清楚，夏天早上地面的水氣被蒸發往上飄，形成「積雨雲」，到了下午下成雨來。照理說西北雨是一種山雨，從山的那一邊下過來，但是台灣的山基本上是在東邊，對於西半部的居民來說，「西北雨」並不是從西北而來。有人推測西北雨是源自福建的用詞，因為對於福建沿海居民來說，山是在西北邊，山雨從西北來是沒錯。

　　「西北雨」、「五月雨」、「查某雨」基本上是相同的，它可能會下一下就停，然後又下一下，下的時候急但短暫，所以才會有「獅豹雨」（傾盆地大）和「查某雨」（應該是變化無常的原因）的稱呼。大家常會聽到「西北雨，落未過田岸」或「西北雨，落未過車路」，是在形容西北雨下得又急又快，有時這邊下，街的對面卻沒下。不過也有一種說法說所謂的「查某雨」是指出太陽的時候下的雨，這樣的解釋可能更符合「善變」、「捉摸不定」的感覺。

　　有一種雨稱為「雲雨」，一片烏雲急速帶過來的大雨，雨下過後，雲退了就不再下了。

　　下的雨滴很大的時候，通常會說雨很「粗」，「大」和「粗」是不同的概念，粗不一定大，但是大通常會比較粗。七月常下大雨，所以有「不驚七月鬼，上驚七月水。」的俗諺，意思是七月的大雨容易釀成災害。

　　有句「落雨鬚，落曷小路滑溜溜」，這是我父親小時候唸的童謠。相對於粗大的雨，「雨鬚」是指像鬚一樣細細的雨，「落雨鬚」就是下毛毛雨。「鬚」除了鬍鬚，也有細細的東西的意思，所以「魷魚絲」叫做「魷魚鬚」（不是魷魚的鬍鬚），太陽

的光線叫做「日鬚」（也不是太陽公公的鬍鬚）。

　　「落雨鬚」現在比較少用，一般說「落毛毛仔雨」、「落雨毛」、「落雨毛仔」或「霎霎仔雨」。「霎」，【甘四時】（sap-4，小雨也，雨聲也）。

　　「立夏小滿，雨水相趕」是說在節氣小滿之間，屬於梅雨季節，這時東亞地區的冷氣團和暖氣團僵持造成的「滯留鋒」，雨水特多，「梅雨」也稱「黃酸雨」。

　　入秋的時候也常會下雨，這雨叫「立秋雨」，雨一次一次下，天氣會一次次變冷。

　　如果雨一直下、下很久，有人叫它「僐雨」或「勯雨」，「僐／勯」台語音【堅七時】（sian 7，同「善」音），是「疲倦、力竭」的意思。是不是下太久的雨把人關在家裡關到發慌？那最近大家都因為新冠肺炎疫情被關在家，是不是都要發瘋了？

本文拼音參考。

漢字	十五音	羅馬字	台羅拼音	台語同音字
觢	干一求	kan	kan	間、姦
甘	甘一求	kam	kam	柑
霎	甘四時	sap	sut	屑
潬	堅七時	siān	siān	善

156
倩鬼提藥單

　　「請鬼拿藥單」是常聽見的一句話。以前看中醫，大夫會依照病人身體狀況與病情需要開立藥方，也就是處方簽，一般叫「藥單」。病人有時沒辦法親自跟醫生拿藥單，需要找人幫忙，但是如果所託非人可能就會越幫越忙，這句話就是這個意思。

　　「請」在台語有兩個音，一個是「謁也、叩也、問也、乞也」，用在「請錢」、「申請」，讀【經二出】（chheng-2）的音；另一個是「延也」，例如「邀請」【驚二出】（chhia^n-2）。

　　「請鬼拿藥單」應該是用「倩」字才對。我們平常習慣的「倩」是指美貌，唸【堅三出】（chian-3），它另一個意思是央請、僱用，唸【驚三出】（chhia^n-3）。這用法的讀音轉調後與上面「邀請」的「請」同音，加上國語的用法，讓大家很容易搞錯。

　　抓藥台語叫「拆藥」或是「敆藥」，通常一帖中藥都要好幾味藥方，也就是說一帖藥可以「拆」成很多味藥，或反過來說很多味藥方「敆」成一帖藥。

　　藥帖上會寫如何熬煮，例如：「水兩碗半煎八分，渣二碗

煎七分。」「煎」跟我們一般的印象是不一樣的，通常我們做菜「煎」是煎魚比較多，加了兩碗水是比較像「煮」。其實，煎的原意是：「火乾也，凡有汁而乾，謂之煎。」所以，「煎魚」的「煎」是【堅一曾】（chian-1），而「煎藥」的「煎」是【官一曾】（choaⁿ-1），同一個字，但是不同音。以前茶用煮的（不是指燒開水），所以是跟煎藥一樣說「煎茶」。

第一次煎的藥叫「藥頭仔」，煎過一次可以再煎第二次的叫「藥渣」，如果煎過兩次不能再煎的叫「藥粕」，就像啃甘蔗，吐出來的甘蔗渣叫「甘蔗粕」。

中藥藥單對一般人像是鬼畫符，看都看不懂，因為藥名通常是草寫，而且很多藥名我們都不認識，所以不知道他在寫什麼，最特別的是各味藥的劑量是有特別的寫法的。

劑量包含數量和單位，在寫的時候會把它們連在一起，很像變成一個符號而不是兩個字。一、二、三基本上不變，四變成一個圈圈，也有人寫成像日文的の，五的上面一橫被省略、六的頭上一點也被省了，七、八、九、十沒變。數字的最後一筆會連著單位。重量單位有分、錢、兩、斤，一斤十六兩、一兩十錢、一錢十分。而它們的寫法：

卜＝分、不＝錢、刃＝兩、乀＝斤。

加上數字的簡化與連筆，難怪我們會看不懂。

其實講半天，我相信您也不懂我在說什麼，網路上有一些範例，看例子就比較容易了解，看懂了就比較不會被鬼呼嚨。

本文拼音參考。————————————————

漢字	十五音	羅馬字	台羅拼音	台語同音字
請	經二出	chhéng	tshíng	筅
	驚二出	chhiá^n	tshiánn	且
倩	堅三出	chiàn	tshiàn	蒨
	驚三出	chhìa^n	tshiànn	趒
拆	迦四他	thiah	thiah	——
敆	甘八求	kàp	kàh	鴿
煎	堅一曾	chian	tsian	箋
	官一曾	choa^n	tsoan	——
渣	嘉一曾	che	tse	劑
粕	高四頗	phoh	phoh	朴

157
台灣碼

　　舊時農村很多家庭都會養豬，豬圈幫忙製造堆肥，母豬生小豬也是很重要的經濟來源，因此養一頭母豬也變成很多人的副業。我大嫂說她二哥念大學的時候，每次要繳學費，家裡的母豬都剛好生一窩小豬，賣了小豬的錢剛好拿去繳學費。

　　小時候家裡有一陣子經營魚塭，也養了一些豬。這些豬長到約一百出頭公斤的時候就會被賣掉。豬販來收購的時候，豬要一隻一隻秤重，每一隻豬秤完後會把牠的重量寫在牠的背上，寫法很特別，不是阿拉伯數字，也不完全是中文，有些人稱為「台灣碼」。

　　幾年前到香港，在一家餐廳「陸羽茶館」看到這樣的數字，後來我才知道這叫「蘇州碼子」。「蘇州碼子」又稱「花碼」、「草碼」或「菁仔碼」，是民間流行的數字，在港澳地區的舊式茶餐廳或中藥行偶而可見。

　　據說這是脫胎於中國的算籌，基本上是一根一根的木籤，數枝的概念，逢十進一。花碼由南宋時期從算籌技法分化而來，也是十進位，但是與算籌不同的是算籌用在數學和工程上，花碼用在商業裡，主要的目的是速記。它的特點之一是寫法近似珠算，

可以配合算盤使用，因此帳簿和發票都會用它。其次，它的書寫方便，數字可以連筆寫出，所以才會被用於做速記。

一、二、三可以直寫也可以橫寫，當第一個字橫寫下一個就要直寫以避免混淆，例如：「二一」花碼作「Ⅱ一」，不用「Ⅱ｜」，避免與「Ⅲ」混淆，又如「四三一二」作「✕Ⅲ一Ⅱ」，「一九二二」作「｜夕Ⅱ二」。

本來算籌的寫法是在〇到四上面加一短豎（橫式）或一橫（直式），後來為便於書寫，演化成現在五到九的寫法。

一般而言，蘇州碼子第一行是量（數），第二行是單位，標示著「百、十、元」或是「千、百、十、斤」。只是在用了幾百年之後蘇州碼子被阿拉伯數字取代，目前已不多見。

附帶提一下，我們說的阿拉伯數字其實是印度婆羅米人的發明，後來經阿拉伯傳到西方。阿拉伯文的數字並不是我們認知的「阿拉伯數字」。中東地區阿拉伯文數字也是所謂標準阿拉伯文數字，而在伊朗、阿富汗甚至部分的印度用的是東阿拉伯文數字，他們有些微不同。

	0	1	2	3	4	5	6	7	8	9
標準阿拉伯文	.	١	٢	٣	٤	٥	٦	٧	٨	٩
東阿拉伯文	.	١	٢	٣	۴	۵	۶	٧	٨	٩

158

雞蛴神

2019年「卡神」[1]被起訴毀謗官署罪後，政論名嘴唐湘龍說：「神鬼一線之隔，很多被稱為神的，後來都變成鬼。」

其實台語常常是神鬼不分的。例如稱呼一個好色登徒子，可以說他很「豬哥神」，也可以說他很「豬哥鬼」。只是這世界真的很不公平，人長得醜就是豬哥，就是鬼；長得帥就是風流，是神。

「臭臊神」和「臭臊鬼」也是。「臭臊」是形容魚或肉類的腥味，例如：「這尾魚真臭臊。」就是說「這條魚腥味很重。」而「臭臊神」是指好色、騷媚的人，「臭臊鬼」也是，又是一個神鬼不分。

與其說「神鬼不分」，倒不如說大部分的神都不是「好」神。「羼神」是形容男性個性起伏大、不正經，帶點輕佻。例：「忠厚看做羼神。」從句子結構就知道「忠厚」跟「羼神」是對比，而「羼」字於方言是指男性外生殖器，因此可以知道也不是什麼好神。

「大面神」指厚臉皮、不知羞恥的樣子。例：「彼个人有夠大面神，攏不知影通歹勢（那個人臉皮真厚，都不會不好意

思）。」

「小面神」與「大面神」相反，是指很容易害羞，覺得難為情。例：「伊較小面神，愜意啥，攏不敢講。目睭金金，干苔癮[2]（他個性害羞，喜歡甚麼卻都不敢說，只會眼巴巴地望著）。」

「乞食神上身」是指一個人只吃不做，只會伸手要、「愛吼神帶誠重」是指愛哭個性強的愛哭鬼、「食神重」基本上是在稱呼「吃重鹹」的好淫者、「大食神」是指食量大的人，這樣看來，是有乞丐神、愛哭神、食神等等的「神」。

另外有些「神」應該不是神，這「神」字應該是指「神智」。我們說一個人無精打采的，有點恍神叫「無神無神」是類似的意思用法。例如：「無頭神」，指健忘、沒記性。例：「人食老就較會無頭神。」（人上了年紀記憶力就差了。）

「跙神」，神情恍惚的樣子。例：「一暗無眠，三日跙神（一個晚上睡不好，會導致連續三天精神恍惚）。」

「意神」是「興致、意願」的意思，「無意神」是「沒意願、沒興趣」，而「歹意神」有「反感、傷感情」的意思。

「風神[3]」是「出風頭、愛現、神氣」的意思，年輕人愛現、愛出風頭，我們會說他喜歡「激風神」（裝風神）、「愛風神」。喜歡炫耀就說「展風神」。

「蛉」是一種會附著於雞、鴨、鵝等家禽羽毛上的小蟲，米或糠放久了也會長出這種小蟲。「雞蛉神」是指「神經兮兮」的意思」，例如：「儂講一個影，汝著生一個囝！安耳操心擘腹，未食未眠，莫遐雞蛉神啦。」

所以，基本上當「神」可能都不是件好差事，大都不會被人歡迎。如果想當神，有個不錯的：「好笑神」。「好笑神」是形容人神態愉悅，經常面帶笑容。例：「阿鳳仔誠好笑神（阿鳳經常面帶笑容，眉開眼笑）。」

　　希望大家都是「好笑神」！

本文拼音參考。

漢字	十五音	羅馬字	台羅拼音	台語同音字
脿	高一時	sə	so	唆，騷
屘	干七柳	lān	lān	難
夐	觀八時	soat	seh	撍
蛤	皆五地	tâi	tâi	臺、埋

1　卡神：楊蕙如，綽號「卡神」，台灣網路工作者、民主進步黨政治人物。台東縣台東市人、臺東女中、成功大學歷史系畢業。因曾利用信用卡優惠暴賺而被封為「卡神」，成為爭議人物。
2　「瘤」請參考《阿娘講的話》冊之077篇〈睨乳〉。
3　有作「訇神」的說法。「訇」，形容具大的聲音。「訇訇」為象聲詞，形容大聲。

159

這過

北京語算次數的時候，可以用「次」、「遍」、「回」或「下」這樣的量詞，這些在台語都有在用。台語有人會說「一改」、「改」，音【皆二求】（kai-2），但是「改」不是台語，它是由日語「一回（いっかい）」來的，因此不建議使用。

有一個滿特別的是「過」，這樣的用法小時候我常聽我外婆說，現在南部也有人說，只是不常聽到就是了。「這過」表示「這次」或「這回」；「這過」也有「現在」的意思，例如：「你這過不醜喔！」通常是說最近混的不錯，特別是指經濟、手頭寬裕。「頂過」則是「上次」的意思。

北京語對於動物的量詞非常豐富，一匹馬、一頭牛、一條豬、一尾魚、一隻鳥、一條蛇，但是台語基本上都可以用「隻」。有趣的是，你除了可以用「台」來算電視、冰箱、冷氣機，你也可以說「一隻電視」、「一隻冰箱」、「一隻冷氣」。可能是古時候沒有這樣的物品，對於新的物種並沒有嚴格的規定或標準，所以也就沒有所謂標準量詞，大家懂就好，說好聽點是有彈性，說難聽一點這是台語語法不夠嚴謹的地方。「隻」的好用還不只這樣，一台腳踏車、一部摩托車、一輛卡車、一列火

車，你也可以用「隻」。（雖然一台也沒有錯）。不騙你，一張桌子也可以說是「一隻桌仔」、一張椅子也可以說「一隻椅仔」（比較好的用法是用「條」），天啊，怎麼有這麼好用、這麼強大的量詞！

但是車輛的班次不是算「班」，而是「幫」。台語說「這幫車」、「下幫車」、「頭幫車」、「尾幫車」。說真的，我不知道為什麼。「班」【干一邊】（pan-1），而「幫」【江一邊】（pang-1）或【褌一邊】混魂（png-1），二者音不同。

一套西裝或洋裝，台語用「袾」算，意思是衣身、衣服中間的布料。清·王念孫《廣雅疏證·卷七下·釋器》：「袾，褋也。」疏證：「褋謂衣中也。字通作身。教育部說「軀」，並不太適合。

國語說一件衣服、一件褲子、一件裙子，台語說「一領」衫·「一條」褲、「一條」裙子。

算便當的時候，要用「粒」，「一粒便當」、「二粒便當」，我覺得這樣的說法很有趣，當然，你要算「盒」或「個」也都對。不騙你，你到南部來，我們都這樣說。

還沒剝殼的花生叫「一莢」，「莢」，【嘉四求】（keh-4）或【兼四求】（kiap-4）。剝好一顆一顆的花生說「一粒」，抓「一把」花生配啤酒，說「一搣」，「搣」【更一門】（be^n-1）是一個動詞，手取物的意思；一手捧著的量叫「一搣」。

大部分的水果也都是算「粒」，但是北京語的一串粽子、一串葡萄和一串香蕉都用「串」，在台語是不一樣的。一串粽子和一串葡萄用「一捾」，「捾」有「提」的用法，以及「串」的

意思。香蕉是比較特別的，一根香蕉說「一條香蕉」或「一枝香蕉」；我們平常說的一串香蕉基本上是被分割過的，原生香蕉樹上的稱為「一弓」，我們平常看到好幾根連在一起的叫做「一枇」，跟烏魚子的算法一樣。

我要說的是：北京語和台語對於量詞的使用有相同也相異，也都各有相當程度的彈性，甚至有可能因為口氣或所要表達的方式而選用不同的量詞，例如「阮兜彼隻細隻的」是指我家較小的小孩。各地用法習慣的差異滿大的。

本文拼音參考◦

漢字	十五音	羅馬字	台羅拼音	台語同音字
改	皆二求	kái	kái	解
班	干一邊	pan	pan	斑
幫	江一邊	pang	pang	邦、崩
	褌一邊	png	png	方
英	嘉四求	keh	keh	格、隔
	兼四求	kiap	kiap	劫、頰
搣	更一門	be^{n}	me	──
捾	官七求	koā^{n}	kuānn	汗
枇	居五邊	pî	pî	脾

四兩筅仔無除

父親昨天去醫院檢查，坐著就可以量體重。他說八十年前他上小學的時候學校量體重可是件大費周章的事。當時沒有電子秤、也沒也磅秤，只有桿秤，桿秤要秤人就真的有點麻煩。

桿秤俗稱「秤仔」，桿子有一端有鉤子，叫秤鉤，用來鉤起要被秤的物品。離秤鉤不遠處有兩個「紐」，台語叫「指仔」，用來將物品與另一端吊的秤錘提起；調整秤錘的位子，在槓桿平衡的原理下看秤錘所在「秤花」（就是刻度）的位置就知道物品的重量。「秤」，【經三出】（chheng-3，正斤兩也）或【巾三出】（chìn-3，秤物以知輕重之物）。

秤錘通常是鑄鐵打的，有句話說「有毛吃到棕簑，沒毛吃到秤錘。」這句話跟「有腳吃到樓梯，沒腳吃到桌櫃」一樣，用來指無所不吃、無所不貪的人。

還有一句歇後語「鹽館秤錘——鹹閣澀」指一個人吝嗇小氣。「鹹閣澀」是現在一般的說法，但是它應該是「儉更嗇」的誤寫。

通常一枝杆秤會有兩個「指仔」，分別叫「頭料」和「尾料」，因為它是支點，移動支點的位置改變力矩的大小，用「尾

料」可以秤到15斤，「頭料」可以秤到20斤。所以頭料和尾料各有其對應的秤花，不能看錯。「捃」，【官七求】（kohⁿ-7）或【觀四英】（oat-4），援也。

　　被秤的物品需要被秤鉤勾起來，如果沒有辦法鉤，就要裝在一個容器上，這個容器一般叫「笐仔」。「笐仔」是用鹹草編織的籃子，一般重量是四兩，秤完後要從秤花的數字再減四兩才是淨重。有句話說：「四兩笐仔沒除」，是在批評一個人不知自己有幾兩重，自恃過高，秤出來的重量其實是毛重，不是淨重。「除」是「減」，扣除的意思。其實「笐仔」有的是固定的，像是秤藥的秤它的「笐仔」是個金屬盤子，也稱「銃仔」。「笐」、「銃」同音，【褌二英】（ng-2）。

　　回到量體重的問題。再瘦小的小朋友也不會只有15斤重，因此需要比較大的秤，大型秤稱為「量仔」。「量仔」還有大小之分，小一點的「量仔」可以秤到150斤，大的可以秤到250斤，古時候不是每個村子都會有大「量仔」，需要的時候還要跟隔壁村子借。

　　問題又來了，如何能夠提起250斤的東西外加一顆大秤錘的重量？我看過豬販秤豬是用一根扁擔穿過「捃子」，兩個人合力扛起來，第三個人來操作「量仔」。父親說他小時候學校是把「量仔」的紐掛在教室橫樑上，然後小朋友雙手拉住秤鉤，用這樣的方式量體重。我相信這樣量體重教室裡一定鬧哄哄，因為很有趣，量身高體重變成吊單槓的體育課。

　　重量輕的東西要用更小的秤，叫「戥仔」，通常是藥房或銀飾店使用，藥和金子、銀子都是貴重物品，所以秤的時候要很仔

細。台語在形容做事仔細叫「戲真」，就是拿這個來比喻，所以請不要寫「頂真」。

隨著時代進步開始有「磅仔」，舊式「磅仔」要放砝碼或移動功能像秤錘的砝碼。開始量秤東西，讓磅秤開始動，叫做「起磅」，「起磅」後來被用為「開始」、「動身」的意思。小時候賽跑，台語稱「起跑」為「起磅」。

法碼台語叫「磅子」，「橐袋仔袋磅子」（口袋裡裝磅子）是口袋沒錢的意思，外面看起來鼓鼓的、沉甸甸的，好像有很多銀子，其實是磅子。

「賣豆菜，無攑秤」是說賣豆芽菜的沒有帶秤子。賣菜不帶秤怎麼賣？怎麼知道重量來算錢？反正豆芽菜是很便宜的東西，就隨變抓一把隨便賣。所以這句「激骨話[1]」的意思是「亂抓」、「隨意猜」。現在沒有這問題了，連手機裝個APP都可以用來秤東西，「戲仔」、「秤仔」、「量仔」功成身退，恐怕再幾年要到博物館才看得到了。

本文拼音參考。

漢字	十五音	羅馬字	台羅拼音	台語同音字
秤	經三出	chhèng	tshìng	清、攑
	巾三出	chìn	tshìn	稱、清
掘	官七求	$kōh^n$	kuānn	汗
	觀四英	oat	uat	挖、斡
笐	褌二英	ńg	ńg	袖
除	居五地	tî	tî	治、遲
量	恭七柳	liōng	liōng	亮、諒

漢字	十五音	羅馬字	台羅拼音	台語同音字
等	經二地	téng	tíng	等、頂
戥	經二地	téng	tíng	等、頂
磅	公七邊	pōng	pāng	傍、棒
橐	公四他	thok	thok	託、拓

註釋

[1]　「激骨話」又稱「孽譎仔話」，算是「歇後語」。

161
離腳手

「Gangs of Tian Mu天母幫」的臉書社團有超過四萬五千個成員，在這裡，天母人的大小事都可以發問，也都會有人熱心幫你解答。有人問家裡來了幾隻小蟲子，不知道是什麼蟲？有人問病中的母親只吃溫體牛肉要去哪買？有人撿到身分證件也會在這裡公告；家裡有不要的家具、書籍，也可以在此徵求有意收用或收購者。也有人檢舉亂停車、抱怨亂倒垃圾......，什麼都有。

今天有個年輕媽媽問了一個問題：「小孩過完暑假要上小學了，除了老師所列的清單，還有什麼需要準備的？好緊張！」

我也好緊張，替這媽媽緊張，緊張她會成為一個媽寶的媽。

時代的變化真的大，古時候醫學不發達，嬰幼兒很容易夭折，為了小孩好養順利長大，常常會取個「罔腰」、「罔市」，甚至「豬屎」、「牛屎」的名字。

「罔」，音【公二門】（bong-2），有「無魚蝦也好」的意思，也就是說「沒有生到比較好的，就勉強養這個吧」，所以在重男輕女的時代很多女生被取了這個名字。

「市」與「飼」同音，所以「罔市」其實是「罔飼」。「飼」，【居七出】（chhi-7）。而「腰」就比較傷腦筋了。

「腰」的音有兩個，一個是【嬌一英】（iau-1），一個是【茄一英】（io-1）。【茄一英】通常是用來當作養育拉拔小嬰兒的意思，但是拿「腰」來當作「養育」我是不太能理解。

劉建仁先生的《台灣話的語源與理據》提到「毓」的金文左邊從「母」，右邊上方是倒過來的「子」，「倒子」下面三點是血水，整個自表示「婦女生產孩子」，是的象形表意字。「育」與「毓」同源，保留了「倒子」的型，另外加上意符「肉」而成。「育」字的本義仍然是「生產孩子」。而育嬰、育幼、哺育、養育、撫育、飼育、育苗、育林等的「育」則是「養活」的意思，對人而言則兼有教化的意義，這些都是育字本義「生產孩子」的引申。

在音的方面，劉先生認為「育」字「余六切」的反切上字「余」在三十六字母歸類為次濁，它的聲調在台語成為陽聲調，即陽入。而陽入調的調值在廈門話和陰平調近似，經過長期的口語相傳，「育」的白讀音就變成陰平調的（io）了。目前我們所唸的「育」是【恭八英】（iok-8）的音。這應該是比較說得通的解釋。

醫學進步之後，嬰幼兒的存活率偏高，當父母親的也比較不用擔心，不過第一胎畢竟還是新手，所以戰戰兢兢，要看很多書來獲取育嬰知識，所以稱「老大照書養」；第二胎有經驗就比較安心，「老二照豬養」。

新一代的年輕人，很多不生小孩，只養寵物，把寵物當小孩，「毛小孩」的名字就是這樣來的。我有朋友去茹絲葵（Ruth's Chris Steak House），一客三千多的牛排自己捨不得

吃，包回家給他的狗吃，真的不需要這樣。而有生小孩的大多也只生一個，而且寶貝的要命。

　　對於一開始提到天母幫的國小新生媽媽，我認為她需要準備的是「放手」，什麼都要幫小孩弄好，八成以後這小孩會變成媽寶，這樣的小孩何時可以讓父母「離腳手」？「離腳手」是指「孩子長大，父母不需要再全心照顧」。例如：「今囡仔離腳手矣，你會使去四界遊矣。（現在孩子都大了，可以自己照顧自己，你可以到處去玩了。）」

本文拼音參考。───────────────

漢字	十五音	羅馬字	台羅拼音	台語同音字
罔	公二門	bóng	bóng	莽、魍
飼	居七出	chhī	tshī	市
腰	嬌一英	iau	iau	妖、飢
	茄一英	io	io	么、邀
育	恭八英	iók	iók	欲、浴、昱

揢揢滾滾，豆籤煮米粉

「灶腳」，北京語叫廚房，料理三餐和食品的地方；在台語也常被引用為常常去的地方。例：「士林夜市仔若阮兜个灶腳咧！」

我常常在想，為什麼灶腳是最常去的地方，是最熟悉的地方？

灶腳最重要的是灶。灶有多重要，「這一家」我們會說「這口灶」，用灶來當家的代名詞，可見其重要性。幾年前泉州還有「口灶份」的習俗，每逢家裡特別的日子，要分給村子裡每一家一份小禮物，叫「口灶份」。我們「口灶」的用法，或許是源自泉州。

灶是這麼大、這麼重要的東西，「大目新娘找無灶」，可見眼睛有多大！

我們說的灶一般是指燒柴火的「火灶」，磚砌的，灶上面通常有一個或兩個開口，是放「鼎」上去的地方。一個開口的叫「一口灶」，兩個叫「二口灶」，跟我們現在的瓦斯爐有「兩口爐」、「三口」或「四口爐」類似。通常兩口灶放兩個鼎，一大一小，大的叫「廣深鼎」，俗稱「大鼎」，煮大鍋飯用；小的叫「淺仔鼎」，俗稱「小鼎」，用來煎魚。小鼎因為量少，所以燒

得比較快，有句話說「大鼎未滾，細鼎洶洶滾」，相當於「滿瓶不響，半瓶叮噹」的意思。

　　鼎是以前主要的容器鍋具，後來有了「生鍋」，有的人後來把灶改為三口，其中一口放生鍋，也有人另外用「烘爐」做為加熱生鍋的地方，烘爐另一個用途是用來煎中藥。還有一種是「坩仔」，本來是陶土做的容器，現在用於「飯坩」、「花坩」。「坩」【監一去】（ka^n-1），也當作是計算鍋子的單位。我們說「煮一坩飯」就是這個量詞。

　　灶的正面有上下兩個孔，稱「灶阬」，上面的「灶阬」是放柴火進去燒的地方，它不大，所以不能「橫柴夯入灶」。這個孔下面有鐵條防止未燃燒的柴掉下去。古時候煮一頓飯是很辛苦的，要花很多時間收集可燃的樹枝、樹葉、草。鄉下地方的種甘蔗，包覆甘蔗莖的葉子「蔗箬」就是很重要的燃物。但是甘蔗葉長長的不好放進去灶空，所以要先捲成一綑一綑的，這個動作叫「綑」。把「綑」好的「柴綑仔」放進灶阬燒叫「撻火」。甘蔗葉或是木麻黃葉都燒得很快，因此除了要準備大量的柴，還要時時刻刻注意添柴，才不會煮到一半沒火。有首兒歌唱道：「撻撻滾滾，豆籤煮米粉」，就是在講要持續燒柴。還有一句話，「娶某遲動工，一括柴燒了了」是說娶媳婦事情多，很繁忙，也要煮很多東西，把柴都燒光光，用完了。「箬」，【姜八入】（jiak-8），但是一般唸【膠八喜】（hdh），也用於包粽字用的「粽箬」；「綑」，【巾一英】（in-1）。「撻」，【驚五喜】（hia^n-5，撻火入灶）

　　灶腳為什麼是「最常去的地方」，或許就是因為古時候婦女

做一頓飯要花很多的時間準備，也難怪「柴米油鹽醬醋茶」中柴會排在第一位。

　　燒過的柴變灰燼，台語叫「火烌」，「烌」，【交一喜】（hau-1）。「火烌」從鐵條縫掉到下一層，然後要用「火耙仔」把「火烌」耙出來，這個動作叫「剺」【膠二他】（tha-2），移動的意思。小時候把錢放竹筒撲滿要拿出來，不把竹筒打破，而用尺設法掏出來叫「剺」。因為「火烌」還有餘溫，有時會把地瓜放進去烤，這種作法叫「烳」【龜四邊】（pu-5，物置火中）。「烌」為教育部建議用字，但以音來找，應該是「烌」，它有【龜一喜】（fu-1）的音。

　　煮菜的工具除了煎匙，還有「飯篱」，用竹篾編成，是用來把飯粒篩起來的器具。「篱」，【嘉七柳】（le-7）。

　　「䲁杓」是作為舀取水湯的工具，以前用淺海生物「䲁」殼做，所以叫「䲁杓」，後來改為白鐵皮。小一點的杓子是用葫蘆或瓠瓜剖半作的，用來添盛稀糜，叫「䲁杓仔」。「䲁」，【交七喜】（hau-7）；「杓」，【姜四曾】（chiak-4）或【迦八時】siah-8）。

　　灶台上有一個小陶甕，叫做「灶頭碰仔」或「洗鼎碰仔」，在鼎煮完飯做完菜後，會把「灶頭碰仔」中所盛的水倒入鼎裡，再用「䲁杓」舀起留有部分餘糜的鍋水放入碰仔內拿去餵豬。「碰」，【公一去】（khong-1，瓷器、飯碰）。

　　灶腳還會有水缸，也會有一些甕，有的甕裝鹽，有的甕用來醃東西，或是用來「鬱豆菜」（孵豆芽菜）。「鬱」，【君四英】（ut-4）。

能在灶腳忙，某個程度上是好事，有句話說「散赤曷欲吊鼎」是說窮到沒辦法開炊，鼎就只能掛在牆壁上。

本文拼音參考 ◆

漢字	十五音	羅馬字	台羅拼音	台語同音字
坩	監一去	kan	khann	——
箬	姜八入	jiȧk	hȧh	弱、若
	膠八喜	hȧh	hȧh	合、縖
絪	巾一英	in	in	因、姻
揎	驚五喜	hiân	hiânn	惶
烋	交一喜	hau	hau	哮
烌	龜一喜	fu	hu	夫
汰	膠三他	thà	thàh	——
炰	龜四邊	pû	pû	瓠
籬	嘉七柳	lē	lē	麗
鱟	交七喜	haū	haū	校、效
杓	姜四曾	chiak	tsiok	勺、酌
	迦八時	siȧh	siȧh	蓆
硿	公一去	khong	khang	框、空
爩	君四英	ut	ut	熨

163
孔子白偕土話

　　台語約有四成的字有文讀音和白話音兩種發音，文讀音屬閩南人學習各朝代官話讀書之音，再經過語音的自然變化而逐漸形成；白話（口語）音則是各個不同時期古音殘留的結果。由於科舉時代讀書較講究規範，因此讀書音的音韻系統較為單純而穩定，並且比較接近官話；相對地，口語音就比較複雜，臺灣閩南語有些口語音甚至保留了中國上古漢語音韻特徵。有人把文讀音說是「孔子白」，把白話音說是「土話」，但是，「俗語不俗，土話不土」，把「白話」說成是「土話」，我覺得有點不禮貌。

　　台語語詞有的都用文讀，有的都用白話，也有文白混著用，也有文白皆可[1]，真的有點複雜，麻煩的是文讀和白話音的意思可能是不一樣的，例如：

　　文讀的「大人」是「當官的」，白話是「成年人」；
　　文讀的「小人」是「君子的相反」，白話是自我謙稱；
　　文讀的「成人」是「長大成人」，白話是「有人樣」；
　　文讀的「重利」是「注重利益」，白話是「利息很高」；
　　文讀的「大寒」是「大寒節氣」，白話是「非常冷」；
　　文讀的「行動」是「行為動作」，白話是「走動」；

文讀的「傷重」是「嚴重、所費不貲」，白話是「重量過重」；

文讀的「上天」是「蒼天」，白話是「升天」；

因此，文讀音與白話音應該也算是學習台語的障礙，那麼，要怎麼學、怎麼背？我同意以下的說法：「文白音要背？沒必要！千萬別！你會發現你的大腦很厲害，臺語具高度「語音多樣性」（破音字＋文白異讀＋連讀變調＋輕聲＋口音差），母語者的大腦卻總在瞬息間、下意識完成語音辨析，奇妙地脫口而出適切之語聲。這是在臺語環境自然生成的語感，非由硬背文白音而成。」（摘自《失控的台語》）

因此，這是需要環境養成的，習慣了就會，硬背還真的很痛苦，還不一定會，就像轉調一樣。

如果說規則，有個比較簡單的通則：文讀音基本上是用於「文章」、「人名」及「中藥名」；而白話音基本上用於「姓氏」及其他日常用詞。但是問題又來了，第一，地名呢？還有很多名詞、形容詞、動詞......，怎麼辦？其實地名有的是文讀音，有的是白話音，並沒有一定的規則。第二，有時候你知道有兩個音，但是你偏偏又不知道哪一個是文讀音哪一個是白話音，那怎麼辦？坦白說，你管它哪個是文讀哪個是白話，不要把它當問題，隨著習慣走，「從環境去習慣」。

最常被唸錯的一個姓大概是「謝」，謝龍介的謝，【迦七曾】是姓，【迦七時】是「謝謝」的意思。您若姓謝千萬不要自己都唸錯。

本文拼音參考。

漢字	十五音	羅馬字	台羅拼音	台語同音字
謝	迦七曾	chiā	tsiah	藉
	迦七時	siā	siā	射、社

註釋

[1]　幾個例子：

都用文讀：精光、小寒、平等、大方

都用白話：輕可、解說、芳花、正範

文、白都有：工會、相片、小生、面霜

文、白皆可：十全、流血、紅樓、活動

164
拍滂泅

　　游泳的台語現在一般人都直接講游泳，不過以往都是說「泅水」。問人會不會游泳就說：「你敢會曉泅？」

　　小時候村子北邊有一條水圳，是小男生學游泳的地方。我們村子一直到民國五十四年才有自來水，因此這條水圳是媽媽們洗衣服的地方，有些小孩跟去玩，後來就自己跑去玩。

　　不會游泳的會先玩水，學踢水，他們把身體泡在水裡，兩隻腳使勁的踢，叫「拍滂泅」。

　　這樣學會的游泳通常是狗爬式，台語叫「狗仔泅」。它的特點是頭在水面上，沒有換氣的問題，腳也不會打破水面，但是很費力氣。鄉下很多小孩子先學這樣游，因為沒有人教。

　　如果正式學游泳，一般入門都是自由式（也稱捷式）或是蛙式。

　　自由式的台語有人說「掠篙泅」，有人說「仆水泅」或「覆水泅」，還有「搤腳泅」。「搤」，【經四英】（ek-4，持也、按也），「鴨仔咧搤水」是「鴨子在划水」。

　　蛙式本來就是學青蛙游泳的樣子，台語叫「四腳仔泅」、「水雞仔泅」，或「田蛤仔泅」、「蛤仔泅」。（「水雞」是青

蛙的台語名之一。）

　　仰式的名稱就挺不雅的，包括「放死豬仔流」、「水雞仔弄鐃」、「死囡仔覕」唯一比較好聽的是「倒拋泅」。「覕」是個有趣的字，老虎臥著，台語唸【嘉一他】（the-1），我們平常說躺一下休息一下叫「覕一下」，它不是真的躺著大睡。

　　蝶式的台語稱為「海豬仔泅」或「蝴蝶飛」。「海豬仔」好像不太雅，但是台語的「海豬仔」是「海豚」。其實原本「豚」的意思就是豬的泛稱，台語沿用「豚」的意而稱為「豬」。

　　除了一般四式游法之外，潛泳一般稱為「水底泅」、「鑽水沕」、「藏水沫」或「沉沕」。不過一般潛到水裡不移動也叫「沉沕」。「沕」，【巾八門】（bit-8，潛藏也）。也有人喜歡側泳，叫「坦敧泅」。

　　這裡我們遇到類似「大巨蛋」、「小巨蛋」的問題，游泳四式應該如何稱呼比較好？我覺得直接用北京語的字發成台語音就好了，講「放死豬仔流」不太好吧！如果有一天你跟你的朋友說你的小孩要去參加「死囡仔覕」比賽，他應該會嚇一跳！

本文拼音參考。──────────────

漢字	十五音	羅馬字	台羅拼音	台語同音字
揢	經四英	ek	iah	抑、益、厄
覕	嘉一他	the	the	推、胎
沕	巾八門	bit	bit	蜜、密
沫	檜七門	boē	bī	秫
敧	居一去	khi	khi	欺

165
籧筐仔

連續冷了幾天，趁著出太陽出門隨便走走。聖誕節快到了，有聖誕節裝飾的地方人一定多，不太適合我這種孤僻、不喜歡人多熱鬧的人，於是就到迪化街走一走，想說農曆年還沒到，應該不會有太多辦年貨的人潮。

人少，只是相對的少，迪化街還是很多人。有許多小女生是到霞海城隍廟求姻緣的，更多的是外地的觀光客，他們到這裡不是要買南北貨或是中藥材，而是走進在視覺上有斑駁古老建築、在嗅覺上瀰漫著乾貨鹹味與醃漬味的文青小店，在這時光長廊緩步地懷舊。

不經意地抬頭，你就可能會看到屋頂上的雕花，額頭上寫著「某某商行」、「某某堂」，神遊百年前的繁華鼎盛；一轉身，入眼的是八角窗、拱型窗動、花瓶欄杆、巴洛克式花草紋飾、用壓艙石建的牆基；走進一個店家，可能就會看見古早時候的碾米機、舊家具，甚至一進二進間別有洞天的中庭花園。到處會有「隱藏版」的地方美食，你走過的磚砌大房子，可能以前就是有粉味的「茶店仔」，轉角的店家可能就是百年餅店，或是快要失傳的餅模或鑄字坊。隔一條街是延平北路，當初二二八事件原爆

點的天馬茶房就在延平北路和南京西路這附近（天馬茶房已於2005年拆除）。

有家「林五湖本館」是迪化街最老的閩南式街屋。一進門有一個大大的櫃子，古時候叫「大櫃」，是古時候做生意的店家都會有的，用來貯放商品，例如中藥房會用來放藥材。因為櫃子很大，檯面通常是用兩片大木板蓋著。聽說以前當學徒的沒地方睡，大櫃常常就是學徒晚上睡覺的床。

迪化街有兩家店賣竹子編製品，基本上現在沒有人用這些東西，因此有些都是縮小的模型，給大家當作觀光紀念品。對於年輕人來說，可能見都沒見過，也不知道它的用途，更遑論知道這些物品的名稱。我試著把一部分的物品名稱寫下來，七年級以後的有興趣可以參考，對於五年級以前的，當作是懷古。

「茭荎」是目前的熱門商品，以前它是用藺草編織的手提袋，後來藺草少了，塑膠器皿多了，開始有塑膠製的而取代了藺草編的，現在大多數人買的就是塑膠的「茭荎」，當購物袋用。有句話「嫁雞綴雞飛，嫁狗綴狗走，嫁乞食着揹茭荎斗。」看來「茭荎」並不被認為是多好的東西。「茭」，【交一求】（kau-1）；「荎」，【居三曾】（chi-3）。

店裡最多的是竹製品。因為取材容易，竹編製品是早期非常重要的用具，包括籃子、篾子、篩子等等。如果你去google圖片，你會發現一堆東西都被統稱為籃子，但是過去在台語的稱呼是有區別的。

一般來說接近像平面的叫「篾仔」，小的叫「篾仔」，大的叫「篾篝仔」，晾蘿蔔乾、花生或其他小量的農產品都可以用這

個。「桌籤」是飯後把餐桌上沒吃完的菜蓋起來的罩子，所以約當一個桌面大。時下常被誤寫為「柑仔店」的雜貨店就叫「籤仔店」。如果編織稀疏一點，可以篩東西的叫「篩仔」。「米篩」可能是大部分年輕人叫有機會看到的，因為很多地方依然保存用「米篩」幫新娘子在結婚當天遮太陽的習俗。「籤」，【甘二求】（kam-2，竹器也）；「篛」，【沽一英】（o-1，竹器、以息小兒也）；「篩」，【皆一他】（thai-1，米篩也）。

深一點的有兩類，有提手的是「籃仔」，沒有提手的叫「筐仔」。「籃仔」中「謝籃」是最具代表性的，它不但較精細，也有蓋子，因為它是拜拜或婚禮、慶典用的。「菜籃」跟現在的菜籃或提籃差異滿大的，因為當時主要是去田裡摘菜用，什麼東西都裝，跟現在去菜市場買菜用的不一樣。

沒有提手的叫「筐仔」，大大小小都有，基本上就是現在說的置物籃或置物盒，小到針線盒，都是叫「筐仔」。「筐」，【經一去】（kheng-1）。

有「耳」，可以用麻繩穿過用扁擔挑的是「籮仔」或「篓仔」。「籮仔」最常見的是「米籮」，父親說他年師範學校的時候學校用「米籮」裝飯，大家從「米籮」打飯。在彙音寶鑑字典中，籮與篓是同字，「籮」、「篓」，【瓜五柳】（loh-5）。

「籠」是裝魚的，我們再併同漁具討論。這裡要說的是「籠筐仔」。據說二百年前仍盛行以物易物，大家會在市集交換物品，而很多都是自己編的籮、筐、籃、籠，拿到市集交換鐮刀或鋤頭，因為這些竹製品是大宗，因此這樣的市集稱為「籠筐仔」，而「籠筐仔」這就是現在「夜市」的前身。籠，【膠四

去】（khah-4）。高雄岡山每年固定舉辦三次「籗筐會」，是目前唯一從傳統過渡到現代的市集。

本文拼音參考。

漢字	十五音	羅馬字	台羅拼音	台語同音字
茭	交一求	kau	ka	膠、咬
荎	居三曾	chì	tsì	志、緻
箃	甘二求	kám	kám	感
箶	沽一英	o	oo	烏
篩	皆一他	thai	thai	苔、颱
筐	經一去	kheng	khing	卿
籮	瓜五柳	lôh	lô	簍
簍	瓜五柳	lôh	lô	籮
籗	膠四去	khah	khah	——

166
圍軀裙

　　FB朋友分享了一張1932年11月2日，吳新榮先生和元配毛雪完婚，在將軍庄吳家門口的結婚合照，附註說明是：「以前的服裝跟現在不太一樣。」

　　吳新榮先生和他的父親吳萱草公是舊時有名的台灣詩人，在鹽分地帶（現今台南市北門區、將軍區、佳里區、學甲區）成立詩社。吳新榮除了是台灣著名文人，也是醫師與政治人物，在日治時期曾參與組織「佳里青風會」及「台灣文藝聯盟佳里支部」，為「鹽分地帶」文學集團代表人物、「北門七子」之一。戰後吳新榮曾擔任台南縣參議員。1947年二二八事件發生時，遭逮捕入獄。老家在我們村子正中央，至今門前還留有「陵延衍派」牌樓，可惜牌樓兩邊的牆已經被拆了。

　　照片裡的衣著有兩類，有穿長袍和旗袍的，也有穿西裝和洋裝的。小朋友的比較特別，有的像是很中國很傳統的童裝。在其他關於吳新榮先生的史料照片中可以發現當時男生穿白色西裝的還滿多的，現在穿白西裝走在路上會引人注目，很少人會這麼高調；另外，當時的新娘禮服並不像現在的新娘白紗禮服會有超長的裙擺，甚至只有過膝而已。

西裝台語還是叫西裝，洋裝叫洋裝，新娘禮服叫「新娘衫」。

　　旗袍叫「長條」，但是「條」要發【嬌五柳】（liau-5）的音；長袍馬褂叫「長衫馬褂」。

　　時代改變，人們的衣著服飾跟著改變，但是好像台語用詞對於新形式的衣服並沒有跟著時代走而創新。台語詞彙沒有襯衫（後來是用日文外來語Shirt）、沒有Polo恤、沒有帽T，也應該說沒有套頭。這些新的衣服都是用「式樣」當形容詞而成的名詞。例如，短T基本上會說「無領短手裣仔」，Polo shirt是「有領」的，Turtle neck就會說「高領」，它們沒有「專有名詞」，只有形容詞。唯一比較特別的是「牛仔褲」，它叫「打鐵仔褲」。

　　袖子台語叫「手裣」，「長袖」、「短袖」就分別說成「長手裣」、「短手裣」。我們穿長袖的時候喜歡捲袖子叫做「擎手裣」。彙音寶鑑「袖」有【裩二英】（ng-2）的音，教育部建議寫「裣」；「擎」，【居四邊】（pih-4）。

　　褲子的話就叫長褲、短褲。褲管叫「褲腳」，捲褲管叫「擎褲腳」。「擎手裣」、「擎褲腳」除了有「親自動手」的意思，「擎手裣」還有「準備幹架」的用法。

　　裙子台語也是用「裙」，裙子上的摺叫「拗袍」或「拾襇」；開衩的裙子叫「開裾」，「裙裾」的「裾」。「裙」，【君五求】（kun-5）；「袍」，【沽五邊】（po-5）；「襇」，【經二求】（keng-2）；「裾」，【居一求】（ki-1）。有趣的是「絲襪」叫「玻璃襪仔」。

無袖無領的上衣叫「裇仔」，內衣叫「內裇仔」，只剩兩條吊帶的「裇仔」叫「吊裇仔」。所以T恤應該叫「裇仔」。「裇」，【膠四求】（kah-4）。

　　「對襟仔衫」是一種早期的服飾。衣服兩襟相對，在胸前排一行鈕扣的款式。

　　開襠褲叫「開腳褲」，小男生光屁股叫「褪褲」。一般男人袒胸叫「現胸」，打赤膊叫「褪腹裼」。「裼」，【嘉四他】（theh-4）。（亦有建議「褪剝裼」）

　　我打賭八成的年輕人不知道「胸罩」的台語怎麼說，呵呵，我也是查來的。它叫「奶帕仔」。

　　斗笠和簑衣是已經很久沒有人在用的東西，但是大家對「笠仔」和「棕簑」好像都很難忘。「笠」，【嘉八柳】（leh-8）。

　　媽媽煮飯會圍圍裙，圍裙台語全名是「圍軀裙」。古時候並不是只有婦女煮飯才會穿「圍軀裙」，某個程度上它就是一種工作服。我的伯父以前在別人家魚塭當長工，他會穿一件短褲外面罩一件短裙，也叫「圍軀裙」，那個時代做工大概都會這樣穿。所以這樣的工作服都是算「粗穿」的，「粗穿」就是在平常穿的意思啦。

本文拼音參考。

漢字	十五音	羅馬字	台羅拼音	台語同音字
條	嬌五柳	liâu	liâu	寮、聊
袖	褌二英	ńg	ńg	——

漢字	十五音	羅馬字	台羅拼音	台語同音字
擎	居四邊	pih	pih	鱉
裙	君五求	kûn	kûn	群、拳
裾	居一求	ki	ki	基、居
袌	沽五邊	pô	pôo	蒲
裪	膠四求	kah	kah	胛
裼	嘉四他	theh	theh	貼
笠	嘉八柳	lèh	lèh	——

167
朽步

　　選舉期間天天可以聽到謾罵、相互攻訐，不但候選人過去幾十年的歷史，連家族、祖宗八代的過去都會被挖出來大作文章，甚至是惡意張冠李戴，亂編故事、胡亂栽贓、惡意影射。對於不實的指控，現在國語說「抹黑」，台語現在直接用「抹黑」兩字的台語發音來說，而以前台語的說法是「耗造」。（參考本冊之102篇〈耗造〉一文中有說明）

　　被攻擊的人就要解釋，如果是亂掰，北京語叫「硬拗」。「拗」有三個讀音、三種意思，若唸「ㄠˇ」，意思是「彎曲使斷」。

　　台語的「拗」唸【交二英】（au-2），意思是「手拉」或「折」，不過比較常用於折彎但沒有斷的狀況，所以摺紙的摺也是可以用「拗」，所以被拗的東西如果斷了，最好說「拗折」或是「拗斷」。

　　如果講的話被證實是錯的，現在國語用語叫「打臉」，有人說台語可以說成「洗面」。台語的「洗面」除了當正常的「洗臉」外，教育部字典說還有一種意思是「用言語挖苦別人」，一般來說，「挖苦」在台語用「剾洗」比較多，例：「伊誠賢加人

剾洗（他很會諷刺人家）。」基本上是指言語帶有惡意的。所以「洗面」是被糾正的意思，被訓話也叫被「洗臉」，比較接近「打臉」。我小時候都以為是因為罵人的人常常罵到口沫橫飛，被罵的人被噴了一臉口水，所以稱為洗臉，算挺有想像力的。「剾」，（khau），應是【交一去】，但彙音寶鑑無此字。

抹黑、栽贓、假新聞、假事件，甚至假民調，這些在現在的媒體上都寫「奧步」，指「不好的招數」。這個詞是從台語而來。

「奧」有「幽秘、精深」的意思，唸【高三英】（o-3），或同「燠」字，「熱」的意思。「燠」【恭四喜】（hiok-4，熱也）。所以「奧」跟「壞、卑劣」完全沒有關係。有個接近的字「漚」。「漚」唸【沽一英】（o-1）是用水浸泡、醃漬的意思，後來也用在東西亂丟，隨意棄置，任其損壞。唸【沽三英】（o-3）第三聲則指「久漬之也」。不過，「漚」是有目的、刻意地浸泡，跟「爛、不好、卑劣」並不同意，因此，寫「漚貨」、「漚步」、「漚客」並不適合。

也有人建議用「朽步」、「朽客」，「朽」台語除了【ㄐ二喜】（hiu-2，木朽腐也），也可念【交三英】（au-3，腐木也）。

劉建仁先生在台灣話的語源與理據中對「奧步」研究的建議是：台語卑劣手段意義被寫為「奧步」的可能本字有「殠」、「歺」、「漚」、「惡」四個字，其中以採用「歺」字為最佳。

其實，「歺」同「朽」，但是字典中「朽」有【交三英】的音，「歺」沒有。所謂的「奧步」又不是什麼「神奇奧妙的步數」，所以我會建議用「朽步」比較單純、容易。

本文拼音參考。————————

漢字	十五音	羅馬字	台羅拼音	台語同音字
抳	交二英	áu	áu	嘔
燠	恭四喜	hiok	hiok	郁
漚	沽一英	o	oo	烏
	沽三英	ò	oh	僫
朽	ㄐ二喜	híu	híu	歹
	交三英	àu	àu	懊

168

大跍！

　　台南市佳里區北頭洋有個飛番將軍墓，飛番將軍程天與是西拉雅平埔族的傳奇人物，聽說他跑得比馬還快，西元1776年曾經進京在乾隆皇帝面前和馬賽跑，他先讓馬跑一段再從後面追過馬匹，乾隆看了很開心，賜給他三次面聖的機會。這裡因為原為平埔族人居住的地方，故名為「蕃仔寮」，後來改為「番仔寮」，現在是霞陽楊姓四大房殖衍，為佳里一帶楊姓的大本營和發祥地。目前採「漳州」和「海澄」祖籍名為里名，是飲水思源、緬懷祖德的體現。

　　我外祖父是這裡的人。雖然外祖父很早過世，我外祖母在世時還是常常回去探望外祖父家人。外祖母有個小跟班，外祖母叫他「大舅斌仔」，那是我哥哥。

　　之所以叫他「大舅斌仔」大概是因為我哥小時候惜句如金，是標準的省話一哥，這跟「大舅」的身分必須保持威嚴有像。

　　他不但話少還要搞自閉，走在路上看到奇怪的東西就會蹲下來看，而且還要看個半天。「蹲」的台語教育部的建議用字是「跔」、「跍」、「跔」，也有人寫「踞」，在《彙音寶鑑》裡這幾個字的發音都不是【龜一求】（ku-1）。

「蹲」，【居一曾】（tsun-1，音與「尊」台語音同，踞居也）；

瘑跔」，【居一去】（khi-1，音與「欺」台語音同，跳躍也）；

「竘」，【居二去】（ki-2，音與「起」台語音同，健也治也）；

「踞」，【居三求】（khi-1，音與「記」台語音同，蹲踞箕路，踞物而坐）；

「跍」（《彙音寶鑑》查無此字，但康熙字典此字的意思為「蹲」）。

倒是《彙音寶鑑》有一個字「跔」，發音完全相同【龜一求】（ku-1，足寒曲也），但是一般字典又沒這個字。所以目前看起來或許是「跍」最合適。

由於蹲在路邊看太久，我外祖母就會回頭喊他：「大跬！大跬！」

「跬」，半步，一舉足的距離。走路時一腳向前踏下稱為「跬」，另一腳再向前踏併成「步」，也就是兩跬為一步。《小爾雅廣度》：「跬，一舉足也；倍跬謂之步。」漢賈誼《新書卷二審微》：「故墨子見衢路而哭之，悲一跬而繆千里也。」《新唐書卷八五竇建德傳》：「會大霧晝冥，跬不可視。」

搞了半天，或許是我們連國語都用錯了⋯⋯

「跬」國語音「ㄎㄨㄟˇ」，台語音為【瓜八喜】（hoah-8）。我突發奇想，國語說「步伐」，「伐」字本意是用戈砍殺人，後來指砍，如「伐木」；也做征討、攻擊。因此「步伐」二

字是很奇怪的。想想，如果是「步跬」呢？用台語唸音是不是頗接近？而「步跬整齊」就是每次舉腳跨出去都是整齊的，是不是很合理？

本文拼音參考。 ————————————

漢字	十五音	羅馬字	台羅拼音	台語同音字
蹲	居一曾	tsun	tsun	尊
跔	居一去	khi	khi	欺
岣	居二去	kí	khí	起
踞	居三求	khì	kì	記
跍	龜一求	ku	ku	龜
跬	瓜八喜	hȯah	hȯah	——

169

烏貓烏狗

　　小時候常常去祖母家，三伯父、三伯母、四伯父、四伯母，和一群堂哥堂姊都住那。（台語伯母叫「阿姆」三伯母叫「三姆」。「姆」，【姆二英】（m-2，俗稱伯父之妻曰姆），但是華語字典中「姆」字並沒有「伯母」的解釋。）伯父伯母很疼我們，四伯都會問我：「有錢買『庶羞仔』無？攏當無。」然後從口袋掏零錢給我。三伯母看到我都會說：「烏貓返來矣，你欲食啥？」

　　我一直不懂「烏貓」是什麼，為什麼她要叫我「烏貓」，但是從她的表情，我可以感覺出來她是看到一個令她感到愉悅的「東西」。

　　「烏貓」在國語是「黑貓」，這個詞常常被用於照相館，從南到北都有。1952年台灣第一支女子歌舞團也叫「黑貓綜藝團」，名演員文英阿姨就是出身於黑貓綜藝團。

　　有黑貓，還有黑狗。有一首歌〈山頂黑狗兄〉，翻自日本歌曲〈山の人気者〉，原唱是洪一峰，這首歌曾被禁唱，理由是「非常時期居然遊手好閒在山頂唱歌。」後來庾澄慶也翻唱過，紅極一時，從歌詞我們可以了解「黑狗兄」的意思：

山頂一个黑狗兄，伊是牧場个少爺；
透早到晚真打拼，牧場開闊歸山坪；
嘴唸明朗的歌聲，透日歌聲唸未定；
伊的歌韻真好聽，聲好會唸界出名；
有聽聲、看無影，U Lay E Lee，
歌喉響山嶺，U Lay E Lee，
歌聲幼軟焉投得人痛，U Lay E Lee；
U Lay E Lee U Lay E Lee；
阮的貼心黑狗兄，逍遙自在真好命；
姑娘聽著心肝神魂綴伊行，央三拖四偕伊求親晟。」

　　歌詞第三句「透早到晚真打拼」，因此禁唱的理由真的是欲加之罪何患無辭。簡單來說，「黑狗兄」是個「好額」人家的帥哥，歌唱的又好聽、有才華，是少女們心儀的對象。那麼「黑貓」呢？

　　　　台灣話的語源與依據作者劉建人提到（摘錄）：《說文・女部》：「媌，目裏好也。」就是眉目漂亮的意思。王筠句讀引《通俗文》說：「容麗曰媌。」「容麗」就是容貌美麗，正符合台語「黑貓」的意義。《玉篇・女部》：「媌，莫交切，好也。」又「好，美也。」

　　「媌」字的音，《廣韻》莫交切（平聲、肴韻）。依反切，台語文讀音應該是【爻七門】（bau^n-7，美好也）或是【膠五

門】（ba-5，娥媌摩曼也，今閩人呼妓為媌）。因為很多人將「猫」與「貓」視為同一字，又「媌」和「貓」同樣有【膠五門】（ba-5）的讀音。而「貓」字的台語口語音是【嘐一柳】（liau^n-1），所以「媌」字在台語也有可能演化為【嘐一柳】（liau^n-1）的音。至今台語仍稱「特種營業社會工作者」為「貓仔」，稱她們的營業場所為「猫仔間」，應該是這些字被混用的結果。

猫和狗都是家裡常有的寵物。猫比較陰柔，可以用來比擬女性；狗比較陽剛，可以用來比擬男性。猫和狗可以說是相對的，既然「烏猫」是美麗嬌艷的女子，相對地，「烏狗」就可以用來指稱英俊帥氣的男子了。

儘管如此，在不同時期，「烏猫」、「烏狗」有不同的解讀，有時被當作是「太妹、太保」，也時被當作是「妖艷少女、輕浮摩登少年」，某個程度上跟當時「山頂的黑狗兄」被禁唱後有關係。現在「烏猫」、「烏狗」的詞意已經又轉回到原來沒有貶意的「時髦的美女、俊男」。

但是我男生，三姆您怎麼叫我「烏猫」，不是「烏狗」？（哭哭）。

本文拼音參考。

漢字	十五音	羅馬字	台羅拼音	台語同音字
媌	ㄨ七門	bāu^n	māu	貌
	膠五門	bâ	bâ	麻
貓	嘐一柳	liau^n	niau	——
	膠五門	bâ	bâ	麻

170
熘甜粿

現在大部分人熱菜都是用微波爐，以前並沒有這麼方便，湯的東西會再煮一下，乾的放到鼎裡炒一下，都叫「燙」【褌七他】（thg-7）。熱剩菜叫「燙菜」，熱剩飯叫做「燙清飯」。

不過，要是便當，一般都是用蒸的，台語叫「炊」。以前過年家家戶戶都會蒸年糕──「炊甜粿」。蒸年糕要用大蒸籠，蒸籠台語叫「籠牀」，一層叫「一牀」，每家蒸出來的年糕都是很大一「牀」。「牀」有兩個音，一個同「床」，另一個唸【褌五時】（sng-5），炊粿之具。

直徑約60公分那麼大一個年糕甚至會吃到正月底，要吃的時候就切一塊起來蒸，通常稱為「熘」【ㄐ四柳】（liu-4）。「切一橛甜粿起來熘」，「一橛」是一部分或一小塊。

吃不完，一熱再熱叫「熘更熘」，後來被用在複習功課。小時候每到學校考試前，父親都會催促我們念書，跟他說已經唸完了他會說：「更熘一下。」意思是再「複習一下」。「三日無熘，爬上樹」意思是如果三天不溫習功課，就會輸全部忘光光了，所以要「熘冊」；還好，我現在已經不需要再複習功課了……。而「熘話」是舊調重提，說過了又說的意思。

年糕除了「熘」，也可以油炸，台語說「炙」，「炙甜粿」通常是切小塊的年糕裹麵粉放在油鍋炸。現在應該還蠻多人過年會吃炸年糕。「炙」，【梔三曾】（chin-3）。

　　除了炸，還可以煎。「煎」在台語有兩個音，唸【堅一曾】（jan-1）是當作一般的煎，唸【官一曾】（choan-1）是當作煎煮，像「煎藥」、「煎茶」。「煎甜粿」是將年糕切成一小片一小片，用些許油煎，煎到表面焦黃有些硬硬的，但裡面是熱的、軟的，熱騰騰的甜食在冬天真是美味。（「煎」，參考本冊之156篇〈倩鬼提藥單〉）

　　過年也會吃湯圓，北京語煮水餃或是煮湯圓或是煮麵都是用「下」的，但是台語的說法不太一樣。下水餃是把水餃丟到水煮，等到水餃浮上來，所以台語是說「浮水餃」，但是它也是都到一大鍋水裡去煮，所以也可以說「煤水餃」。提到「煤」【膠八時】（sah-8），不得不特別說明南部粽和北部粽最大的差異在於一個用「煤」的，一個用「炊」的。

　　熬煮或悶熟叫「炕」【公三去】（khong-3），例如炕肉、炕窯，用火燒烤則叫「烘」或是「炰」【龜四邊】（pu 5，物置火中）。東西煮好蓋上鍋蓋再悶一下叫「熻」【金四喜】（hip-4），燒開水用「燃」。比較少用的大概是「煏」，鞭煏火聲，台語唸【姜四邊】（piak-4），例如「煏豬油」。

　　快過年了，又可以吃「炙甜粿」了。

本文拼音參考 ◇ ──────────

漢字	十五音	羅馬字	台羅拼音	台語同音字
煬	褌七他	thn̄g	thn̄g	──
清	巾三出	chìn	tshìn	秤、襯
牀	褌五時	sn̂g	sn̂g	──
炙	梔三曾	chìⁿ	tsìnn	箭
煎	堅一曾	jan	tsian	箋
	官一曾	choaⁿ	tsuann	──
煠	膠八時	sa̍h	sa̍h	炠
炕	公三去	khòng	khòng	抗、貢
炰	龜五邊	pû	pû	匏
熻	金四喜	hip	hip	渝
煏	姜四邊	piak	piang	──

171
應佝四配

　　前幾年的選舉，我們常常可以看到或聽到「挺XX」，隨著網路與社群媒體的興盛，這次的選舉最常看到的是「X粉」或「X黑」，「挺」排到第二位去了。

　　「挺」字用於動詞時它的意思包括「拔出」、「撐直」、「勉強支撐」，國語沒有問題，但是當我們說台語的時候，正確的字是「佝」。「挺」的台語音【經二他】（theng-2）或【堅五英】（ian-5），「佝」音【巾七他】（thin-7），應該要寫這個字。

　　「佝」的用法和意思滿多的。最常用的是「我佝你」，意思是「我支持你」，「我願意當你的靠山」。我覺得「佝」在口氣上比「支持」多了一點「江湖道義」的口氣，有兩肋插刀的味道，跟一般的「支持」不太一樣。

　　「佝」另外有「取其平均」的意思，例如「佝重」是增加重量使兩邊平均的意思。也有「相互理會、爭執」的意思，「大人佝囡仔，人會笑。」是說大人跟小孩子起爭執會被笑」。或者用於「婚配」，以前人說「姑表相佝」，是指姑表之間的婚配，認為這樣是親上加親。

「佝」也用於表示「合適、匹配」，例如「這褲衫仔褲，色水誠相佝」是指這幅看褲子的顏色很搭，很好看，「相佝」就是指搭起來很適合。「合適、匹配」也可說「對都」或「應佝」或「四佝」。

　　而如果不搭，會說「不四佝」。這裡的「四」念【居三時】（si-3），但是，「四配」的時候，「四」念【龜三時】（su-3）。「四配」原來是指四方的物品四個角落都搭配的很好，四平八穩、方方正正的意思，「四佝」的「四」應該也是這個意思，指是兩個讀音不一樣。但是現在「四配」都被寫成「速配」。黃乙玲有一首歌「甘有速配」、江惠儀與許富凱和曹雅雯都唱「速配」，都是用了錯字。網路上查《漢典》，對「速配」中文的解釋是「閩南方言，指合適、適合」，英語的解釋是「fast matching, speed dating」（「快速媒合」的意思），英文的解釋是對的，但是中文的解釋竟然把錯誤的字當作原來的意思。

　　而如果沒有搭配好，精準跑掉了，叫做「走精」，現在一般誤寫為「走鐘」。也就是說，《漢典》不懂「四配」，而對「速配」的解釋「走精」了！

本文拼音參考。────

漢字	十五音	羅馬字	台羅拼音	台語同音字
挺	經二他	théng	thíng	埕、艇
	堅五英	iân	iân	鉛、緣
佝	巾七他	thīn	thīn	──
四	居三時	sì	sì	弒
	龜三時	sù	sù	賜

172

好款

小時候唸國文背詞語解釋常常會被到類似這樣的東西：

「悻悻然，指憤恨難平的樣子；然，語綴詞，的樣子。」

「飄飄然，形容得意的樣子；然，語綴詞，的樣子。」

「漠然，漫不經心的樣子；然，語綴詞，的樣子。」

台語的「的樣子」還滿多得，「款」是其中一個。「好款」是指一個人的脾氣好、教養好，也就是「好的模樣，好的樣子」；反義是「歹款」。但是教育部台灣閩南語常用詞典說：「好款，現今常用在反諷，意思和「歹款」相同。例：無愛睬伊，伊煞愈好款。（不理他，他卻更不像樣。），然後說「好款」的近義詞是「歹款」、而反義詞也是「歹款」。反諷歸反諷，因為反諷用法而把反義詞當近義詞，我覺得怪怪的。

東西看起來好吃可以說它很「好吃款」，一個人很懶惰也可以說他「貧惰款」。你可以把「款」字換成「樣」，變成「好吃樣」、「貧惰樣」，意思相同。「樣」也有「好樣」、「歹樣」的說法，意思跟「好款」、「歹款」相同。

換個角度來看這兩個字（「款」和「樣」），國語「怎麼樣」，台語可以說「啥款」、「按怎」、「按怎樣」、「怎

樣」，由此可意略窺它們互通之處。

　　還有一個字是「相」，也是很常用，「好相」、「歹相」，其實意思接近，也是指脾氣好或不好的樣子，不過比較常用於形容習慣、或脾氣（性地），例如：「伊足清氣相」是說「他這個人很愛乾淨。」

　　「扮」、「形」也都有「樣子」的意思，「好吃扮」、「歹看形」。

　　簡單地說，古人用「然」來表示「的樣子」，現在白話華語說「的樣子」為主，但是台語可以用「款」、「樣」、「扮」、「形」、「相」等，來替換或用在不同的地方，雖然在某個程度上會有一點點的「文言味」，但是都是很道地的台語用法。

本文拼音參考。───────

漢字	十五音	羅馬字	台羅拼音	台語同音字
款	觀二去	khoán	khuán	綣
樣	姜七英	iūn	iūnn	──
相	姜三時	siùn	siùnn	──
扮	干七邊	pān	pān	辦

173

黜臭

　　我常常想是我的國語太差還是台語太複雜，很多動詞在台語是用不同的字，但是對應到北京語可能用一個字就打死，「刺」就是一個例子；但是用什麼刺，怎麼刺，會影響台語的用字。

　　「刺」這個字在台語有兩個發音，一個是【居三出】（chhi-3），像「諷刺」、「魚刺」，也有「刺穿」的意思，「刺夯夯」（很多人寫成「刺牙牙」）也是這個音。

　　另一個發音是【迦四出】（chjiah-4），用於「刺繡」，用毛線編織叫「刺膨紗」。「紋身」台語的動詞是「刺」，以前紋身並不像現在普遍，有紋身的大部分是幫派份子，身上的圖案以龍、鳳、虎為多，「刺龍刺虎」就變成幫派份子或流氓大哥的代名詞。另外，常常有人會說一個女生很兇叫「恰北北」，其實是「刺耙耙[1]」的誤用字。

　　有些人使用免洗竹筷前會先將兩根筷子相互摩擦，原因是怕被竹子纖維刺到，這個「刺」台語說「扦」【官一出】（chhoa-1），我同意你也可以用「刺著」，但是「扦著」比較漂亮。

　　被細尖的東西刺到肉裡叫「搣」，例如用錐子（台語叫「鑽

仔」）刺，叫「搣」。「搣」最常用在打針，「打針」、「注射」是一件事情，而用針刺到屁股的動作叫「搣落去」。「扦」和「搣」感覺還是不太一樣，前者的時間短，後者時間可能較長；前者通常是被動的不小心，後者是故意的。

閩南語名歌手黃妃有一首歌叫〈追追追〉，陳明章作詞作曲，其中有段歌我還滿喜歡的，摘錄一段，也看看「搣」的用法：

千江水，千江月，千里帆，千重山，千里江山，我上美。

萬里月，萬里城，萬里愁，萬里烟，萬里風霜，我上妖嬌。

什麼款的殺氣，什麼款的角色，什麼款的梟雄，逼阮策馬墜風塵。

什麼款的愛情，什麼款的墮落，什麼款的溫柔，互阮日夜攏想你。

很久以前，狼主的傳說，如今狼烟再起。

啊！追追追！

追著你的心，追著你的人，追著你的情，追著你的無講理。

啊！煩煩煩！

煩過這世人，心肝茹蔥蔥，找無酒來沃

厭氣啦！別更那麼大聲對我講話

啊！亂亂亂！

女人的心，豆腐做的，為你破碎，任由針在搣。

「賭爛」是常被用的粗話，有句歇後語「褲底袋針」，針會穿過口袋刺到重要部位，男性的生殖器被戳是很不舒服的事，所以用來比喻心情非常不滿、怨戚、受氣、不爽。「賭爛」應該是錯字，有人建議應寫「拄屏」或「拄卵」，「拄」【龜四地】

（tuh-4），意思是「以杖距地，又扗地也」。而依照劉建仁先生的看法，「突」和「揬」都有「觸」的意義，而「觸」是「用角頂撞」，可引申為戳、刺，故「突」和「揬」是台語「戳、刺」意思，發音為【龜四地】（tu-4）的本字，不過《彙音寶鑑》這兩個字並沒有這個音。「提刀仔加布袋揬破」就是拿刀子把布袋子刺破，通常是用刀子，不過拿筷子、筆戳也是可以用。

另外，「你不通佇遐指指揬揬，安耳不好。」是說你不要在人前人後指指戳戳、指指點點說閒話。但是「突」和「揬」主要是唸【君八地】（tut-8），用於「唐突／搪揬」。「揬」的另一種用法是當「頂嘴、駁斥」，例如「用話加伊揬」是「用話頂他」的意思。

「黜」【君四他】（thut-4）雖然比較常用在「鏟」，但是在「黜臭」就有戳、剔、刺的意思。「黜臭」就是被誤寫為「吐槽」的原字，現在都用「打臉」。「打臉」在古時候是國劇演員「依照臉譜勾臉」，現在變成當作找出別人錯認的事實而使之丟臉出糗的意思，網路上鄉民貼這種的文章稱為打臉文，「打」取「拍打」的意思，如果某人連續被打臉好幾次，就可能會出現「原po臉都腫了」這樣的用語。「打臉」變成今天這種解釋還滿特別的。

後記。

有位網友提到：「『揬』，敢毋是tuh？」「『《彙音寶鑑》遮用tut字，是搪揬tong-tut，毋是夯刀揬tuh。無仝意思。」另也提到《台日典》是寫「唐突」。

我上面也有提到這看法的來源以及《彙音寶鑑》標注發音的差異（事實上《彙音寶鑑》龜字下入聲全韻俱空音）。感謝他的意見。

我也順便請教他：「順便跟您請教，您提到「夯刀」，我記得教育部建議用字是「攑刀」，但是「攑」是【堅五去】，我覺得怪怪的；然而拿刀需要用「夯」字這麼大力嗎？（我覺得夯是要用很大的力氣）」

這位葉先生說：「多謝。確實，夯刀tō無氣力揬矣。」後來發現他可能是一位本土語言的教育家，可是，他並未告訴我「攑刀」好不好。

本文拼音參考。

漢字	十五音	羅馬字	台羅拼音	台語同音字
刺	居三出	chhì	tshì	蒞
	迦四出	chjiah	tshiah	赤
扞	官一出	chhoa	tshuann	——
摵	規一英	ui	ui	威
揬	君八地	tu̇t	tu̇t	凸
突	君八地	tu̇t	tu̇t	凸
拄	龜四地	tuh	tuh	旽
黜	君四他	thut	thuh	禿

註釋

[1] 有人建議用「熾」，但是「熾」是【居三出】的音，不是【迦四出】。

174

哀爸叫母

　　兩年前在網路上看到一個問句：「台灣最『靠北』的機場是哪一個？」

　　「靠北」本來是一個很單純的位置副詞，但是近來有了不同的意義，也成了極度流行於年輕人的口頭禪，一天到晚都可以聽見許多人開嘴閉嘴「靠北！」，有一天在關渡捷運站外聽到幾位高中生在等計程車的對話：

　　甲：「靠北！怎麼都沒有車！」

　　乙：「靠北！你確定這裡會有車？靠北！如果沒有你會被我打死！」

　　甲：「靠北！不想等你自己用走的！」甲捶了乙一拳。

　　乙：「靠北啊！」

　　他們好像覺得講「靠北」很帥，而且比「X你娘」要文雅。其實，「靠北」是「哭爸」，來自「哭爸哭母」，是指如喪考妣般呼天搶地大哭。所以，說別人「哭爸」，是在說別人「死了父親」，是在詛咒別人，是非常不禮貌的，現在的年輕人卻是一天到晚對朋友、同學說「你爸往生了！」。

　　不懂台語的年輕人，學了「靠北」的詞，從被訛寫的字中

無法了解這詞的真正意義，只學了簡單的引申義，然後變成口頭禪，還以為自己很行，台語很溜，真的是很悲哀！

「哭爸哭母」是所謂的四字熟語，四字熟語並不算是成語。成語通常背後有個歷史故事或特別的哲學意義，或許是神話故事（如「夸日追日」），或許是寓言（如「狐假虎威」），或許是歷史故事（如「完璧歸趙」），也或許是古代的文學作品（如「老驥伏櫪」）；但是普通四字詞語或四字熟語就不一定有這樣的背景，因此像「全面來襲」、「歡天喜地」之類四字熟語，都不是成語，這是四字熟語和成語的本質區別。

有一個跟「哭爸哭母」很類似的是「哀爸叫母」，它是形容痛苦到淘淘大哭。大部分的小孩哭的時候都是叫「媽！」，有一首兒歌「妹妹揹著洋娃娃，走到花園來看花，娃娃哭了叫媽媽，花上蝴蝶笑哈哈！」其時我們也會說「我的媽呀！」基本上，「哀爸叫母」比較接近這樣的概念，不過「哀爸叫母」常常有貶意。所以，如果你用「哀爸叫母」形容一個人因為痛而哭喊，我沒有意見，但是「哭爸哭母」真的不是甚麼好詞，建議大家不要一天到晚掛在嘴邊。

四字熟語在口語當中可以強調語氣，它其實跟成語用法很像。閩南語演講比賽中常常可以聽到演講者套用「孽譎仔話」，好像會講「孽譎仔話」就是台語很溜。但是如果用的不好反倒讓人覺得是硬加進去的，更顯得做作。我個人覺得學習這樣四字詞是基本功，「孽譎仔話」是炫技的特殊招式，不要本末倒置。四字熟語實在太多了：

「腳痠手軟」、「起腳動手」、「纏腳絆手」。

「氣身惱命」、「烽火烽着」、「欲死欲活」、「假死假活」。

「應嘴應舌」、「儉腸凹肚」、「有吃有掠」。

「歡頭喜面」、「笑頭笑面」、「嘴笑目笑」、「憂頭結面」。

「儑死俷爛」[1]、「掠長補短」、「軟土深掘」、「費氣費篤」、「年久月深」、「空思妄想」、「觀前顧後」、「孤毛絕種」、「風聲嗙影」、「紅膏赤蟻」……。

多學一些四字熟詞就會讓你台語演將功力大增，千萬不要一天到晚只會「靠北、靠北」，真的是粗俗不堪！

回過頭來看「台灣最『靠北』的機場是哪一個？」它真的是在問「從緯度來看，台灣最北的機場是哪一個？」答案也讓我嚇了一跳，是「桃園中正機場」，不是「台北松山機場」。

後記。

有網友問：「我聽說靠北靠餓的原文是「考妣」「考夭」都是詛咒人的話，請問是真的嗎？」

「考妣」是指父母，它不是時下所說「靠北」的原文。考音【高二去】（kho-2），跟可字一樣；妣音【居二邊】（pi-2），跟比字一樣；「靠北」原文是「哭爸」，哭音【交三去】（khau-3），如喪考妣，所以不是好話。

註釋

¹　「僱死僱爛」是指加強語氣的「僱倦」。僱倦，勉勵、努力。《詩經・邶風・谷風》：「黽勉同心，不宜有怒。」明・陸世廉《西臺記》第四齣：「掉行不顧，從萬死一生中，黽勉經營，不遺餘力。」也作「僱勉」、「僱倦」。

175

擤鼻屎

PokemonGo在2016年中開始在台灣流行，2019年聖誕節特別活動推出一隻很可愛的「噴嚏熊」，雪白的身軀配著淡藍的頭，鼻子流出一大坨鼻涕！

感冒流鼻水，我們台語一樣會說「流鼻水」，但是流鼻涕卻經常簡稱「流鼻」，小朋友鼻子有鼻涕，流下來又把鼻涕吸回去，這個動詞台語叫「嗆」，「嗆」音【褲四出】（chhk-4，鼻聲也）。一個人啜泣時，吸鼻涕也叫做「嗆」；有時候說一個人害怕，不敢回嘴、不敢說話，靜悄悄地，叫「嗆攏不敢嗆一下」。

看到流一坨鼻涕的是真得很噁心，我們會跟他說「鼻去擤擤下」，「擤」這個字是「手」捏著「鼻」子構成，還真是個有趣的造字。「擤」音【經二喜】（heng-2）或【經三出】（chheng-3）。從台語的用法，感覺起來「鼻」不只是「鼻子」，還可以當「鼻涕」用，是有點莫名其妙。

說文解字說：「涕，泣也」、「泗，鼻水」。詩經有「涕泗」一詞，應該就是又流眼淚又流鼻涕。諸葛亮出師表的最後一句「今當遠離，臨表涕泣，不知所云」，一般對「涕泣」的解釋

是「流淚」，都是哭泣流淚，好像也沒有特別指「鼻涕」，我如果是諸葛亮，我也只會說我流下男兒淚，但是絕對不會說：「我現在是『一把鼻涕、一把眼淚』地連自己在說什麼自己都不知道。」

可是到了曹雪芹的紅樓夢，「鼻涕」釋義「鼻中黏液」，所以，水狀的是鼻水，黏稠的是鼻涕，原來，我們都是跟著曹雪芹說的。不過，我們還是要回過頭來講一下台語。雖然我們把「流鼻涕」（黏稠狀的）簡稱「流鼻」，但是他的全名是「流鼻屎」，「屎」原是個動詞，排泄的意思，如「屎屎」、「屎尿」。這裡變成名詞，鼻子的排泄物，「鼻屎」。

有些人說是「鼻蚵、鼻潟」，但是「蚵」是「蠔」，音【高五英】（o-5）、「潟」是多汁，可能是音近似而產生混淆，濃濃一坨鼻涕像一顆生蠔？濃濃一坨鼻涕像一坨稠稀飯？（如果您在吃飯，跟您說對不起，我也覺得很噁心......）

當鼻涕乾了，或是空氣中的髒東西被鼻毛擋住，堆積成固態的髒東西，華語和國語都叫「鼻屎」。

耳垢，台語叫「耳屎」，而台語「目屎」是指眼淚，國語的「眼屎」在台語則稱為「目屎膏」，不過也有人將「目屎膏」也用「目屎」稱呼。

台語有句話說：「食老有三醜──哈唏（有人做哈肺或哈噓）流目屎、放屁兼滲屎、臭耳厚話屎」。意思是說打哈欠的時候會流眼淚，放個屁會一併大便失禁，耳朵重聽不靈光又愛說話。打哈欠的時候會流一點點的眼淚，台語也叫「目油」。

回來我們的「噴嚏熊」。網路上有人問「打噴嚏台語怎麼

說？」很人的回覆是：

「打：打的台語『怕』ㄆㄚˋ。

噴：咖，ㄎㄚ

嚏的音像『象』，『搶』的台語」

看了令人想打噴嚏。打噴嚏台語叫「拍咳啾」，或說「哈啾」，「哈啾」根本就是打噴嚏的聲音，竟然變成打噴嚏的名詞。有人建議「打嚔嗽」，但是「嚔」是【干七柳】。

「噴嚏」這兩個字，雖然音大家都熟悉，但是我相信很多人寫的時候都要再想一下怎麼寫的字；不過他的台語可能九成以上的人不會念。

「噴」，【君三頗】（phun-3），嘉義噴水雞肉飯，如果你會唸，這字你就知道了。

「嚏」，有兩個音，【居三地】（thi-3），與「剃」台語同音。另一個是【薑三出】（chhiuⁿ-3），與有鼻音的「唱」一樣，這不是跟「哈啾」的「啾」很像？

只是「噴嚏熊」要唸成（phun-3）（thi-3）（him-5）恐怕沒人聽得懂......

本文拼音參考。

漢字	十五音	羅馬字	台羅拼音	台語同音字
嗆	褌四出	chhk	tshnk	——
	姜一出	chhiang	tshang	倡、娼、蹌
摤	經二喜	héng	híng	悻
	經三出	chhèng	tshìng	秤、稱
蚵	高五英	ə̂	ô	——

漢字	十五音	羅馬字	台羅拼音	台語同音字
咳	皆三去	khài	khài	慨
噓	甘七柳	lām	lām	濫、纜
噢	ㄐ三喜	hìu	hiú	換
噴	君三頗	phùn	phùn	——
嚏	居三地	thì	thì	剃
	薑三出	chhiù^{n}	tshiùnn	唱

網路上看到有一位張先生收集了一些早期的玩具，成立了一個「復古兒童玩具——50年代博物館」，「館長」藉由收集這些玩具以緬懷他父親對他的疼愛。早期的玩具大多是木材做的，包括木馬、木車和積木，在50~60年代後有馬口鐵材質的鐵皮玩具，不過鐵皮玩具容易刮傷小孩，在70年代以後塑膠製品成為主流，這個博物館收集了相當多各個時期各式各樣的「跮踱[1]物仔」。理論上對於五年級前段班的我來說，這些玩具應該是熟悉的，但是我卻覺得有些陌生，因為那些都不是我們鄉下小孩玩的，應該說不是我們玩得起的。

基本上我們買的起的「跮踱物仔」不多，連彈珠都算是奢侈品。彈珠的台語叫「玻璃珠仔」或「金珠仔」，有一些是霧面的叫「霧珠」，有的很大一顆叫「大貢珠仔」。把玻璃珠放在手指中間擠彈出去叫「搣」（指彈物也），打算盤也用這個字，叫「搣算盤」。如果彈珠用手指拿，手沿著地面平推彈珠出去，叫做「搲」（教育部字典建議用「鑢」。）

橡皮圈叫「樹奶箍仔」，也有人叫「樹奶索仔」。它比彈珠要「庶民」一些，而且用途和功能多，可以當跳高、跳繩的道

具，也可以當賭博的籌碼，也可以當作玩具槍的零件，也可以單玩。有一種玩法叫「界倚壁[2]」，玩的人各對牆壁彈出一條橡皮筋，看誰的最貼近牆壁。在橡皮筋遊戲興盛的時候，還有廠商做彩色的橡皮圈，一條橡皮圈有不同的顏色，甚至還有做外圈是鋸齒狀的。

尪仔標和陀螺就要多花一點錢了。五十年代是布袋戲興盛的年代，大部分的尪仔標都是布袋戲偶的圖像，在上下左右有樸克牌、象棋、十二生肖等的標記，可以用來「相輸贏」。也有人玩「搧尪仔標[3]」，將一整疊的「尪仔標」疊放地上，拿一張自己的「尪仔標」用力摜它，被拍離的「尪仔標」就是你的。

我父親的年代，他們小時候會自己刻陀螺，到我們的時代就進步一點，有機器刻的；而到我的小孩子這一代他們小時候玩的叫做「戰鬥陀螺」，還有英文名字叫「Fighting Top」，塑膠製品，而且可以組合。

陀螺的台語有人寫成「干樂」或「干轆」，對不對可能不好查考。而陀螺的玩法有一種叫「拍干樂」，基本上是看誰的「干樂」轉得久；一種是「釘干樂」，「釘干樂」是用自己手上的「干樂」甩在地上別人的干樂上，被釘的常常都會有凹痕甚至破掉。小時候同學常常在磨陀螺底的釘子，目的就是想要釘破別人陀螺。

布袋戲偶也是「可能」需要花錢買的，布袋戲偶叫「布袋戲尪仔」。說「可能」是因為：第一，可以自己刻，通常是用地瓜刻一個頭，但是玩不到兩天。第二，有單賣頭的，回家自己做衣服。布袋戲偶衣服可以自己做，刀槍也可以自己做。五十年代點

滴瓶都是玻璃瓶，瓶身有一圈薄鐵片，把它剪下來彎直就可以剪成刀或劍的模樣。

　　刀、劍和槍是小男生一定要有的玩具，我記得小時候我想買一把塑膠刀，媽媽說：「你把台語『大刀』和『大哥』講清楚就買給你。」我小時候講話有點「臭乳呆」，台語聲母「地」（近似ㄉ音）和聲母「求」（近似ㄍ的音）分不清楚，為了一把玩具刀，我突然會了！可見「踅踱物仔」的吸引力有多大！

　　我二姊最喜歡的玩具是洋娃娃，有一個是爸爸從日本買回來的，金色的頭髮，手腳會動，穿長筒靴子，眼睛會眨，抱起來還會叫一聲。洋娃娃大部分用日語にんぎょう）（oo-lín-gióo，人型）稱呼，或也叫「尪仔」，實在不詩情畫意！

後記

　　我只是以前聽父親說過他小時候用芭樂樹的樹幹做陀螺。後來他回應我的貼文說：「『樟賢走，瓊賢吼，林拔仔柴上擲斗』。做干轆因木材材質有差別，樟樹做的最會跑，瓊樹做的最有聲音，林拔仔柴做的拿起來最順手。走、吼、斗有押韻。」

　　「擲斗」這個辭也少聽見了，幾十年前跟社區長輩打網球，會聽見他們說：「這枝球杯攑著擲斗擲斗！」意思是說這支球拍拿順手好打。（一般稱球拍會用日語ラケット或說球杯。）

本文拼音參考。———

漢字	十五音	羅馬字	台羅拼音	台語同音字
擿	姜四地	tkiak	tiak	──
搙	龜三柳	lù	lù	──
鑢	居七柳	lī	lī	慮、利
搧	堅三時	siàn	siàn	煽
	堅八英	iàt	iàt	──
撏	金三地	tìm	tìm	扰
杯	檜一邊	poe	pue	飛、筶

註釋 ———

1　跮踱，請參考本冊之148篇〈心適〉一文。「跮踱物仔」指玩具。

2　表達「最」的意思的台語，現在大多寫為「蓋」，或許它是受了藝人白冰冰「蓋高尚」影響而來。照理，它來自「上界」，而被簡稱為「界」或「上」。簡略說法是不適當是一回事，但是「蓋」與「尚」應該都是錯字。

3　一般都說「尫」又寫做「尪」、「尩」，但是大未衛羊先生提到「尫」是指一種骨骼彎曲的疾病，「尪」是指人俑。因此「尫仔標」應該是「尪仔標」，而指女人丈夫，音無適當字，因此借用「尫」。

拷水披

我們小時候沒有零錢買玩具，所以玩不用花錢的遊戲，或是玩自己動手做的玩具，但是我們的快樂並不會比現在的小孩子少，反而多了更多的健康。

玩遊戲的玩叫「弈」【經八英】（ek-8）或「戲」【褌二時】（sng-2）。來玩某一種遊戲的時候卻不一定要有「奕」或「戲」這個動詞，例如：「來玩跳繩」可以說「來奕跳索仔」或直接說「來跳索仔」。而「遊戲」這個集合名詞卻似乎沒有適當的名詞，通常用來代表「遊戲」的台語，包括「跮踱」，或如果妳要用「迌迌」、「蹉跎」、「彳亍」、「佚陶」、「得桃」或「敕桃」，這些都是動詞，單單稱呼「玩具」這個名詞就叫做「跮踱物仔」[1]。（「戲」的一般讀音是【居三喜】（hi-3），布袋戲、歌仔戲，都是這個音，用在動詞「玩」則唸為【褌二時】（sng-2）。「玩」同「翫」，【觀二語】（goan-2）；「耍」，【瓜二時】（soa-2）。都不是平常說法的本字。）

躲貓貓台語，教育部的建議用字是「覕相揣」異用字還有「覕相找[2]」、「匿相揣」、「匿相找」。這也是我們覺得無奈的地方：是大家小時候常玩的遊戲，只有三個字，但是有兩個字

不知道怎麼寫！

「覕」，北京語的字典這個字同「瞥」，也有字典說是隱蔽而看不見或尋找；「匿」台語音【經八柳】（lek-8）與「歷」同音。教育部建議的「揣」字並不適合，音義都不符；「找」音【瓜五喜】（hoa-5）與「華」同音，且同「划」字，應該都不是我們要找的字。有人認為是「捿」，因為有「捿巢」，但是捿是同棲，並不是我們熟悉的歌曲「一隻鳥仔哮啾啾」的「找」不到巢。而《彙音寶鑑》中收錄的【居四門】是「闖」、「闂」；【檜七出】的字是「覓」與「尋」，這些字是可以考慮的。

有時候躲太久了，鬼決定放棄讓大家都出來，就會喊「放牛吃草」，重新來過。還有一種很類似的叫「掩咯雞」，這遊戲中的鬼要被矇上眼睛，其他的人不用找地方躲起來，就在鬼的旁邊發出聲音逗他，鬼就循聲捉人。

「佔柱仔」（或稱「佔公柱仔」）的遊戲跟「大風吹」有點類似，只是大風吹中的鬼要決定吹什麼，但是「佔柱仔」是不一樣的，小朋友在幾根柱子中間跑來跑去，這樣也可以讓大家玩到滿身大汗，精疲力盡。

「跳房子」有些地方台語叫「跳格仔」，有人叫「蹌甕」。其實「蹌」是指單腳跳，「甕」是一個扁的陶片或石片，在遊戲中用來踢或投擲到所要進行的關卡位置。有一種單人的「騎馬打仗」是指用單腳「蹌」，用手拉扯對方，失去平衡另一隻腳著地的就算輸。「蹌」，【姜一出】（chhiang-1，動也、舞貌）。「甕」，【公三英】（ong-3，同「甕」）

打水漂兒台語叫做「拷水披」，「拷」是打，在第154篇

〈考大字〉有提到「考」與「拷」）；「拷水披」也有人講「遒水披」，「遒」是「拄好、準準（剛好、準確）」的意思。「遒」，【公一出】（chhong-1）

「奕包包仔」是玩沙包。玩拋沙包是下雨天不能出去操場時留在教室玩最好的遊戲，通常沙包都是自己縫，裡面裝米或是綠豆。玩法很多種，都要一邊拋、接沙包還要在沙包拋起後做一些動作並在沙包落地前將沙包接起來，還要一邊念口訣，例如：「一放雞、二放鴨、三分開、四做堆、五搭胸、六拍手、七紡紗、八摸鼻、九抓耳、十總起。」

玩沙包好像還是比較文明一點，玩泥巴像野孩子，玩瓶蓋就有點像在做資源回收的，口袋裝滿台灣啤酒、黑松汽水或是味全醬油的瓶蓋。一般玻璃瓶叫玻璃矸仔，瓶蓋叫「矸仔蓋」。「矸仔蓋」如果敲平，可以做成「轉飛輪」的玩具，或是玩「撥銅片」；「撥銅片」和現在小朋友在玩「鬥片」是一模一樣的。如果不敲平就玩「耍矸仔蓋」的遊戲，用自己的瓶蓋將對方仰放的瓶蓋翻過來就可以拿走對方的瓶蓋。

毽子也都是自己手工做。以前家家戶戶都會用雞毛撣子，掉下來的雞毛就可以收集起來做毽子，或者是用塑膠袋，前面包著圓鐵片或是五角硬幣，用橡皮圈套起來，後面的塑膠剪成一絲一絲的，所以有人稱踢毽子為「踢錢仔」。

裁縫車或縫紉機叫「針車仔」，縫紉機有上下兩個線捲，下方的叫「梭仔殼」，上面的裁縫線叫「針車仔線」。每次媽媽「針車仔」上的「針車仔線」快用完的時候我都會在旁邊等，因為它的軸芯是做玩具的好材料，可以做車子和烏龜。

自己動手做的玩具其實還滿多的，剪吸管當笛子吹、用吸管做小粽子，折不同造型的紙飛機、風箏、滾鐵輪、橡皮筋手槍……

　　「踢銅管仔」就要先找個馬口鐵空罐，然後在地上畫個圓圈（台語叫「圓箍仔」），把「銅管仔」放在「圓箍仔」給人踢。如果你有兩個「銅管仔」，可以做成踩高蹺的玩具。踩高蹺台語叫「踏蹺」。現在想起來，這遊戲真的不但無聊還滿蠢的，怎麼會去玩這種東西？不過可以確定的是這些遊戲不用花你半毛錢。

　　要不然就去學校玩溜滑梯和蹺蹺板，溜滑梯叫「跙流籠」，蹺蹺板叫「砆硞枋」。

本文拼音參考。

漢字	十五音	羅馬字	台羅拼音	台語同音字
弈	經八英	e̍k	ik	易、譯
戲	裈二時	sńg	sńg	損
	居三喜	hì	hì	肺
玩	觀二語	goán	uán	翫、阮
耍	瓜二時	soá	suá	徙
覕	居四時	bih	bih	——
匿	經八柳	le̍k	lik	歷
嗶	居一門	bi	bi	
閟	居四門	bih	bih	
閾	居四門	bih	bih	
找	瓜五喜	hoâ	huâ	華
覓	檜七出	chhōe	tshē	
尋	檜七出	chhōe	tshē	——
蹌	姜一出	chhiang	tshiong	昌、娼

漢字	十五音	羅馬字	台羅拼音	台語同音字
遚	公一出	chhong	tshong	聰、蒼
跙	居一出	shhi	tshi	雛、痴
硞	公八去	khȯh	khȯk	矻

註釋

1　參考本冊之148篇〈心適〉。

2　參考本冊之178篇〈大箍呆，炒韭菜〉。

178

大箍呆，炒韭菜

　　小時候有些兒歌，別人唸，自己跟著唸，唸著唸著就記起來了，長大不唸了也就忘了。拜網路之賜，找到兒時的記憶。

　　大頭仔一粒珍珠，相拍毋認輸（「相拍」是相打，打架的意思）；
　　夯竹篙，弄金龜；
　　金龜一下飛，大頭仔放風吹（「風吹」是風箏）；
　　風吹斷了線，傢伙了一半（「傢伙」指財產，「了」是損失、沒了的意思）。

　　一粒星，二粒星，大頭仔扰田嬰（「田嬰」是蜻蜓）；
　　田嬰飛高高，大頭仔賣肉丸；
　　肉丸真歹食，大頭仔賣木屐；
　　木屐真歹穿，大頭仔真僥倖（「僥倖」指不幸）。

　　大箍呆，炒韭菜；
　　燒燒一碗來，冷冷阮不愛。

大憨呆，孝男面，早眠晚精神（「精神」是醒來的意思）。

奇怪，為什麼大頭仔、大胖子常常要被「創治」？台語「創治」是捉弄的意思。有個兒歌是常聽上半部但下半部少聽見的：

豆花攙倒擔，一碗兩角半；
囡仔兄緊來看，看到流嘴瀾（流口水）。
蚼蟻蚼蟻賢爬崎（螞蟻很會爬陡直的地方），
骨力[1]做，貧惰吃（好做懶吃），
不驚神，不驚鬼（不怕神、不怕鬼），
驚風颱，驚大水（「風颱」是颱風）。」（「螞蟻」寫法
有「蚼蟻」與「螻蟻」的建議，都滿合理的。）

一二三阿婆去洗衫，
四五六阿婆去沙鹿，
七八九阿婆去掠狗，
十十一十二阿婆淋雨走不離（或作「脫褲走不離」，「走
不離」是走不及，來不及的意思）。

點啊點光光，油炒蔥，肉堅凍。阿公媽，舉鐵鎚，損破水
缸甕。
點啊點光光，看誰褲底破一空（「一空」是一孔，破個

動）。

點啊點光光，看誰放屁爛跤（跤穿是屁股的意思）。

點啊點光光，看誰燒焦又著火。

我不知道「點啊點光光」是什麼意思，可是小時候常常在「點啊點光光」，在玩「覕相覓」（躲貓貓）的時候要選鬼，大家圍成一圈，有個人就開始點，一個字跳過一個人，「點啊點光光，誰人點到走去覕。」「覕」是躲，數到「覕」字的人就可以先去躲起來，剩下的人繼續「點啊點叮噹」，直到鬼被指定。「覕」這個字的是教育部建議的用字，可是它的意思「迅速看一眼」，通「瞥」。「覕相覓」用字請參考本冊之177篇〈考水披〉。

有個很有名的，四年級生應該比較熟的，「爆米香」：

一个炒米香，二个炒韭菜，

三个沖沖滾，四个炒米粉，

五个五將軍，六个六子孫，

七个分一半，八个牌梁山，

九个九孀婆，十个撞大鑼。

打你千，打你萬，打你一千零五萬。

詞的內容有很多不同的版本，重點是這樣的兒歌教會我們的東西。台語有七的音，但是當這個字後面有其他字的時候常常要變調；變調有規則，但是我們從來沒有學過這規則，但是卻是自

然而然就會了，原因是習慣、潛移默化。兒歌是很好的教材，我們從兒歌中間不知不覺地習慣轉調。這首兒歌一到十各有不同的音調，但是接到後面相同的「个」，它們各自轉調了。

我是南部的孩子，從小講台語，但是我到三十幾歲才知道台語有「轉調」這件事，但是我就是會呀！這不是很有趣嗎！所以，台語怎麼學？在家學、看布袋戲學、看歌仔戲學、唸兒歌學。但是不要看現在的台語電視劇。

本文拼音參考。

漢字	十五音	羅馬字	台羅拼音	台語同音字
撦	迦一出	chhia	tshia	車、奢
覕	居四門	bih	bih	——
咩	居一門	bi	bi	——
闔	居四門	bih	bih	——

註釋
1 「骨力」，河洛語正解建議寫為「觔力」，源自《荀子榮辱篇》：「孝悌原愨，觔碌疾力。」

179

恁當咧大，阮腸仔咧爛

　　國民黨台南市黨部主委謝龍介這幾年很出名，他出名的原因除了在市議會強力監督賴清德市長、在高雄市長選舉強力輔選韓國瑜，最重要的原因之一是他說得一口標準而流利的台語，而且擅長四句連與謷諏仔話，被稱為「神人級」閩南語大師，號稱「龍介仙」。他在政論節目上三不五時就來一句俚語，「腳手慢鈍吃無分」形容人動作要快要俐落；「做鬼搶不着空心菜湯」罵人動作慢；「提刀探病牛」形容不安好心；他用「連水蛇都撈起來吃，哪有可能放鱔魚泅過岸。」形容大小通吃，哪有可能捉小放大？大家印象最深刻的是他用一句俚語調侃雙標（兩套標準）人士：不通「恁团放屁就講當咧大，阮团放屁就講腸仔咧爛。」

　　有次在一個路邊攤吃麵，柱子上貼了一張「這丟係現實社會」，這跟「龍介仙」講的這句爛腸子的話有異曲同工之妙，它是這樣寫的：

　　　　有錢叫你董ㄟ，沒錢叫你等ㄟ；
　　　　有錢喝威士忌，沒錢喝維士比；
　　　　有錢講話大聲，沒錢講話無人聽；

有錢看病免排，沒錢破病等埋；

有錢駛車免牌，沒錢駛車就害；

有錢山珍海味，沒錢沒碗沒筷；

有錢大家攏好，沒錢你娘卡好；

有錢妝甲水水，沒錢穿甲那鬼。

這丟係現實社會。

　　我覺得寫得滿有趣的，很傳神，但是有幾個用字的問題：

　　第一，我不懂為何標題要這樣寫：「這丟係現實社會」？老老實實、安安分分、規規矩矩寫成「這就是現實社會」有什麼問題？

　　第二，「ㄟ」現在已被習慣用來代表台語「ê」。據了解，當初台語用字委員會原本已經決議台語「ê」一律寫做「个」，不過有位教授翻案成功，建議表示「所有格標誌、形容詞詞尾、稱謂名詞詞尾、序數詞詞尾」的台語「ê」寫成「的」，若是單位詞的「ê」才寫做「个」。不過還是有些學者建議應該都用古字「个」。但無論如何，也都不是「ㄟ」，問題是現在「ㄟ」卻是滿街都有。

　　第三，「你娘卡好」應該是「你娘較好」或「你娘覺好」。孟子離婁篇：「如此賢與不肖相覺也。」「覺」就是「較」，在《彙音寶鑑》中也可以查到這兩個字有同樣的發音【江四求】（kak-4），不是「卡」。這個字也是目前常被用錯的字。

　　第四，「沒錢穿甲那鬼」，「甲」當寫為「曷」，「那」是「若」的誤寫。

2015/10/13有位筆名史奴比的先生在網路上發表了一篇文章「謝龍介意外提醒我們的事：台語是有深度的語言，但它卻慢慢走向死亡」，這是一篇很有深度、值得看的文章、值得深思的問題。有人說會擔心台語失傳的是北部的人吧？事實上，就算是在南部的年輕人，已經很少有能像老一輩的用流利的台語講話，而且會的也都是很簡單的會話，加上媒體大量使用錯誤的字，誤導民眾，台語的失傳是現在進行式，這也是我們最擔心的。

本文拼音參考。——————————————————

漢字	十五音	羅馬字	台羅拼音	台語同音字
覺／較	江四求	kak	kak	角
卡	膠二去	khá	kháh	巧
那	監七柳	$l\bar{a}^n$	nā	——

180
無講無呾

台語有很多「無X無Y」的詞，而XY本來就是一個詞，把「無XY」說成「無X無Y」可以加強語氣，就像北京話中的「沒大沒小」，台語也有意思完全相同的「沒大沒細」。

我們來假裝一個對話，把一些「無X無Y」放在對話中，這樣解釋這些詞就會比較簡單一些。

某鄉民：「龍介仙，你怎麼看起來『無冉無佞』？啊是按怎？」

龍介仙：「攏嘛因為韓國个，互人耗造，講講一括[1]『無影無跡』的事誌，啊伊攏『無要無緊』，嘛『無講無呾』。我這幾工沒閒曷『沒眠沒日』。」

某鄉民：「伊也不是『無某無猴』，伊若感覺沒要緊，你『沒事沒誌』無閒到這款欲事？」

龍介仙：「有个人做事誌『無冉無佞』，我是驚伊『無依無倚』，所以欲加伊鬥相共，做人不通安耳『無情無義』、『無意無思』。」

第一個「無冉無佞」是指無精打采、沒精神，提不起勁的樣子。龍介仙一直都是很有精神活力的人，鄉民看到龍介仙沒精

神才這樣問他。「無冉無佞」也可以用在形容站無站相、坐無坐相，姿態不宜。

「無冉無佞」一詞一般寫為「無攬無拈」，「攬」，【甘二柳】（lam-2）；「拈」，【兼一柳】（liam-1）。依據大衛羊先生的說法，他建議是「無冉無佞」，「冉」是軟趴趴的意思，以前專門用來嘲諷太監無用的詞；「佞」是花言巧語。「無冉無佞」是身體硬梆梆的，身段不柔軟，也不會說好聽的話，引申為「態度消極，連最起碼的敷衍表面功夫都懶得做」。不過如果拿來講「站無站相」就講不通了。另外，「冉」音【兼二入】（jiam-2），「佞」音【經七柳】（leng-7），因為「無攬無拈」不知道該如何解釋，我們先用「無冉無佞」。

「耗造」是造謠，現在用語叫做「抹黑」，「無影無跡」是子虛烏有、毫無根據。例：「伊講的話攏無影無跡（他說的都是子虛烏有的）。」（參考本冊之102篇〈耗造〉一文）

「無要無緊」是無所謂、無關緊要的態度。或是形容人做事懶散、不用心，沒什麼責任感。例：「明仔再就欲考試矣，更安耳無要無緊。（明天就要考試了，怎麼還一副漫不經心，無所謂的樣子。）」

「無講無呾」是不言不語、不動聲色、不聲不響。形容人不出聲音或無預警地就做出動作反應。不過基本上是指沒有交代、沒有說明，連個招呼都沒有。「呾」，【干四地】（tah-4，相呼聲）。

因為韓國个受到抹黑，但是都不在意，也沒跟龍介仙說，所以龍介仙才日以繼夜地幫他處理。「無暝無日」是沒日沒夜、夜

以繼日。形容人對事情太投入，不管白天或晚上都不休息。例：「少年人玩起來就無暝無日，攏未㿐。（年輕人玩起來就夜以繼日，都不會累。）」也就是因為日以繼夜的忙，才會累到看起來「無冉無俍」。

「無某無猴」是指單身、沒有家累，指一個人沒有妻子兒女。一般而言是單身漢自我調侃的用語。有句話說：「無某無猴，穿衫破肩胛頭」是說一個人沒有妻子，衣服破了也沒人補。

「無事無誌」是說沒事、沒怎樣，通常用在說人反應過度或做了多餘、不該做的事，而不是表面上的「沒事」。例：「無事無誌你是按怎會去惹伊（沒事你幹嘛去惹他）？」「代誌」也是目前約定成俗的用字，有認為「代」其實本字就是「事」，我們勸人為善台語說「做好代」，應該就是「做好事」。

所以鄉民的意思是韓國个他有家人，自己也不覺得有問題，你龍介仙又何必去淌這渾水？

最後龍介仙又說有些人做事「無冉無俍」，這第二個「無冉無俍」是指人做事馬虎、隨便、沒有原則。例：「伊做代誌攏無冉無俍（他做事都馬馬虎虎）。」現在的口語說「白爛」，大衛羊先生建議用字是「白報」。

因此龍介仙要跳下來幫忙，以免韓國个「無依無倚」。「無依無倚」就是無依無靠。「無情無意」、「無意無思」就都跟國語的意思相同。

這個故事純屬虛構，指是為了用來說明這幾個「無X無Y」，跟政治或政治立場完全「沒關沒係」。

後記 ◇ ────────────────

在Facebook上有人回應說客語也有很多這樣的辭，事實上真的是很多，而且客語和台語所用的重疊性相當的高。台語有句「無臭無潲」聽說是南部比較常用，但是它是不雅的話，它還有不同形式，或許以後會談到。

也有人提到「無鼎無灶」，也有人分享客語有相同結構的詞，如「無時無節」、「無搭無碓」、「無婆無卵」、「無家無竇」......。

很開心，有位媽媽提到他終於可以跟小孩子講台語的博大精深。但還是老話一句：我們必須努力維護她。

本文拼音參考 ◇ ────────────────

漢字	十五音	羅馬字	台羅拼音	台語同音字
冉	兼二入	jiám	jiám	染
佞	經七柳	lēng	lēng	令、另
攬	甘二柳	lám	lám	覽、楠
拈	兼五柳	liâm	liâm	廉
呾	干四地	tat	than	──
	監三地	tàn	tànn	擔
忝	兼二他	thiám	thiám	──

註釋 ────────────────

1　「一些」的台語教育部建議用字是「一寡」，但是「一些」並不等於「少」，基本上一些是指在某個範圍的不確定數量，因此建議「一括」。

　　我媽媽不是特別擅長做菜，但是很擅長炊鹹粿和炒米粉，每次過年過節回家，媽媽都會問：「敢欲食炒米粉？」然後就會炒一大鍋米粉，媽媽炒的米粉不會像一般外面的米粉那麼乾，也不會爛到糊掉，我們都很喜歡，或許這就是所謂「媽媽的味道」。

　　到外地念書的時候才知道很多地方說的是「米粉炒」，我家鄉那附近講的是「炒米粉」，一開始我覺得「米粉炒」有點好笑，但是習慣之後覺得還滿有道理的，「炒米粉」是動詞，把「炒」字移到後面，「米粉炒」變成名詞。

　　語言是一種習慣，當你習慣後就不會去質疑它，就像我習慣了「炒米粉」會去質疑「米粉炒」，但是另一方面，當我習慣了「蚵仔煎」卻從來沒質疑過為什麼不是「煎蚵仔」？「蚵仔煎」跟「米粉炒」是完全相同的邏輯，把烹調的動詞搬到被烹調的物品後面變成被烹調成品的名詞。相同的例子還有：

　　「炸豆腐」變成「豆腐炙」（「炸」的台語字是「炙」）、「炸豆乾」變成「豆乾炙」、「炸肉」變成「肉炙」、「烟（燻）鯊魚」變成「鯊魚烟」。

　　這些基本上是台語用法，因為在北京話我們會說「炸豆

腐」、「炸豆乾」、「炒米粉」，但是並不會像台語把動詞搬到後面便名詞，但是卻是有一個「滷白菜」變成「白菜滷」，或許是因為這道菜是台灣菜，北京話直接用台語換成北京話的緣故。

　　小時候吃辦桌的第三或第四道菜常常是紅燒肉，很大的一塊，叫做「大封」，「封」也是一種料理方式，通常要滷很久，將肥肉的油膩去除，連皮帶肉加筍絲一起吃。但是，「大封」是「大封肉」的簡稱，跟上面的說法沒有關係，此外，「麵線糊」、「雞捲」、「鼎邊趖」也是不一樣的概念，所以要在強調一下我們前面說的「語言是一種習慣」，所以不要隨便「同理可證」。「烘番薯」不會變成「番薯烘」，「煎魚」不會變成「魚仔煎」，「煠花生」不會變成「土豆煠」（「煠」【膠八時】（sah-8），是水煮的意思），大部分的食物都沒有做這樣的變化，你在賣炒麵、炒米粉的麵攤就算看到「米粉炒」也不會看到「麵炒」。看起來國語比較沒有這問題，而台語這些例子又比較像特例，不要問我為什麼，我也答不出來。

後記 ◇

1. 「煠」與「炠」同音同義，以湯炠物也。
2. 有人回應說：捌看過「大麵炒」……。我覺得是算合理，但是不多見。呵呵，我後來在台北市四平街真的看到了。

本文拼音參考 ◇

漢字	十五音	羅馬字	台羅拼音	台語同音字
煠	膠八時	sa̍h	sa̍h	炠

182
孫偕孫仔

「春嬌與志明」是早期台灣的「菜市仔名」，但是一般來說，我們不一定會喊他們「春嬌」或「志明」，而是比較習慣叫「阿嬌」、「嬌仔」或「阿明」、「明仔」，或者是「阿嬌仔」、「阿明仔」；但是但是但是，問題是台語可能比我們想像的還要再複雜一點。

我哥哥的小孩叫我叔叔，台語說「阿叔」或「叔仔」，我大嫂則稱呼我（她的孩子的叔叔）為「小叔仔」。基本上加個「仔」差了一輩，要特別注意的是：如果是叔叔的「叔仔」分別是第四、第三聲，而「小叔仔」的「叔仔」是第一、第二聲，也可以說是「重音不同」。

我的孩子稱呼我太太的兄弟為「阿舅」或「舅阿／舅仔」，我稱呼我太太的兄弟（我小孩的舅舅）為「舅仔」。同樣的，前面的「舅仔」是第四、第七聲，後面的「舅仔」唸第三、第二聲。

同樣的狀況發生在「伯」、「妗」、「姨」、「嬸」的用法，而且也都要特別注意音調的正確性。

有一個比較特別，但是很少被注意的：「孫」和「侄」。侄子的台語我們說「孫仔」，我叫我哥哥的兒子「孫仔」，我爸媽

稱他為「孫」，但不是「孫仔」。這是很多人搞錯的地方。不過有人直接稱呼「侄子」為「侄仔」，或許這樣比較不會產生誤會。

中文常常會在單一名詞後加一個「子」使名詞變成一個兩個字的詞，例如「房子」、「桌子」、「椅子」，「刀子」，同樣的，在台語就會說「桌仔」、「椅仔」和「車仔」。有些已經是兩個字的名詞再加上一個「仔」，就會有稍微輕蔑的味道。

玩象棋的時候，會說「兵仔」、「卒仔」，但是不會說「將仔」、「帥仔」，就像在軍中會有「士官長仔」，但是不會有「軍長仔」、「團長仔」。位階高的、重要的，比較不會被加一個「仔」。同樣的以前凳子叫「椅頭」或叫「椅頭仔」，長條椅叫「椅條」，但是「椅條」就不會被叫「椅條仔」。書、筆，是被敬重的物品，它也不會被加一個「仔」，反之，橡皮擦就有個「仔」。

「學生」通常會加一個仔，因為它相對於老師是較為卑微的，正常的時候「老師」，也就是「教員」，理論上不會被加一個「仔」。但是在民國四十、五十年代，老師被加一個「仔」字，是因為當時的老師很窮，被稱做「散教員仔」，是有輕蔑的味道。

前面提到「阿明仔」，這三個字當你唸7-5-7聲時是正常的，但是若是你唸7-7-8聲則可能是在叫一個年紀還小的「阿明」。這樣或許可以讓您更清楚「仔」的用法以及所謂「次等」的意味。

我常常在想，為什麼汽車品牌中，「裕隆」、「中華」、「福特」都會被加一個「仔」，「賓士」不加是可以理解的，但

是「豐田Toyota」也沒有。或許這是某一個程度上「品牌價值」
（Brand value）的反應。

本文拼音參考。——————————————————

漢字	十五音	羅馬字	台羅拼音	台語同音字
舅	龜七求	kū	kū	舊
伯	嘉四邊	peh	peh	擘
妗	金七求	kīm	kīm	——
姨	居五英	î	î	移
嬸	金二曾	chím	tsím	——
侄	巾八地	tit	tit	直
	巾四曾	chit	tsit	職

183

勥腳

我們常常提到有許多台語的字已經被誤寫，不過至少這些字還很多人知道該怎麼寫，可是還有許多字是大家不知道怎麼寫的。

我的外曾祖母，姓黃諱強，媽媽說她叫「黃強」，「強」字唸khiang-3，也就是我們常形容「強勢」的那個字，教育部說要寫成「勥」：勥，形容人精明能幹、能力很行、很強的樣子。例：「伊真勥，逐家攏真呵咾。」

一般來說，「勥」這個字多用於形容一位女姓能幹，但是這種形容通常是帶有「強勢」的貶意，例如最常用說某人的婆婆很「勥腳」時根本就是在說「過於強勢」，能力不是重點。（現在很多人把「勥腳」寫成「欠腳」，不但音不對，而且好笑，我不懂欠了腿怎麼強法？

形容一個人有能力會說「賢」，「賢」有兩個音，《彙音寶鑑》：【堅五喜】（hian-5），有德者、又善也、勝也。又，【交五語】（gaun-5），多才能也。但是教育部字典說是「勢」，表示能幹、有本事。例如：「伊誠勢（他很能幹）」；或「伊真勢講話（他很會說話）」；「勢做人（很會做人）」。並說異用字是「賢」、「爻」。教育部的說法，「賢」字是合理

的，而且基本上是正字，那「爻」呢？

看過一個Youtube影片，他說「嫪」的正字是「臤」、「勢」的正字是「爻」，因為「爻」是「學」的古字，學習要由「勢人」教。我並不太同意，因為「臤」同「賢」，他可能搞錯了；另外，「爻」【爻五語】（gaun-5，卦象，又交也），字形是手拿著東西，雖然真的是「學」的本字，後來加上更多的字元而成「學」，又再加上手拿教鞭變（「攵」）而成「教」的古字「斅」，但說成「勢」是有點牽強。

講一個人有能力還可以說「有才調」，沒有能力就是「無才調」。例：有才調你早就考肇（牢）矣！（有本事你早就考上了！）教育部字典說近義詞是「才情、本事、本領」。不過如果是上面的例句，我還比較傾向於換成「法度」。

形容手腳快、動作敏捷叫白話的說法是「腳手猛」（「猛」【更二門】（ben-2，敏捷的意思）或「緊手」（「緊」和「趕緊」一樣，快的意思），文言一點就可以說「扭掠」，例如：伊做事誌腳手真扭掠（他做事手腳很敏捷）。工具或器物小巧好用也可以用「扭掠」來形容。例：這支鋤頭真扭掠（這支鋤頭很順手好用）。

「猛醒」有兩個意思，一個是指警覺、反應快，例如：你下暗睏的時愛較猛醒咧（你今晚睡覺的時候要提高警覺）。另一種意思指人手腳敏捷、工作勤奮。例：伊腳手真猛醒（他手腳真敏捷）。

只是我還是很懷疑我曾祖母的名字是被寫錯了嗎？如果「嫪」才是對的，那麼我曾祖母的名字就是被寫錯。問題是我在

台語字典中找不到「劈」這個字。而「強」卻有khiang-3【姜二求】與【姜五求】兩個音。

本文拼音參考。

漢字	十五音	羅馬字	台羅拼音	台語同音字
強	姜二求	kiáng	kiáng	襁
	姜五求	kiâng	kiâng	𥘹
	恭五求	kiông	kiông	窮
欠	兼三去	khiàm	khiàm	芡
賢	交五語	gâu	gâu	——
	堅五喜	hiân	hiân	玄、弦
猛	更二門	béⁿ	mé	——
	經二門	béng	méh	蜢

184
食酒

　　有一次回家台南看爸媽，媽媽拿了她買的花生給我吃，我就跑去7-11買了啤酒。媽媽問我：「你有食酒喔？」

　　北京話說「喝酒」，但是「喝」[1]在台語的意思是北京語「訶」，大聲斥責，這個字並沒有北京語的「喝」的意思。台語用的是「飲酒」。「飲」有兩個音，【金二英】（im-2，水食曰飲）和【金一柳】（lim-1，飲酒、飲水）。偏偏我們教育部要用「啉」，說「啉」是喝、飲。例如啉水（喝水）、啉一杯（喝一杯）。異用字是「飲」。

　　教育部用「啉」的原因是認為「啉」有個「林」，它的音相同，只是調不同，而且《集韻》說「啉，一說飲畢曰啉」。我覺得這是有待商榷的，飲畢歸飲畢，我們說的包括要喝或正在喝，沒有說是要喝完才算；此外，「啉」在台語字典的讀作【甘五柳】（lam-5），意思是「貪也」，差很多！而且事實上早期的字典也都用「飲」，如同上面所說有兩種音，教育部竟以為只有一種「飲料」的（im-4）的音。難怪有那麼多研究台語的人都對教育部編的東西感到失望。

　　不過，我媽媽說的是「食酒」——吃酒。「食」廣泛用在飲

食，「喝酒」台語可以說「飲酒」，也可以說「食酒」，喝茶台語可以說「飲茶」也可以說「食茶」。吃檳榔可以說「哺檳榔」，也可以說「食檳榔」，吃甘蔗可以說「哺甘蔗」、「齧甘蔗」，當然也可以說「食甘蔗」（雖然動詞的意義稍有不同）。「哺」【沽七邊】（po-7，食在口也），相當於國語的「嚼」，「哺橡乳糖」就是嚼口香糖。

最特別的是抽菸，國語也可說成「吸菸」，但是台語說「食菸」，跟日文漢字「喫烟」很像。前面有提到「哺」（食在口），因此抽菸是叼一根菸在嘴裡，台語也可以說「哺菸」。

其實這裡要強調的是：不論吃、喝、嚼東西或抽菸，都可能可以用「吃」，也就是「食」。而就類似國語的用法，警察「吃案」也叫「食案」，「貪汙、黑錢」台語叫「食錢」。

只是我媽媽問我「你有食酒喔？」感覺好像我是酒鬼一樣，應該要修正一下。台語對於常喝酒、愛喝酒的人會稱呼「食酒人」，基本上並不是一個好的名詞。所以我對於「有食酒」的印象是「經常喝酒」。不過這都是對語言、文字的認知或個人語感問題，台語說「有吃X」是指「吃不吃X」，「有吃辣」表示可以吃辣的。

我相信我媽媽不會認為我是酒鬼，就算我是酒鬼，她也不以為意，因為後來我每次回去她都會幫我準備不同的酒。

後記。

Facebook有人回應：我都講「浩燒酒」，不知怎麼寫才對？

我說您說的「浩燒酒」，我猜是「喜歡喝酒」的意思，應該是「好燒酒」。關於「好」的音與用法：【姑三喜】（hon-3），意思是「愛也又不釋也」，這個用法例如於「好玄」中，意思似是「好奇」，對懸疑的事情好奇台語說「好玄」。

　　喜歡也可以說「興」，但是若是會「唌（癮）」（請參《阿娘講的話》冊之077篇〈唌乳〉），就有點麻煩，是可能有酒癮的。其實台語真的有很多文雅的說法，划酒拳的時後喊錯被罰喝，會說「貪杯」致意，真的很有禮貌。

本文拼音參考

漢字	十五音	羅馬字	台羅拼音	台語同音字
飲	金二英	ím	ím	——
	金一柳	lim	lim	——
啉	甘五柳	lâm	lâm	南、男
哺	沽七邊	pō	pōo	步、部
唌	堅三語	gìan	gìan	

185
頭儠儠

上星期去大姊家，隨便轉電視轉到日本相撲轉播，捉對拚搏的選手出場都會打著「頭前」幾的字幕。我並不確定是什麼意思，只能猜是目前戰績排名，「頭前三」可能是從前面排名數第三。

台語的前面有幾中說法，「頭前」、「頭前面」、「面頭前」、「面前」。

轉頭叫「斡頭」或「越頭」，回頭叫「翻頭」。

回過頭你的後面叫「後面」、「後壁面」、「後尾」、「後爿」、「尻脊後」、「尻川後」，或是「後頭」。不過，「後頭」要小心用，它也是「後頭厝」的簡稱，也就是出嫁女子的娘家。

身體也有很多「頭」，「肩胛頭」是肩膀、「尻川頭」是屁股、「牙槽頭」是牙關、「腳頭趺」是膝蓋、「心肝頭」是心頭上，手頭有不同的意思，經濟情況好壞是「手頭冗（ling-4）」、「手頭絚（an-5）」；出手打人下手重或輕是「重手頭」或「輕手頭」。「冗」與「絚」二字音與義都不完全接近，可能都是教育部字典借用字作為鬆與緊。（「冗」與「絚」請參

《阿娘講的話》冊之095篇〈緪偕冗〉）

　　形容一個人苛薄、驕慢、吝嗇、高傲，叫「苛頭」，「苛」是擺架子、高傲、不爽的意味。有一次大姊去傳統市場買菜，她不想買太多問老闆能不能買少一點，老闆竟然說不賣，大姊氣得回家一直罵那老闆：「做生理做曷遐苛頭（做生意做到那麼高傲）。」「氣頭」、「翹頭」也都有高傲、驕傲的意思，不過並不常用。相對於「翹頭」，如果頭低下來就是「頭儽儽」，一般人寫「頭犁犁」，「犁」跟低頭完全沒有關係。「儽」，【規二柳】（lui-2，懶惰或病也）

　　「碻仔頭」，是吝嗇鬼的意思，指吝嗇且態度強硬。

　　「大頭」也滿特別的，有「大部分」的意思，不過一般常用來指頭比較大的人，兒歌裡也是常被揶揄的對象，像第178篇提到的：

　　　大頭仔大頭仔一粒珠，相拍不認輸，
　　　揭竹竿，弄金龜，金龜一下飛，大頭仔放風吹，
　　　風吹斷了線，大頭个傢伙去一半。

　　還有：

　　　大頭仔，大下頦，一個嘴，闊外海，食飯飽，吐肚臍。
　　　大頭仔，大目眉，兩隻腳，若芹菜，爬樓梯，倒頭栽。
　　　大頭仔，大憨呆，一二三，唸未來，問伊名，講毋知。

對於想要爭取官位、頭銜、當領導人的人，台語會用「大頭症」來形容，例如「大頭症帶足重」。而「症頭」也泛指病症。

頭的用法還有一個奇特的，台語的「火車頭」不是火車車頭，是「火車站」；台語「車頭」一般是指「車站」，也可以是車子的前端。火車車頭叫做「火車母」。

本文拼音參考。

漢字	十五音	羅馬字	台羅拼音	台語同音字
冗	恭二入	jióng	jióng	茸、宂
脛	經五喜	hêng	hîng	型、行
苛	高一英	ə	o	蒿
儽	規二柳	luí	luí	蕊、壘
硞	江四去	khak	khak	確、殼
	公八去	khȯk	khȯk	矺

186
誠斯秩

　　再過幾天就要過年了，明年歲在庚子，生肖屬鼠。有個朋友寄了一張電子賀卡給我，上面寫「家金鼠喜」。雖然讓我看不太懂，但是鼠是明年生肖、家是一般春聯常用字、金與喜都是吉祥字，因此就不想想太多。

　　但是後來不小心看到下面一行字，說要用台語唸！看完讓我直搖頭，我真的不覺得有趣，一點也不！

　　看起來原創應該是希望我們用北京語唸，當作是台語「家真適舒（家很舒適）」。好吧，我們就一個字一個字來看。

　　「家」的台語唸【嘉一求】（ke-1）或【膠一求】（ka-1），而台語口語的「家」我們說「厝」或「兜」。也有人說「厝」應該是「茨」，「厝」用於陰的，如「大厝」，「茨」用於陽。唐詩〈尋西山隱者不遇〉有「絕頂一茅茨，直上三十里」，「茅茨」是指「茅草蓋的屋子」，但是我不覺得這有道理，而且事實上很多例子反而是拿陽的給陰的用。現在用「厝」比較多，也有人說「兜」有「圈起來」的意思，有更完整的「家」的意味，這就要拿英文來對照，Home和House是不一樣的，就跟家跟厝是不一樣。

「金」字就比較明顯它要用北京語發音來關聯連台語的「真」。「真」也可以當「很」，但是它比較接近有「實在」的味道，在台語中要表達「很」的意思的時候，也可以用「誠」或是「足」來表示。

　　「鼠喜」想說的應該是「舒適」的意思。舒適，許多人寫為「適舒」，但是「適」唸【經四時】（sek-4）或【經四地】（tek-4），「舒」唸【居一時】（si-1），合起來還是怪怪的。

　　有一種說法可以參考：「斯秩」。古時的漢語祝賀人新居落成或適誇讚別人的房子漂亮會說：「此間厝誠斯秩！」「斯秩」出自《詩經》〈小雅·斯干〉：

　　　　秩秩斯干，幽幽南山。如竹苞矣，如松茂矣。
　　　　兄及弟矣，式相好矣，無相猶矣。……

　　整篇文章在祝賀宮室落成，一開頭的「秩秩斯干，幽幽南山」是在講屋舍所處環境在幽邃的終南山，流淌著清澈潤水的地方。接下來是說兄弟和睦相處。之後提到「君子攸寧」，意思是「這是君子安寧的住所」。（但不可否認，音還是有點差異，幾千年下來，也是難免。）

　　「家金鼠喜」也算是火星文，對於這樣的火星文賀詞，我完全沒有按讚的動力。當我正要結束這篇文章的時候，我看到一則新聞，原來這是新北市所推出的簡易春聯，新北市長侯友宜說「家」除了當作「厝」也可以解釋成「遮」，「這裡」的意思，即便如此我還是不會多給分數。我不介意您說我是老派，迂腐，

不能接受新的事物，因為我們在這裡是希望能正本清源探討台語的原義原字。

新年到了，祝您新年快樂，事事如意！

後記

有網友反應：「第一次看到『家金鼠喜』也感覺莫名其妙。」也有人說：「這種惡搞漢字的火星文，我也無法難受。」

是的，不要再亂寫了！

本文拼音參考

漢字	十五音	羅馬字	台羅拼音	台語同音字
家	嘉一求	ke	ke	佳、加
	膠一求	ka	ka	膠、袈
厝	龜三出	chhù	tshù	次、處
	沽三出	chhò	tshòo	醋
兜	交一地	tau	tau	——
茨	龜一曾	chu	tsu	姿、朱
	居五曾	chî	tsî	薯
金	金一求	kim	kim	今
適	經四時	sek	sik	釋、飾
	經四地	tek	tik	得、德
舒	居一時	si	si	詩、屍
斯	龜一時	su	suh	司、思
秩	堅八地	tiàt	tiàt	徹、跌
遮	迦一曾	chia	tsia	嗟
	迦一入	jia	jia	——

187

腥臊豐沛

農曆十二月，各公司行號都在辦尾牙，每個人都希望在尾牙宴上大吃一頓還中個大獎。過去的公司和集團的尾牙，最大獎都是汽車，多的時候會加碼加到十輛，離譜的是曾有一位同事連三年中汽車大獎，不是羨慕，根本是被忌妒死了！忌妒的台語叫「妒忌」、「妒恨」、「怨妒」。看到別人有好東西眼紅，一般說「目眶狹」、「目眶赤」、「赤目」、「妒賢」。（「目眶」有人做「目空」，或「目孔」，事實上這三個字同音【江一去】（khang-1），因此「目眶」是比較適合的。）

有人說「做牙」來自祭祀易牙祖師爺，他是齊桓公的廚師，後被尊為廚師的祖師。也有人說是來自宋代軍中文化，軍隊出征前都會舉行祭拜軍旗之禮─「禡牙」，為的是祈求旗開得勝。而這樣的習俗逐漸從軍隊流轉到民間，正所謂「商場如戰場」，也從「戰無不勝」變成了「財源廣進」。

不過我比較相信「做牙」是來自古代的「牙商」。「牙商」就是現在所說的仲介，「牙商」抽的佣金叫「牙錢」。我們現在說被仲介商「吸一口」是有點太客氣，根本是「咬一口」。

「牙商」的店叫「牙行」，「牙行」在每月初二、十六舉行

「牙祭」，祭拜財神爺，祈求生意興隆。同時，也邀請上下游廠商來嚐牙祭，加強聯誼，也是維繫產銷關係的一種手段。被請吃「牙祭」的人就多了一次吃大餐的機會，人們稱這種享受為「打牙祭」。（現在打牙祭的台說「拜牙槽王」，這種說法跟祭「五臟廟」是類似。）

每年第一次做牙在農曆二月初二，稱做「頭牙」，由於是一年的開始，所以都很隆重，供品也豐盛，不過現在比較流行喝春酒。最後一次在農曆十二月十六，稱為「尾牙」。尾牙不只有請員工，還請供應商和客戶，其中一個目的是要通知結算一年往來帳目，提醒如有掛賬欠款的要趕快還清。所以有「頭牙請主顧，尾牙請脫褲」的俗諺。

尾牙除了抽獎、看表演，菜色也都會很豐盛，菜很豐盛現在都被寫成「澎湃」，但是正確的寫法應該是「豐沛」。「澎湃」【更五頗】（phe^n-5）【皆三邊】（pai-3）和「豐沛」【公一喜】（hong-1）【皆三頗】（phai-3）不一樣喔。

一般口語的說法是「腥臊」【更一出】（chhe^n-1）【高一時】（so-1）。「下暗哪會煮曷這爾仔腥臊？」（晚上怎麼煮得這麼豐盛？）。「腥臊」也可以轉為名詞，「吃腥臊」就是吃好料的的意思。「吃大桌」是指吃筵席，台語真的蠻有趣的。

祝大家中大獎囉！

本文拼音參考。 ————————

漢字	十五音	羅馬字	台羅拼音	台語同音字
妒	沽三地	tò	tòo	蠹、鬥
眶	江一去	khang	khang	空、孔
澎	更五頗	phên	phênn	彭、澎
湃	皆三邊	pài	pài	拜
豐	公一喜	hong	hong	風、封
沛	皆三頗	phài	phài	派
腥	更一出	chhe^n	tshenn	青、星
膝	高一時	sə	so	搔、娑

188
黑雞丸、蒜蓉枝

哥知道我喜歡吃甘納豆，每次回去他都會買大紅豆、小紅豆給我吃。大嫂問我喜歡吃大顆的還是小顆的，其實我都愛。從小愛吃零食，吃到有些年紀之後開始想念小時候的零食，有一天跟哥哥姊姊聊小時候的零食，有些只依稀記得發音，沒有概念要怎麼寫，也些竟然連名字都已經想不起來。

小時候隔壁的隔壁是家餅舖，各式各樣的餅都做，包括訂婚用的大餅，中秋節的月餅，過年用的年糕、節慶用的「紅龜」，到小朋友吃的小餅乾，有的上面還點綴各種顏色的糖霜的那種，甚至還有台式馬卡龍。

大餅也稱「盒仔餅」，現在北京語稱為中式喜餅。

由於太久沒吃，最近探訪幾家店，回憶起「紅龜」、「紅龜粿」、「麵龜」，這些是不一樣的東西，如果你不知道，去買來吃就曉得了。

餅舖也賣糖果，除了一般糖果還有三色軟糖，稱「軟糖仔」。還有「糖冬瓜」，是傳統的婚禮都會用到的，台語叫「冬瓜糖仔」。「成仁花生」是外面裹著紅色或白色糖的花生。有一種白色或紅色的混著的長條形餅，好像叫「紅白枝」。餅舖做鳳

梨酥，有時會剩下一些麵糰，老闆會揉成長條狀烤成餅，這是我最喜歡吃的「餅條子」。我原來以為全世界就只有我家隔壁的餅店有做，五十年後我才聽到一位基隆的朋友他小時候也吃過。

「蒜蓉枝」應該說是一種裹糖的麻花，有一個傳說：宋徽宗到青樓找京城名妓李師師，李師師受了感動請人做了「擰枝果」用來供奉牛郎織女，祈求她二人能像「擰枝果」永不分離，並希望從良跟隨宋徽宗。後來這傳到民間，被稱為「算良枝」（從良故）。清朝初年人們再裹上糖與蒜蓉，才更名「蒜蓉枝」。（我聽過有人稱它為「散良枝」，「散良人」是貧窮人的意思。這樣看來「散良枝」是訛音。）

「膨糖」是日本時代常見的自製零食，現在已經很少見，且幾乎都是當遊戲給小孩做好玩的，目的不在吃。「膨糖」長相像餅，但是其實都是糖，「膨餅」才是餅，不過他是空心的；「膨餅」可以直接吃，也可以挖洞放生蛋進去，再置於麻油鍋中煎熟，是婦女坐月子的補品，所以也叫「月內餅」。

「糖蔥」和「龍鬚糖」是不一樣的東西，前者是用白砂糖加水做的，酥脆而不硬，後者是麥芽糖加糯米粉拉出來的，柔軟且入口即化。

紅豆丸現在還買得到，它的台語叫「黑雞丸」。

貓耳朵叫「田螺仔餅」，現在大部分的貓耳朵是小小一片，以前的比較大，而且有超大的！

瓜子和蠶豆也是零食，蠶豆叫「齒豆」。

蜜餞叫「鹹酸甜仔」，我們鄉下買得到的種類不多，台南市安平有一家很有名的林永泰蜜餞，各式各樣的蜜餞，看得令人口

水直流。「鹹梅子」、「鹹橄仔」、「橤仔乾」和「王梨乾」是比較常見。

除了冰棒（冰枝或枝仔冰）和棒棒冰，有一種冰裝在橡皮氣球裡叫「冰球」。這種橡皮氣球不大，但是卻是做玩具很好的材料。

有些零食現在還有，「糖葫蘆」以前大都是用李子做的，所以叫「李仔糖」或「李仔扦」。

還有大豬公、乖乖、蠶豆酥、梅仔餅……，有更多不記得的，還有不知道怎麼稱呼的。有一種是我只記得約略的音但不知道怎麼寫的，白色薄片脆餅，好像叫「銅蓋餅」之類的，希望知道的朋友分享一下。

189
豬母食豆腐

　　台灣習俗中，結婚典禮禮堂上要掛母舅聯，喜宴要等到母舅到了才能開桌，母舅也一定要安排在主桌坐在大位。有一句大家耳熟能詳的俗諺：「天頂天公，地上母舅公。」母舅為何地位這麼高，許多人以為是過去母系社會使然，也有人說是受到平埔族母系氏族文化影響，這樣的說法並不可信，比較可信的說法是：古代醫藥與鑑定能力較弱，出嫁女子過世常需要其娘家族人協助確認，以避免因為誤判衍生法律問題。母系親族以外公為主，但是有時外公不方便或已身故，通常就由舅父代表。至今仍保有此習俗，母親過世的第一時間就要先「報外公」，喪禮時要以跪禮迎接舅父來弔唁，如果舅父不扶起外甥，外甥不得起立。喪禮結束母親娘家人要回去也要以跪禮「辭後頭」，一樣要由舅父扶外甥才能起身。

　　跟舅父相關的俗諺還有一句：「外甥食母舅，親像食豆腐，母舅食外甥，親像食鐵釘」，教育部字典裡只收錄前兩句，並解釋為「形容舅舅與外甥之間的關係親密。」這樣的解釋並不容易讓人理解，而且容易理解有所偏差，我覺得應該要從「食」字開始解釋。

「食」是「吃」，台語說「食人」是指「欺負人」或「占人便宜」。有一句話說：「巧个食憨个，憨个食天公」，就是說「聰明有心機的人欺負單純的人，單純的人只能靠（欺負）老天爺」。所謂「食人夠夠」就是「欺負人欺負的很過分、很澈底」。因此，這裡「外甥食母舅」其實是「外甥欺負舅舅」的意思。

　　北京語「吃豆腐」是指「占人便宜」，但是這裡的「食豆腐」卻是指「輕而易舉」，豆腐連咬都不用咬，入口即化。

　　如果把兩段四句話一起看，就會比較清楚，它的意思是：「舅舅會自然地照顧外甥，外甥要欺負舅舅、要占舅舅便宜，自然沒有什麼困難，舅舅都會答應，就像吃豆腐一樣，毫無困難。但是舅舅想靠欺負外甥，要占外甥便宜，就不容易了，即使在努力費勁進，都還可能無濟於事，就像吃鐵釘一樣困難，還可能弄出一堆傷。」

　　我有一位舅舅，他很聰明而且風趣。我們年輕的時候他會跟我們一起打網球。他每次跟我哥哥比賽打輸後就會說：「外甥食母舅，豬母食豆腐。」這樣的說法不知道是誰發明的，從來也沒聽過，我不知道是不是我那有創意的舅舅的發明，不過無論如何，理解為「輕而易舉」是沒有懸念的。

　　我並不覺得外甥就很壞，我們都很尊敬他，只是打球沒有讓他⋯⋯。

後記。

　　有位網友說：「我認為是舅父代行外公職權之故，如出嫁之探房，外公之身分不宜，如出嫁女死亡，早期交通不便，自以舅父代表。拙見，參考。」

　　是很合理，感謝。

本文拼音參考。

漢字	十五音	羅馬字	台羅拼音	台語同音字
辭	居五時	sî	sî	時、匙
	龜五時	sû	sû	詞、祠
巧	嬌二去	khiáu	khiáu	——
	交二去	kháu	kháu	口

190
豬砧

　　大部分的家長在孩子上小學的期間都要幫他們看功課，應該說是大部分的媽媽在看，我也是那種偶而插花的爸爸。小兒子功課最大的問題是國語，這是讓我覺得非常不可思議的事情，他的成語造句常常讓我不知道怎麼改，從文法來看是毫無破綻，但是意思表達就是很彆扭，後來我發現是他對成語背後的意涵不清楚，只了解表面或引申的意義。「彆扭」台語說「礙虐」。（「礙虐」參考《阿娘講的話》冊之044篇〈礙虐礙虐、逆篙逆篙〉）。

　　日前看到「母語教學網──諺語篇」講到「一尾魚，落鼎：比喻死定，或完蛋。」說他錯也沒錯，但就是覺得缺了點味道，就是類似上面所說的狀況。

　　一般而言會說成「一尾魚落人鼎」，或是完整的句子是「一尾魚落鼎，欲煎欲煮歸在人。」一條魚被人下了鍋，「落鼎」就是下鍋，是煎是煮就看人高興，由不得自己。「歸在」也做「據在」、「隨在」、「由在」，是「任由」的意思；所以，這句話說的結局當然百分之二百是死定了，但是語意重點不是「死定了」，而是「任人宰割」，怎麼死都由不得自己。除非你遇到天

黑黑裡的阿公阿嬤，我不是說他倆爭執要煮鹹或煮汫沒有結論可能會把你放生，而是你唯一的機會是他們「拚破鼎」。（「拚破鼎」請參《阿娘講的話》冊之47篇〈打馬膠〉）

「人為刀俎，我為魚肉」，台語有一句話是「做豬互人刣」。「刣」，用法很廣，殺人──刣人、割傷──刣著、剖西瓜──刣西瓜、殺價──刣價、刪去──刣掉。也算是很好用的一個字。但是，但是，又但是，「刣」音【恭一曾】（chiong-1，刮削物也）。唸【皆五他】（thai-5）的音中有一個字就是「殺」。而既然古早時候就有人用「刣」，現在大家也習慣，我們也就從善如流......。

刣豬是很重大的一件事。有一次在哈薩克，朋友帶我去吃馬肉，事實上是羊肉和馬肉混在一起。他吃得很開心，他說他們在過年或重大節慶才會殺一頭羊，還會分給親戚好友，吃馬肉就更難了。以前台灣殺豬也是有類似的習俗，才會有句話說：「刣豬公無相請，嫁查某囝覕大餅。」嫁女兒的時候送親友大餅叫「覕餅」，「覕」【公二喜】（hong-2），以前的意思是希望大家幫忙添嫁妝，但是現在是一種「報喜」的禮貌。這句話的意思是說有好東西不跟大家分享，需要別人幫忙出錢就廣知大眾。南部習俗定婚送「糕仔香蕉」，現在年輕夫婦生小孩滿月都會請吃油飯，動詞都是叫「覕」，但是平常是唸【經七喜】（heng-7）的音。

「互人做肉砧」，「肉砧」是專供烹飪，切割肉類的砧板。也引申作遭受凌辱、欺負的對象。去年底台北市長柯文哲頻頻質疑高雄市政府負債問題，要求前高雄市長陳菊講清楚、說明白。

陳菊回應每當柯聲量低，她就「互人做肉砧」，指柯文哲好像都要靠罵罵高雄來刷存在感。

此外，「肉砧」也指豬肉店或住豬肉攤。例：阿母去肉砧買豬肉。（媽媽去豬肉舖買豬肉。）菜市場裏，豬肉攤叫「豬砧」，賣豬肉人的叫「刣豬个」；魚攤、菜攤叫「魚架仔」、「菜架仔」，賣的人叫「魚販仔」、「菜販仔」；水果攤叫「水果擔」。

不論你是豬、魚、菜、水果，到了市場，最後的命運還是一樣，都會落人鼎，入人腹肚......

本文拼音參考。

漢字	十五音	羅馬字	台羅拼音	台語同音字
礙	皆七語	gāi	gāi	——
虐	姜八語	giàk	gik	瘧
刣	恭一曾	chiong	tsiong	將、彰
	皆五他	thâi	thâl	——
貺	公二喜	hóng	hóng	仿
	經七喜	hēng	hīng	幸、杏

191

莫怨太陽偏

　　現在八九年級的年輕人在國小的時候可能都念過「弟子規」，這是以論語學而篇：「弟子入則孝，出則弟，謹而信，汎愛眾，而親仁，行有餘力，則以學文。」分五個部分編寫的，講究的是待人接物的禮儀規範。

　　早期中國傳統的兒童啟蒙教材，「三百千千」（三字經、百家姓、千字文、千家詩）中的三字經是具有舉足輕重地位的。據研究，以「人之初，性本善」開頭的三字經成書於南宋時期。

　　而相對於「性善說」，對人性的認識以「性本惡」為前提的《昔時賢文》，若以書名最早出現於明朝萬曆年間的戲曲《牡丹亭》推測，這本書最遲編成于明朝萬曆年間，而經過明、清兩代文人的不斷增補，成為現在這個模樣，故稱《增廣昔時賢文》，或稱《增廣賢文》。

　　《昔時賢文》書名的白話書名應該是《古佳句選》，它以有押韻的諺語及佳句編寫而成。談人及人際關係、談命運、談處世之道，也談對讀書的看法。從禮儀道德、典章制度到風物典故、天文地理，幾乎無所不含。文中有很多強調命運和報應的內容，認為人的一切都是命運安排的，人應行善，才會有好的際遇。這些

內容有其消極的一面，但它宣導行善做好事，則是值得肯定的。

　　《三字經》和《昔時賢文》是我父親小時候念的書，也是那個時代學習漢語的重要書籍。我小時候父親教我唸過《三字經》，沒教我唸《昔時賢文》，但是長大後竟然發現，《昔時賢文》的內容被大量用在黃俊雄的布袋戲中，因此即使沒有唸過，卻也不陌生。例如：

　　　　「近水知魚性，近山識鳥音。」
　　　　「有意栽花花不發，無心插柳柳成蔭。」
　　　　「馬行無力皆因瘦，人不風流只為貧。」
　　　　「古人不見今時月，今月曾經照古人。」
　　　　「寧可人負我，切莫我負人。」

　　一句一句唸著這些句子，眼前就會浮現出一尊一尊的布袋戲偶，特別是秘雕的「山中有直樹，世上無直人。莫信直中直，須防仁不仁。」雲州大儒俠史艷文的詩號：「回憶迷茫殺戮多，往事情仇代如何？絹寫黑詩無限恨，夙興夜寐往徒勞。」藏鏡人的詩號很多，像「藏龍臥虎今懦夫，鏡裡罪容化成無；人情冷暖難回首，嘆留多少傷心事。」、「順我者生、逆我者亡！」、「我是萬惡的罪魁藏鏡人，吾命由我不由天！」秦假仙：「眾生云云難貌相，海水滔滔難斗量；平凡不是平凡客，事情百態掌握中。」還有太陽偏的「自恨枝無葉，莫怨太陽偏。」

　　有位網路作家劉懿履寫了一段話很有意思，摘錄於下：

《昔時賢文》以冷峻的目光洞察社會人生：

親情被金錢污染，「貧居鬧市無人問，富在深山有遠親」；

友情只是一句謊言，「有酒有肉多兄弟，急難何曾見一人」；

尊卑由金錢來決定，「不信但看筵中酒，杯杯先敬有錢人」；

法律和正義為金錢所操縱，「衙門八字開，有理無錢莫來」；

人性被利益扭曲，「山中有直樹，世上無直人」；

世故導致人心叵測，「畫虎畫皮難畫骨，知人知面不知心」；

人言善惡難辯，「入山不怕傷人虎，只怕人情兩面刀」。

　　我的重點不在於《昔時賢文》的內容，而在於「以台語唸《昔時賢文》是學習台語極佳的方法」，建議您不妨用台語唸一唸上面的句子，或有興趣的話找《昔時賢文》仿照劉三、史艷文、劉萱姑、藏鏡人、到荒野金刀獨眼龍、黑白郎君、素還真的口氣，從頭唸到尾，很有趣喔！

192
鐵齒銅牙槽

　　偶然間翻到「世說台語──河洛話正解、正則、定音」一書，書中提到「恥己」被誤寫為「鐵齒」。他說河洛話的「恥己」有兩種意義：一個是做不信邪解。恥，古做恥，有止於耳之意。孔子不語怪、力、亂、神。怪、力、亂、神之事使止於自己之耳，不再亂傳，叫做「恥己」。另一個是做嚴格要求自己的行為要端正，不得做羞恥之事解。所謂「行己有恥」就是這個意思。

　　看了這本書我覺得作者挺有學問的，他用了許多的古字、推翻了很多一般對於漢語用字的研究。但是對於「鐵齒」為「恥己」的說法，我並沒有被說服。

　　我們談過文字義涵有時無法完全由「解釋」清楚地表達，特別是用在引申意義時，「不信邪」也是這樣。「不信邪」並不是字面上的不相信神鬼，它就是單純的不相信、固執。另外，所做之事也不一定跟端正不端正、羞恥不羞恥有關，因此他的兩個說法都是值得商榷的。再者，「己」和「齒」聲母不同，一個是【求】，一個是【去】。

　　「鐵」用在人身上並不少見。我們現在最常見的是「鐵人三項」運動。有一句話：「鐵拍个身體，不堪三工个落屎。」那也

是早期一種治腹瀉藥品的廣告辭，意思是說的再強壯的身體，也受不了連三天的腹瀉拉肚子。

　　小時候看古裝連續劇，每次有算命先生出來，他都會拿一支旗桿，上面白布寫著黑色「鐵口直斷」四個大字，「鐵口直斷」是指算命先生相術高明，預測準確。

　　2001年大陸有一部連續劇「鐵齒銅牙紀曉嵐」，他們對「鐵齒銅牙」有兩種解釋，一是口齒伶俐、學識淵博，辯才一流；二是指意志層面的，這種人認準了一件事，就得辦成。紀曉嵐基本上是第一種，而一般台語的用法接近第二種，指一個人固執、頑固，不聽別人的意見與規勸、不信邪。

　　而完整的說法是「鐵齒銅牙槽」。但我也在網路上看到一篇文章說：

　　　　網路上大都是「鐵齒銅牙槽」，但是我覺得「鐵齒重牙槽」才對。意指牙齦承受不了鐵齒的重量，通常用於長輩規勸後輩不要「鐵齒」。網路上「鐵齒銅牙槽」的解釋與「鐵齒卡重咧牙槽」存在矛盾。老一輩的人在說「鐵齒卡重咧牙槽」的時候完全沒有「銅」的意思在裡面。「銅」比「鐵」軟，在台語裡面要強調「鐵齒」不需要用比較軟的銅來陪襯。「鐵齒重牙槽」應該是「鐵齒卡重咧牙槽」的簡短化。「鐵齒銅牙槽」可能只是一開始某個人在文字化時自作主張，然後很多人跟著他錯。

　　這樣的說法有三個問題，一、他怎知道有沒有「銅」的意思

在裏面？二、「重」與「銅」音調不同；三、「文字化時」的用詞表示他認為原先沒有文字，我同意語言一開始是沒有文字，但是當發展到能使用這樣的「成語」時，不會沒有文字，我認為是個誤解。重點是這位作者他所稱「鐵齒重牙槽」的說法不太能解釋我們所謂「鐵齒、不信邪」的意義，而這也是我對「世說台語——河洛話正解、正則、定音」一書中說是「恥己」存疑的原因。

台語常常因為口傳的偏差而造成誤解，《阿娘講的話》冊之010篇提到「姑不而將」被寫為「姑不二章」甚至衍生「姑不二三章」就是一個例子。「無影無跡」被誤為「無影無隻」而衍生出「無影無一隻」也是類似的狀況。語言文字會因時因地而有變動，其實這也是我們目前希望找出正確或適當用法所遇到的困難。錯誤的判斷在所難免，但是提出來討論總是好的，一來可以透過多方的見解與討論尋找較適當的答案，二來也讓更多人一起來關心漢語。

我也可能會犯很多錯，希望大家提出檢討，我們大家都不要太「鐵齒」。

本文拼音參考。

漢字	十五音	羅馬字	台羅拼音	台語同音字
恥	居二他	thí	thí	褚、褫
鐵	居四他	thih	thih	——
己	居二求	kí	kí	舉、矩
齒	居二去	khí	khí	起
銅	江五地	tâng	tâng	同、童
重	江七地	tāng	tāng	動

草螟弄雞公

　　母親在擔任村子裡早覺會會長的期間受到會員們很大的支持與協助，今年過年前我寫了百幅春聯送給這些會員，每幅都以會員的名字冠首做聯。我遇到幾個難題，第一個是有位阿姨叫姓吳，單名麵，我的功力還不夠，沒辦法造出滿意的對句。第二個是「趑」字，這個字我原本不認識，查了字典才知道它的北京語讀音為「ㄧㄣˇ」，是「趂」的古字，「趂」的意思是「低頭快走」。很妙的是我們小小一個村子，竟然有兩位姊姊名字有這個字，「水趂」和「麗趂」。「趂」，【金二語】（gim-2）。

　　這些解決之後，我還有一個問題，有位阿姨姓陳，單名「䮻」，雖然它讀做【更二門】（beⁿ-2），說是我們平常所謂「敏捷、快速」，但是字典並沒有「䮻」這個字，不知道是誰創造的；不過這字倒是造得滿有趣的，馬快快走，很符合敏捷迅速的意思。

　　父親跟我說有一首童謠「草螟弄雞公」，或許從「螟」去查可以找到相關資訊，結果我意外發現「草螟」不是蚱蜢。「螟」是【經五門】（beng-5，螟蛉蟲名），螟蛉泛指稻螟蛉、棉蛉重、菜粉蝶等多種昆蟲的幼蟲，《詩經·小雅·小宛》：「螟蛉有子，蜾蠃負之。」蜾蠃常捕捉螟蛉存放在窩裡，然後產卵在牠們

身體裡，卵孵化後就拿螟蛉作食物。古人誤認為蜾蠃不產子，餵養螟蛉為子，因此用「螟蛉」比喻義子。也就是說蚱蜢不該叫「草螟」，應該是寫錯了。

於是，我回過頭用發音來查《彙音寶鑑》【更】字韻【門】聲母的字：

【更一門】有「摵」，手取物；

【更二門】有「猛」，猛捷也；

【更四門】有「咩」，羊聲也、「蜢」，草蜢也。

【更五門】有「夜」、「冥」、「盲」、「鋩」等等。

【更七門】有「罵」。

【更八門】有「脈」。

最有嫌疑的就是「蜢」，《康熙字典》說：「蜢」，蚱蜢，燕謂之螇蜢、螳螂。

搞了半天，台語說的「草螟」是螳螂，但是應該寫為「草蜢」才對。「螟」【經二門】（beng-5），是螟蛉、「蜢」【經二門】（beng-2）是蚱蜢，但是螟蛉、蚱蜢、或螳螂、蟋蟀、蝗蟲，都是不一樣的昆蟲，只是現在大家都已經很習慣「草螟弄雞公」的寫法了。

最後，我們還是要解決「趨」這個字。其實，我們也發現許多「門」聲母、「更」韻母的字常常也都可以發「經」字韻母。「猛」、「暝」、「明」、「茗」......都是。本冊之183篇〈劈腳〉有提到，【更二門】有「猛」，猛捷也；「猛掠」，是敏捷，例：「伊做事誌真猛掠，一睏仔就做好矣。（他做事很敏捷，一下子就做好了。）」所以這位阿姨應該要改寫她的名字為

「陳猛」。「猛」的另一個發音就跟「蜢」【經二門】一樣，「猛」的意思：勇也，威也，暴也。

手腳快、做事很迅速也可以用「扭掠」或「猛掠」來形容。

快過年了，放假前做事要「猛掠」一些，才不會耽誤到假期。

本文拼音參考。───────────────

漢字	十五音	羅馬字	台羅拼音	台語同音字
趁、趂	金二語	gím	gím	──
趒	更二門	$bé^n$	mé	猛
螟	經五門	bîng	bîng	明、暝、盟
蜢	經二門	béng	méh	猛
搣	更一門	be^n	me	──
猛	更二門	$bé^n$	mé	──
	經二門	béng	méh	蜢
咩	更四門	beh^n	meh	蚌
夜	更五門	$bê^n$	mê	冥、盲、鋩
罵	更七門	$bē^n$	mē	──
脈	更八門	$béh^n$	méh	──

194
歪喎錢

Sogo百貨經營權之爭,在立法院掀起大波,不分藍綠黃,立委集體收賄。

「A錢」這個詞應該在2000年左右才開始流行,意思是用不正當的手段把別人的錢挪過來據為己有,但是A是什麼字卻好像沒有明確的答案。

整理了「王國良的部落格──『A錢』一詞是北京語?還是台語?」、劉建仁「A錢(e-tsi)—侵占錢財,台灣話的語源與理據」等文,他們的說法是「A錢」的來源有可能有三種:

「A錢」如果源自北京語,應該是寫為「掖錢」。「掖」有兩種讀音,一是「一ㄝˋ」,意思是用手扶著別人的胳臂,同「腋」;或「一ㄝ」,把東西塞在衣服或夾縫裡,有「塞」、「藏」的意思,這與「A錢」的意思是相符的。

「A錢」如果是台語,應該寫作「挨錢」,「挨」除了有「靠近」的意思,也有「推」、「磨」或「從旁邊碰到」的意思,例如用弓拉弦樂器叫「挨弦仔」,把米磨成米漿來作粿叫「挨粿」,把東西推倒叫「挨倒」。

他們解釋說錢被人靠近或碰到才會被A走,而磨東西,自然

漸漸減損，A錢也是如此，錢財常常是在不知不覺中被A走。

還有一種說「A」如果是英文，那應該是「Abuse」，亂用、誤用或濫用的意思。

這些文章的結論是：如果是北京語，為何不直接寫「掀錢」？如果是台語，被認定為是「挨錢」應該是毫無疑問的。

邏輯是應該要先確認它源自何處沒錯，答案就會跟著清楚；但若無法判定語源我們再來討論這用字的適當性。他們對於北京語「掀錢」的說法是很合理的，而且「掀」，【經八英】（ek-8），其實也有與「A」一點點的相似。只是媒體會用英文字A來寫，表示他原來並不是要寫北京語，應該是台語，而台語被認為應該用「挨錢」的根據基本上是在選用於符合「A」的發音，但是字義的解釋太過於遷強。而且，應該是用「推」這個字。

我倒覺得可以考慮「提錢」。台語「提」，【嘉八他】（theh-8，手提物也），【嘉五他】（the-5，提挈，又拘也，又孩提）。北京語「提錢」是指去銀行提款領錢，台語「提錢」是「拿錢」。台語腔調的差異，很多地方把「提」【嘉八他】（theh-8）說成【嘉八英】（eh-8），這根本就是「A」的音，我相信這是很多人都聽過的腔調，例如：「伊叫我加錢提互你。」就是「他叫我把錢拿給你。」

沒有錢要去「賺錢」，不要亂「提錢」，「賺錢」台語寫為「趁錢」。

賺了錢要存錢，「存錢」台語是「儉錢」，拿去銀行存叫「寄錢」，要用的時候提出來叫「領錢」，錢領出來花用，「花錢」叫「開錢」。

跟朋友調頭寸叫「攝錢」，「攝」，【規三柳】（lui-3），這字的意思是把整鈔或但單位的錢換為小單位作零用，應該是最符合的字。（一般是做【規二柳】（lui-2））

君子愛財，取之有道，千萬別「食錢」，「食錢」是「貪汙」的意思，也不要亂「A錢」，我媽媽跟我說那都是「歪喎錢」。[1]

本文拼音參考

漢字	十五音	羅馬字	台羅拼音	台語同音字
掖	經八英	ėk	ik	亦、譯、易
挨	嘉一英	e	e	──
	皆一英	ai	ai	捱、哀
提	嘉八他	thėh	thėh	宅
	嘉八英	ėh	ėh	狹
儉	兼七去	khiām	khiām	──
攝	規三柳	luì	luì	──

195
歌仔冊

有同事說公司尾牙後再去卡拉OK唱歌，呵，我連尾牙都不想去了還去唱歌？

說起卡拉OK，那是年輕時的遊戲，現在對卡拉OK這種吵雜喧鬧的場所已經沒啥興致了，而且不但新歌不會，連唱一首自己覺得較新的都被驚呼：「老歌耶！」所以，如果你要找我去卡拉OK勉強可以接受，但條件是不要唱太多十年內的歌。

1980尾到1990年初期，我們有一群無聊同伴常去唱歌，一到包廂就會有人矇頭點歌，點到沒人要唱的歌是常有的事，所以點了又切，切了又點本就稀鬆平常。但是有個朋友從來都不點歌，也總是默默坐在角落，不是她不會唱或不愛唱，而是大家遇到不會唱的歌就把麥克風遞給她，她沒有不會唱的歌，她根本就是一本活歌本，我們叫她「百歌全書」。

歌本是我們高中時期重要的閱讀書籍，彈吉他都要靠它，約莫12公分寬10公分長，1.5公分厚，裡面是一首一首當時流行的校園民歌，不但有歌詞、簡譜，還標示吉他合弦，甚至合弦指法。

聽說有簡譜的歌本大概是1940年代才有，更早之前的只有歌詞，那應該就是所謂的「歌仔冊」。目前所知最早的木刻本

是清朝道光六年，西元1826年的《新傳台灣娘仔歌》。「歌仔冊」寫的是當時流行歌謠的歌詞，有一歌一本、一歌多本（比較長的歌分很多集）、還有多歌一本的合輯。而歌謠內容廣泛，舉凡百姓生活所及，文學、戲劇、音樂、天象、工藝、民俗、宗教、語言、歷史、時事、故事、傳說、年中行事、各行各業、乃至樹木花草、蟲魚鳥獸等等，都可能入詞。因此流傳至今，變成是檢索庶民百姓口語的百科全書。

例如《台灣舊風景新歌》從「以前台灣無王化，天氣平和無寒熱；有人討力船打破，逃來台灣即生活。」、「原早台灣無人管，平陽礦土專生番；明末清初天下亂，國姓即來開台灣。」說起，講的是台灣歷史，全歌84葩（一句七字，四句一葩），全文2,352字。西元1908年福建安溪人陳福星來台灣遊歷，寫了《外出歌全本》，記載了乙未割台後十三年台灣文明發展讓中國人驚豔的事實與心情。早期台灣居民械鬥頻繁，《械鬥歌》就具有參考價值。《十二碗菜歌》講的是備菜到上十二道菜以至於送客的過程，整首五十七葩。

但是「歌仔冊」是一種表音文字紀錄，如果用「歌仔本」上的字來推論漢語的寫法那出錯的機會就很高囉！（包括上面我們節錄的《台灣舊風景新歌》原文就有錯字）

傳統漢文有「正音」及「俗解」之對立，簡單來說，如果一個字是較艱深或冷門，讀者看不懂那個字就發不出音，當然也就看不懂意思，以至於歌仔冊多以漳泉俗語土腔編成白話，而漢字表義的功能常常被放棄，以「直音」或「近音」表記甚至完全不理會漢字固有的「音義連結」，而只把漢字當拼音字母使用，所

以別字、俗字、省筆字甚至是自造字非常多。

例如《十二碗菜歌》有一句「豬肝有人叫花干，一碗滿滿真正最；阿娘个人真賢廢，省人僥心著連回。」其中「最」應是「贅」，「多」的意思；「廢」應是「慧」字誤寫，四句就有兩個地方錯，而且這樣的例子太多。

古時候不識字的人很多，因此用簡單的字表音或許是有幫助，但是現在識字與不識字的比例應該是完全顛倒，六十五歲以下都接受過完整的教育，不識字的是極為少數，實在不需要再用百年前「表音」那套作法。要繼續這樣做，我只能說是自甘墮落。

話說回來，古代的「歌仔冊」有它的參考價值，但是用歌仔冊上的字來認定或推論台語的正確用字，真的不是好的建議。

本文拼音參考。

漢字	十五音	羅馬字	台羅拼音	台語同音字
葩	膠一頗	pha	pha	吧
最	檜三曾	choè	tsuè	贅
濟	嘉三曾	chè	tsè	際
廢	規三喜	huì	huì	費
慧	規七喜	huī	huē	惠、卉

196
仳

　　幾年前有個流行詞彙「很ㄅㄧㄤˋ」，「ㄅㄧㄤˋ」是「不一樣」的合音，意思是「酷、炫」。中文的合音現象在古時候就有，沈括《夢溪筆談·藝文二》：「古語已有二聲合為一字者，如『不可』為『叵』，『何不』為『盍』，『如是』為『爾』，『而已』為『耳』，『之乎』為『諸』之類。」

　　現在的北京語口語最常見的是「這」、「那」、「哪」與「一」的合音，「這」與「一」的合音讀作ㄓㄟˋ。這段話聽起來很習慣：「我的帽子是這一（ㄓㄟˋ）頂，你的帽子是哪一（ㄋㄟˋ）頂，他的帽子是哪一（ㄋㄟˋ）頂？」

　　台語也有合音現象，最常被舉出來的例子是東西「不見了」，「不見了」台語是「壞不見」或「拍不見」，但是合音的結果，「壞不見」三個字唸成Pong-gen兩個音。

　　《歌仔冊起鼓──語言、文學與文化》一書針對舊時歌仔冊中的記載，並比對不同的地方腔調，舉出幾個在歌謠中的合音詞：

　　「我未閣¹再共汝問，未知省把南天門」（邱清壽天文地理歌），「省」是「啥人」的合音字，也有人寫成「仕」，在《武家坡富國斬魏虎》中有「連珠火炮談三聲，兩軍對峙就報名；

刺看仗卜無命，千軍萬馬都不京[2]。」「啥人」（sia-2·lang-5）合成（siang-2）。「仗」的國語音「ㄔㄤˊ」是「長」的俗字。這裡除了「仗」這樣找一個近似音替代連音字，可以發現還有好幾個錯字（不是我打錯字喔），足見過去表音作法而不顧字義的問題。

《包食穿歌》（1932周協隆）「二更眠夢真親像，夢娘眠床困全張；我齊答影爬起想，床前床後摸無娘。」，「一下」（tsit-8·e-7）合音變「齊」（tse-5）。

同一首歌裡有「娘仔奉包真不好，提無錢銀殺出刀；變面敢刣大無柏，有時汝衛流紅膏。「奉」是「互人」的連音。

《食新娘茶講四句歌》有「真白肉小粒只，玻璃襪金薛薛；甜茶那捧來，咱著僅共接。」這裡的「共」實際上是「加人」，ka-lang變kang。

《張玉姑靈應歌》「午後三點返新港，歡送計達幾萬人；善男信女塊皆送，附近強卜總動員。」，「皆」是「加伊」，（ka-7·i-1）變成（kai-1）。

其他還有些例子我們平常也滿常用的，例如「查某人」tsa-boo-lang變tsau-lang、查某囝tsa-boo-kiann變tsau-kiann、四十si-tsap變siap（其實「四十」寫為「卌」）或是「不用」唸成bong、佇咧ti-leh變the、起來khi-lai變khai。

以前我家是日式宿舍，隔壁是派出所，我從小聽到人們稱「派出所」為Pa-so，基本上這也是一個連音現象。不過，「宿舍」怎麼唸？「宿」的i的音也被略了，這屬於聲略音，不是連音的問題。

某個程度上來說，它也是「有些台語找不到對應漢字」的原因。於是有些人變成「現代倉頡」，造了新字。表示「不要」的「勿愛」m-ai造「嘪」（mai）、「無愛」bo-ai造「嘪」（buai）。

　　從以上的例子來看，如果「ㄅ一ㄤˋ」代表新潮，台語實在太「ㄅ一ㄤˋ」了！

本文拼音參考。

漢字	十五音	羅馬字	台羅拼音	台語同音字
宿	恭四時	siok	siok	淑、蕭
	ㄐ三時	siù	siù	秀、獸

註釋

1　「閣」建議用「更」。《彙音寶鑑》這個音也有「復」字，或許是訓讀。

2　「京」為「驚」之誤植。足見舊時歌本只能參考音，但不建議以其用字來作台語用字之參考。

197
打噎呼噎仔

　　有一次不知道為何突然打嗝，「呃、呃、呃」，呃個不停。有個朋友說：「打嗝要喝橋下的水。」裝一杯水，一手拿著，另一隻手的食指跨在杯口當作是做「橋」，然後把水喝下就好了。有另一位朋友說不用那麼麻煩，連續喝十一口茶水就好了。只是我喝了半天還是沒好，朋友突然問我：「打嗝的台語是什麼？」

　　北京語「打嗝」有兩種，一種是打飽嗝，當我們吃飽喝足，胃裡的氣體從食道、口腔排出來，叫做「打嗝」，餵嬰兒吃完奶，通常也要拍背幫他把肚子裡的空氣排出，叫「拍嗝」；「打嗝」最常出現在快速喝汽水的時候，會有大量的二氧化碳排出，還會給人一種舒暢的感覺。這種「打嗝」台語叫「拍呃」。「呃」，【經四英】（ek-4，氣逆上衝）。

　　前面「拍呃」是教育部的建議；《彙音寶鑑》中【嘉四英】（eh-4）才是我們平常說的打嗝的音，有個字「噎」，噎氣打噎，應可以考慮。

　　另外一種是食道抽搐造成的連續性的打嗝，是與橫隔膜、肋間肌、中樞神經、迷走神經相關的抽筋式打嗝，台語叫「呼噎仔」（khoo-uh-a）。只是這兩種北京語都叫「打嗝」，所以

相較之下，台語真的是比較細緻的。只是「呼」是【沽一喜】（ho-1），一般走音為【沽一去】（kho-1）；「噎」，【經四英】（ek-4）變成【龜一英】（u-1）的音。

「打呼」台語叫「起鼾」，有句俗諺：「鼾人無財，鼾豬無剖」是說「會打呼的人沒有錢財，會打呼的豬不殺」，用來嘲笑會打呼的人。鼾，也是打呼的擬聲，但在使用上常常直接指打呼。例：「伊睏會鼾，偕伊睏足吵兮（他睡覺會打呼，跟他一起睡很吵）。」不過，「鼾」音【干二喜】（han-2），因此，它應該也是訓讀字。

「打哈欠」台語除了宜蘭腔說「擘哈」，大概都是說「哈唏」。「哈唏」也有人寫成「哈噓」或「哈肺」，基本上都是取近似音，「噓」、「唏」、「肺」都是聲母為「喜」、韻母為「居」，分別是第一、第二與第三聲，從聲調看是「哈肺」【居三喜】（hi-3）最接近。

「打噴嚏」台語叫「拍咳啾」或「哈啾」，很明顯的，「咳啾」和「哈啾」就是打噴嚏時所發出的聲音。

「呃」、「鼾」、「唏」和「咳啾」基本上都跟聲音近似，北京語有「非聲音」的名詞，只是不知道為什麼台語沒有？或是我沒找到資料？或是已經失傳？

對了，為什麼「會打呼的豬不殺」？不懂......

本文拼音參考。

漢字	十五音	羅馬字	台羅拼音	台語同音字
呃	經四英	ek	iah	益、抑

漢字	十五音	羅馬字	台羅拼音	台語同音字
呼	沽一喜	ho	hoo	訐
嘖	經四英	ek	iah	益、抑
釬	干二喜	hán	hán	悍、罕
噓	居一喜	hi	hi	熙、希
唏	居二喜	hí	hí	喜
肺	居三喜	hì	hì	戲

198
台灣情詩

　　前幾天父親寄了幾首所未「台灣情詩」給我看，是他在村子裡上台語推廣課用的教材內容之一，基本上這些都是打油詩式的歌謠。

　　阮兜：
　　阮兜帶置娘厝後，不時看娘在探頭，情意總有九分九，路邊相遇頭勾勾。

　　金蠅也歇美花蕊：
　　金蠅也歇美花蕊，蝴蝶看著緊飛開；實在真正不死鬼，汝的地盤在糞堆。

　　偕君約在後壁溝：
　　偕君約在後壁溝，菅尾打結做號頭；天壽啥人給阮解，打歹姻緣是無賢。

　　所謂的「打油詩」就是順口溜式的詩，這種詩不講究平仄

對杖，意境不高、詞藻不美，只講究趣味性，娛樂大眾。聽說唐朝有個書生，姓張名打油，他是位樂觀風趣的書生，赴考未得功名，卻整日悠哉閒逛，每次興致一來就寫詩過過詩癮，「江山一籠統，井口一窟窿，黃狗身上白，白狗身上腫。」就是他的傑作。聽說有一次他去參觀新蓋好的縣衙，詩性又發，在白色牆壁上寫了一首詩：「六出九天雪飄飄，恰似玉女下瓊瑤，有朝一日天晴了，使掃帚的使掃帚，使鍬的使鍬。」縣太爺看了很生氣，派人把他抓了來，問他為何亂寫，張打油說：「吟詩作文乃高雅之事，何必在乎區區一面牆壁。」於是縣太爺便以當時南陽城被安史之亂叛軍圍困為題材要他做詩，做得好就放過他。

張打油唸到：「賊兵百萬困南陽，也無救兵也無糧。」本來第一句還滿有氣勢的，怎第二句就弱掉了……

接下來他又唸：「有朝一日城破了，哭爹的哭爹，叫娘的叫娘。」讓當場的人笑翻。後來此事傳開，張打油成為名人，這樣的順口溜詩稱為「打油詩」。

最前面所說的台語打油詩都是七言絕句，基本上每句都押韻，與一般七言絕句詩第三句不押韻是不同的。據說它也可以唱，只是現在會唱的已經很難找，看來就要失傳了。現在只能由僅存的文字欣賞它們的趣味。

千里路途：
千里路途不嫌遠，見面親像蜜攪糖；苦無時鐘行倒轉，好話未講天先光。

玉蘭花開：
玉蘭開花鄉透天，挽入房間香歸暝；將花提入虼罩內，半
暝香到枕頭邊。（「虼罩」為「蚊帳」。）

紅菊花開：
紅菊花開葉做茶，盡心相好無幾个；咱金神明著來下，父
母嬤罵咱二个。

金英結籽：
金英結籽成葫蘆，稚雞大隻尾拖土；可惜一人帶一路，二
人未得睏共鋪。（「共鋪」指「同鋪」）

二隻鬍蠅跋落湆，起來二隻平平澹；阿君汝慘我也慘，拆
散姻緣啥人甘。

「鬍蠅」為蒼蠅，「跋落」應是「踣落」，「跌落」的意
思；「澹」，【甘七地】（tam-7，恬靜也），應是取音近似做
「溼」之義；也有建議用「霑」字者，【兼一地】，雨霖漬也，
我覺得這個較合理。「湆」國語音「ㄑㄧˋ」，陰濕或肉湯，台
語音【甘二英】（am-2），粥飯的湯。

後記 。

網友問：「『後壁溝』是在今天的後壁？」

「後壁溝」的「後壁」是指「後面」。「後壁」地名由來是因她在頂茄冬的後面，而被稱為「後壁寮」。這「後壁溝」的「後壁」應該也是表位置關係，而非現在地名。

本文拼音參考。

漢字	十五音	羅馬字	台羅拼音	台語同音字
湆	甘二英	ám	ám	闇
澹	甘七地	tām	tām	淡

199
宜蘭的滷蛋

　　從小在台南長大，周圍都是台南人；大學的時候才有不同縣市的同學，有不會講台語的台北人，也有講台語讓我聽起來怪怪的鹿港人和宜蘭人。宜蘭那位同學的「食白飯，配魯卵，魯卵酸酸、軟軟、黃黃，食曷光光」根本是讓所有西部同學掉下巴。其實，鹿港和宜蘭講的才是比較純正的泉州腔和漳州腔。

　　痞客邦有位筆名「阿伯」的退休先生，在「鹿港腔和宜蘭腔的背後」一文中，舉了一些泉州腔和漳州腔的差異，讓我們可以容易地區分這兩中腔調的差異。原文部分用注音符號注音標音，我摘錄他的部分原文如下：

　　「寫信」，ㄒㄧㄚ ㄆㄨㄟ是泉州腔，ㄒㄧㄚ ㄆㄟ是漳州腔；

　　「買」東西，ㄇㄨㄟˋ是泉州腔，ㄇㄟˋ是漳州腔；

　　「雞肉」，ㄍㄨㄟ ㄇㄚˋ是泉州腔，ㄍㄟ ㄇㄚˋ是漳州腔；

　　「皮膚」，ㄆㄨㄟˊ ㄏㄨ是泉州腔，ㄆㄟˊ ㄏㄨ是漳州腔；

「過夜（暝）」，《ㄨㄟˋ ㄇㄧˊ是泉州腔，《ㄟˋ ㄇㄧˊ是漳州腔；

要去哪裡的「去」，泉州腔唸ker，漳州腔唸ki；

坐車的「坐」，泉州腔唸zer（ㄜ的音），漳州腔唸zei；

起飛的「飛」，泉州腔唸be（ㄜ的音），漳州腔唸buei；

面巾的「巾」或公斤的「斤」，泉州腔唸gun，漳州腔唸gin。

所謂「泉州腔」就是「海口腔」，鹿港保留了最準確的「泉州腔」。「漳州腔」是「內埔腔」，宜蘭的蘭陽平原本來是平埔族的地盤，台北械鬥落敗的漳州人移往宜蘭，因為蘭陽平原的地型屏障而在此保存了較完整的漳州腔。

奇怪的是早期來台泉州人比漳州人多，械鬥也是泉州人居上風，但是現在比較多的人講的卻是漳州音。事實上經過幾百年的融合，目前已經少有很純的泉州腔和漳州腔，包括以上的例子，我講的大部分是漳州音，也有少部分是泉州音。有人將台灣目前講閩南話的槍口分成四大類：

海口腔（泉州腔），分布在西部沿海與河口所在。

內埔腔（漳州腔），分布在內陸平原與靠近山區的地方。

南部腔，漳泉混合偏漳，包括嘉南、高屏地區和山線。一般漳泉混合稱為「漳泉濫」，「濫」，【甘七柳】（lam-7，水延浸也）。我就是在這個區域，而我就是講「漳泉濫偏漳」卻覺得講純漳州音的宜蘭同學台語好笑的那種人。

北部腔，漳泉混合偏泉，或廈門音，主要是北部地區。

從上面所談腔調的差異來看，我認為腔調差異主要在韻母，而不是聲母。我也在網路上看到有人說「日」的ji音被發為li的音是腔調差異的問題，部分腔調是有「入」音消失而以「柳」音取代的現象，但是這一來，「寫字」變「寫利」，「我入教室」變成「我立教室」，這不是天下大亂了嗎？或許有些人並不在意，那我再舉一個北京語的例子好了：「您稍後！」說成「您騷貨！」，這樣好嗎？「您騷貨！等一下再討論！」

本文拼音參考。————————————————

漢字	十五音	羅馬字	台羅拼音	台語同音字
濫	甘七柳	lām	lām	纜

200
雞毛筅

因為新冠病毒疫情的影響，清潔工作都得特別加強，從過年到現在幾個月了，除了戴口罩、洗手、擦拭、消毒成為日常生活很重要的一部分。

打掃的台語叫「摒掃」，簡稱「摒」。《廣韻》說「摒」的意思是「除也」，「摒」音【經五頗】（pheng-5，除也）或【更一頗】（peⁿ-1，除也）。雖然意義是對的，但是音有差異，所以有人建議用「拚掃」。但是教育部字典說「摒」這個字無論是發音或意義，都和臺灣閩南語當中「打掃」相符，所以字典是用這個字。

打掃的工作中，「掃」佔了一大部分，但是掃通常是掃地，家具不用「掃」的，是用雞毛撢子「撢」。「雞毛撢子」台語叫「雞毛筅」，動詞也是「筅」，例：「你去加土沙筅筅咧（你去把灰塵撢一撢）。」

「筅」還有其他的用法：翻扒、撥弄，例如「雞母咧筅土（母雞在撥土）。當動詞「頂、觸」，例：「牛用牛角筅人（牛用牛角頂人）。」（還是要提一下，我不懂為何教育部需要用「塗」來替代「土」字？）

對於污垢附著較牢的，「笐」不掉的，要用刷的，台語叫「抿」，例如用「鞋抿」來「抿鞋」，用「齒抿」刷牙。又如：「絨仔布較勢黏幼幼仔，愛提抿仔來抿抿咧」是說「絨布比較容易沾小屑屑，要拿刷子刷一刷」。某個程度上來說「抿」和「搰」是一樣的動作，只是工具型態的差異，或前者較輕，後者很用力。

如果覺得「笐」不夠乾淨，需要擦拭，拿抹布或衛生紙「擦」，台語是用「拭」這個字。「擦」的音有【干四出】（chat-4，磨也）和【瓜四出】（chhoah-4，菜頭擦又磨之也），都不是台語的「擦」，而「拭」，【巾四時】（sit-4，拭也刷也潔也），才是台語的正確字。

用溼的布擦拭叫「揉」，「揉」在北京語一般做「搓成團狀」用，例如「揉麵」、「把紙揉成一團」。它也有「反覆摩擦、搓動」的意思。而台語中「揉」，【ㄐ五入】（jiu-5）通常是只用溼的布擦拭，例如「揉塗腳」是「擦地板」的意思。至於北京話講「揉眼睛」的「揉」，台語叫「挼」，洗毛巾要搓揉也叫「挼」。「挼」，【檜五入】（joe-5，挼攔）。（教育部建議用「挼」，【高五柳】（lo-5，按揉），有人說「挼」是「挼」的古字，但是也有人不同意。）

如果桌子上有一點點的髒東西，用手拍一拍，或者例如小朋友在沙坑玩，起身把衣褲上的沙子拍落，這個動詞的台語叫「拌」，台語音【官七邊】（poaⁿ-7）。另外，用手推一推則叫「擺」【檜二邊】（poe-2，開撥也），或做「挈」。

從這邊我們可以再次印證北京語對文字的使用有相當多已經偏離原意，而台語仍保留古早的用法。

本文拼音參考。 ————————————

漢字	十五音	羅馬字	台羅拼音	台語同音字
摒	經五頍	phêng	phîng	萍、評
	更一頍	pe^n	penn	——
笐	經二出	chhêng	tshíng	請
抿	君二門	bún	bín	吻
搙	龜三柳	lù	lù	——
擦	干四出	chat	tshat	漆、察
	瓜四出	chhoah	tshuah	鑹、痤
拭	巾四時	sit	sik	式
揉	ㄐ五入	jiû	jiû	柔
挼	檜五入	joê	juê	蕤
挼	高五柳	lô	lô	勞、牢
拌	官七邊	poā^n	puānn	——
擺	檜二邊	poé	pué	掔
	皆二邊	pái	pái	——

國家圖書館出版品預行編目

消失中的臺語：偕厝邊頭尾話仙 / 陳志仰著. --
臺北市：致出版, 2021.10
面；　公分
ISBN 978-986-5573-26-3(平裝)

1. 臺語　2. 詞彙

803.32　　　　　　　　　　110016522

消失中的臺語
──偕厝邊頭尾話仙

作　　者／陳志仰
出版策劃／致出版
製作銷售／秀威資訊科技股份有限公司
　　　　　114 台北市內湖區瑞光路76巷69號2樓
　　　　　電話：+886-2-2796-3638
　　　　　傳真：+886-2-2796-1377
網路訂購／秀威書店：https://store.showwe.tw
　　　　　博客來網路書店：https://www.books.com.tw
　　　　　三民網路書店：https://www.m.sanmin.com.tw
　　　　　讀冊生活：https://www.taaze.tw

出版日期／2021年10月　　定價／420元

致 出 版　　　　　　　　　向出版者致敬